Joan Weng

Das Café unter den Linden

aufbau taschenbuch

JOAN WENG, geboren 1984, studierte Germanistik und Geschichte und promoviert über die Literatur der Weimarer Republik. Bisher erschienen von ihr zwei Kriminalromane bei atb, die ebenfalls im Berlin der zwanziger Jahre spielen: »Feine Leute« und »Noble Gesellschaft«.

Berlin 1925: Auf der Suche nach einem neuen Leben verlässt die junge Fritzi die Provinz und kommt in die pulsierende Weltstadt. Ihr Traum ist es, Drehbuchautorin zu werden. Und im Café unter den Linden hofft sie, die richtigen Personen zu treffen, um ihm ein Stück näher zu kommen. Zunächst aber nimmt sie eine Anstellung als Tippfräulein an. Doch statt wie erhofft die Memoiren des Grafen von Keller zu schreiben, findet sie in seiner Grunewald-Villa die Künstler-Avantgarde Berlins versammelt. Fasziniert von ihrem bohèmehaften Leben, erobert Fritzi mit ihnen die Tanzlokale und Varietés, wo sie auch den Sänger Johnny Gable kennenlernt …

Joan Weng

Das Café unter den Linden

Roman

atb aufbau taschenbuch

MIX
Papier aus verantwortungsvollen Quellen
FSC® C083411
www.fsc.org

ISBN 978-3-7466-3294-0

Aufbau Taschenbuch ist eine Marke
der Aufbau Verlag GmbH & Co. KG

3. Auflage 2018

Umschlaggestaltung www.buerosued.de
unter Verwendung eines Bildes von © Branger/Kontributor/
Kollektion Roger Viollet/Getty Images
Gesetzt aus der Goudy durch Greiner & Reichel, Köln
Druck und Binden CPI books GmbH, Leck, Germany
Printed in Germany

www.aufbau-verlag.de

Meinen Geburtstagskindern des 25. Januars

Berlin
im Frühling 1925

1 Kapitel

»Hey, Taxi!« Ein Fräulein in hellem Nerz, mit weißblondem Bubikopf und blutroten Lippen winkte hektisch, pfiff auf zwei Fingern und stürmte an Fritzi vorbei auf eine Taxe zu.

Ganz Berlin schien es sehr eilig zu haben, dachte Fritzi sich. Da, wo sie herkam und nie wieder hin zurückwollte, war niemand in Eile. Ein dumpfes Ziehen machte sich in der Herzgegend bemerkbar, und wie schon in den letzten Wochen versuchte sie es zu ignorieren. Herzschmerz war für alternde Jungfrauen mit Krampfadern, solche, die zum Tanztee für die reifere Jugend gingen und dort ihr Doppelkinn zu Walzerklängen wiegten. Fritzis Leben war Shimmy und Charleston, war Bubikopf und Kintopp – oder zumindest sollte es so werden.

Im Moment jedoch kam sie sich ziemlich fehl am Platz vor, von rechts schubste ein Mann, eine Aktentasche wurde ihr in den Rücken geknallt, jemand rempelte sie unsanft an: »Für was hält die das hier! Das ist der Alexanderplatz, keine buddhistische Meditationshalle.« Fritzi umklammerte ihren Koffer noch etwas fester, sie wusste nicht einmal, was eine »buddhistische Meditationshalle«

war. Und den Weg zum Grunewald, wo Graf Hans von Keller wohnte, kannte sie auch nicht. Einen Schupo hätte man jetzt gebraucht!

Suchend sah Fritzi sich um: nichts als graue Büroangestellte in grauen Mänteln. Die würden ihr kaum helfen, die wollten nur noch heim, zu Frauchen, Abendzeitung und belegten Broten. Und zwischen ihnen die munteren Fräulein, mit Seidenstrumpfbeinen und hochmütig geschminkten Blicken, die traute sie sich nicht anzusprechen. Genauso wenig wie die finster dreinblickenden Männer in Arbeitskleidung, die sich müde über den großen Platz schoben. *Die Menschen rinnen über den Asphalt, ameisenemsig, wie Eidechsen flink*, so hatte Fritzi das mal gelesen, aber obwohl es sie normalerweise tröstete, ein Buch oder ein Gedicht zwischen sich und die Wirklichkeit zu schieben, wurde ihr nun sehr kalt. Wenn sie unglücklich war, dann fror sie immer, da halfen auch die dicksten Socken nicht. Jetzt stand sie hier, allein mitten in Berlin, und wollte diesen Grafen überzeugen, dass er seine Memoiren schreiben sollte? Natürlich nicht, ohne sie zuvor als Tippfräulein zu engagieren. Plötzlich hatte sie Angst vor der eigenen Courage.

»Alles in Ordnung, gnädiges Fräulein?« Vor ihr war ein junger Mann aufgetaucht, der sie mit besorgten Augen ansah. »Kann ich Ihnen helfen?«, fragte er, legte ihr fürsorglich einen Arm um die Schulter und führte sie zu einer nahe gelegenen Bank.

»Ich weiß einfach nicht, wie ich in den Grunewald komme«, platzte es aus ihr heraus. Sofort wurde sie rot. Wie naiv das klang. Viel zu sehr nach der alten Fritzi und so gar nicht nach Charleston, Shimmy, Bubikopf und Kintopp!

»Der Graf von Keller erwartet mich. Er wollte mir einen Wagen schicken, aber den habe ich wohl irgendwie verpasst«, ergänzte sie schnell und versuchte, den abgeklärten Ausdruck der Frauen um sie herum zu imitieren.

»Sie möchten zum Grafen von Keller?«, echote der junge Mann, und sie begann, schon wieder zu frieren. Bei ihrem Glück erzählte der ihr gleich, der Graf sei heute verstorben. So alte Adlige starben doch ständig, die hatten ja auch sonst nicht mehr viel zu tun.

»Ist er tot?«

Ihr Gegenüber schaute sie verwirrt an, dann zuckte er mit den Schultern. »Nicht, dass ich wüsste. Wenn Sie zum Grafen wollen, dann schreibe ich Ihnen die Tramverbindung auf. Das Haus ist nicht zu verfehlen. Es ist das einzige mit rostigem Tor und einem vollkommen verwilderten Garten.«

Erleichtert lächelte sie ihm zu, öffnete ihre Handtasche und holte einen Bleistift und einen alten Briefumschlag heraus.

»Wenn Sie sich beeilen, kriegen Sie noch die nächste Elektrische zum Kottbusser Tor. Dort umsteigen in Richtung Uhlandstraße, dann den Hohenzollerndamm entlang, und schon sind Sie da.« Dann gab er ihr einen kameradschaftlichen Klaps auf die Schulter, stand auf und rief ihr im Weggehen noch zu: »Gleis 2!«

Es gab also auch in Berlin nette Menschen, die einem einfach so halfen.

Oder auch nicht. Denn als Fritzi ihr Billet lösen wollte, war ihre Geldbörse weg. Samt hundert Reichsmark Erspartem, samt Leihbüchereiausweis und dem Brief von Gustav. Zumindest ihr Pass war noch da, den hatte sie auf Anraten ihrer Tante Hulda im Koffer versteckt. Sie hätte heulen können, wie konnte sie nur so blöd sein, auf so einen dreisten Dieb hereinzufallen? Zähneknirschend kratzte sie ihr letztes Geld zusammen und zog ein Billet. Immerhin hatte sie nicht geweint, die alte Fritzi wäre bestimmt in Tränen ausgebrochen. Innerlich seufzend, drängelte sie sich auf eine der Wartebänke, zwischen einen Zimmermannsgesellen mit Mettwurstbrötchen und einen Verbindungsstudenten mit Braut. Die Frau hatte herrliche, frisch gelegte Dauerwellen, schön sah das aus, viel hübscher als Fritzis eigenes glattes, mausblondes Haar. Entschieden griff sie in ihre Handtasche und fand nach einigem Wühlen Lippenstift und Puderdöschen. Beides noch kaum benutzt, aber das würde sich jetzt ändern. Mit aller ihr zu Gebote stehenden Arroganz ließ sie das Döschen klackend aufspringen, überpuderte sich Sommersprossen und die vor Aufregung geröteten Wangen. In ihrem Kopf dröhnten Tante Huldas mahnende Worte *geschminkte Frauen, nur schön anzuschauen*, aber sie gefiel sich gleich viel besser. Fast zufrieden lehnte sie sich zurück, dachte sich: *Ineinander dicht hineingehakt, Sitzen in den Trams die zwei Fassaden Leute, wo die Blicke eng ausladen*, und mit einem halben Lächeln linste sie nun in das »Berliner Abendblatt« des Zimmermannsgesellen.

20 Babyleichen in Wedding prunkte als Überschrift und drunter ein Bild, so schwarz schattig, man wusste nicht, zeigte es die Leichen, den ermittelnden Kommissar oder was ganz anderes? Daneben die Vergnügungstipps für den heutigen Montag, im Kintopp auf dem Ku'damm lief *Goldrausch* mit Charlie Chaplin, bei Kroll gab es einen Ball – *Einlass ab 19 Uhr, Abendgarderobe Pflicht* –, in der Akademie zu Charlottenburg einen Tanztee, und in der »Weißen Maus« konnte man Anita Berber bestaunen. Die besondere Empfehlung der Redaktion galt allerdings dem »Café unter den Linden« mit seiner *neuen Jazzsensation, dem Mann mit der Schlafzimmerstimme: Johnny Gable*.

Von diesem Johnny Gable gab es sogar eine Fotografie, die jedoch so verschwommen war, dass Fritzi kaum etwas erkennen konnte. Nur große Augen, Nachttieraugen, und streng aus einer eckigen Stirn gekämmtes Pomadenhaar, das im Blitzlicht grell aufspiegelte.

Sobald sie eine echte Berlinerin war, mit makellosen Seidenstrumpfbeinen und dauergewelltem Bubikopf, würde sie abends auch ins »Café unter den Linden« gehen, der Schlafzimmerstimme lauschen und tanzen! Fritzi musste unwillkürlich lächeln. Das alles lag vor ihr, sie glaubte an ihr Glück. Pech hatte sie schließlich genug gehabt. Nach dem frühen Tod der Mutter, der Kriegsinvalidität, dem qualvollen Dahinsiechen des Vaters und der geplatzten Verlobung mit Gustav, da hatte doch auch sie mal was beim Schicksal gut! Und dann noch die Geschichte mit dem Theaterstück, das Schicksal hatte wirklich bei ihr Schulden. Aber bevor Fritzi noch hätte anfangen können, Trübsal zu blasen, fuhr schon die Elektrische Richtung Kottbusser Tor, Hermannplatz ein. Wenn das kein gutes Zeichen war!

Eine Stunde später stand sie auf einer gepflegten Kopfsteinpflasterstraße zwischen riesigen Grundstücken, die von hohen Mauern und akkurat geschnittenen Hecken umgeben waren. Derart viele Automobile wie hier hatte sie noch nie gesehen. In stinkender, knatternder Arroganz brausten sie an einem vorbei, hinter dem Lenkrad Männer mit Chauffeursmütze. Der gnädige Herr saß hinten und entspannte sich schon einmal. Aber auch fahrende Frauen rasten achtlos an ihr vorbei, scherten sich einen Dreck um Fußgänger. Die mussten doppelt aufpassen und sich auch schon mal durch einen kühnen Sprung zur Seite retten. Da hupten die Fräulein in ihren bunten

Gefährten höhnisch und traten danach erst recht fest aufs Gas. Nur wenn die Spaziergänger andere Damen im Pelz waren, eingehängt in den Armen graumelierter Herren, würdevoll dahinschreitende Damen, nur dann konnten die motorisierten Fräulein bremsen, blieben plötzlich mitten auf der Straße stehen, plauderten ein wenig, ungestört durch das Hupen oder Fluchen der hinter ihnen fahrenden Autos.

Fritzi schaute sich um. Jedes der Grundstücke hatte eine kiesbedeckte Auffahrt, die durch ein Gartentor von der Straße abgegrenzt war. Die Tore wurden von sprungbereiten Steinlöwen bewacht, waren von bronzenen Familienwappen oder mit den in Eisen gegossenen Initialen der Besitzer geschmückt. Nur ein rostiges war bisher nicht dabei gewesen.

Es dämmerte schon. Immer weniger Spaziergänger waren auf den Straßen. Koffer und die *Orga Privat* in der Tasche über ihrer Schulter wurden Fritzi schwer. Was, wenn der Graf sie tatsächlich nicht in Stellung nahm? Wo sollte sie nur schlafen, ohne Geld? Da hätte sie besser mal vorher darüber nachgedacht, aber sie hatte einfach nur noch weggewollt!

Weg vom langweiligen alten Finkenbeiner und seinen muffigen Paragraphen, die sie für ihn hatte abtippen müssen, weg von der übellaunigen Tante Hulda mit ihrer genüsslichen Trauer um den Papa, weg von der lahmen Pferdetram, weg von den spöttischen Blicken der

Leute, die es ja alle eh schon immer gewusst hatten, was für einen Reinfall Fritzi mit ihrem Theaterstück erleben würde.

Und vor allem weg von Gustav, dem Grauenhaften.

Aber weg war im Moment auch nicht besser. Sie hätte sich bei einem der Spaziergänger erkundigen sollen, wie sie zu Herrn von Keller kam, aber erst war ihr das unangenehm, so naiv fragen zu müssen, und jetzt waren die plötzlich alle verschwunden. Nur hinter sich hörte sie noch Schritte. Mit einem Blick über die Schulter stellte sie fest: Da liefen zwei Männer!

Sicher Dienstboten fürs Grobe, der eine trug keinen Hut, nicht mal eine Schiebermütze hatte der auf den wirklich bemerkenswert schwarzen Locken, und der andere hatte dafür weder Hut noch Haare, nur einen nach Sträflingsmanier kahlrasierten Schädel. Wann immer die beiden unter einer Laterne vorbeikamen, flammten ihre Halstücher brandrot auf. Was wollten Kommunisten hier im Grunewald, diesem von Steinlöwen und freilaufenden Hunden bewachten Paradies des Kapitals? Vielleicht waren es Einbrecher?

Sie ging etwas schneller.

Von irgendwo konnte man auf einmal Musik hören. Eine hässliche, ziemlich schrille Violinmusik. Ein bisschen wie im Film, wenn im nächsten Moment der Würger mit den im Wahn verdrehten Augen aus dem Gebüsch sprang.

Da hatte sie ihr Kintopp! Nun zufrieden?

Die beiden Männer waren jetzt direkt hinter ihr.

»Mir egal, was Hans denkt und meint, ich find diese Zwölftonmusik einfach nur hässlich! Klingt doch wie eine Katze, der man's Fell abzieht«, sagte der eine, und der andere erwiderte: »Nein, das empfindest nur du so. Das ist, weil sie dir auf dem Internat mit Mozart die Ohren verklebt haben. Wie oft soll ich es dir noch erklären? Kunst, die gefällt, verdient ihren Namen nicht! Allein die Tatsache, dass wir etwas als schön empfinden, beweist schon den Verlust des Progressiven! Kunst muss erschüttern! Entschuldigen Sie, junges Fräulein.«

Letzteres galt ihr, an der sich die beiden nun vorbeidrängelten, und weil in Fritzis Welt Einbrecher nicht aufs Internat gegangen waren und auch nicht über Kunst diskutierten, fragte sie schüchtern: »Bitte entschuldigen Sie vielmals, aber können Sie mir zufällig sagen, wie ich zur Villa des Grafen von Keller komme?«

»Aber top.« Der mit dem Lockenkopf nickte. »Was wollen Sie denn dort, junges Fräulein?«

Sie wusste nicht recht, ob sie den beiden trauen sollte, aber eine andere Wahl hatte sie nicht, und so zückte sie ihr Empfehlungsbriefchen, erklärte: »Mein Herr Vater hat unter dem Herrn Grafen gedient, und ich wollte mich nun beim Herrn Grafen erkundigen, ob er vielleicht die Güte besäße, mir zu helfen, in Berlin Arbeit zu finden.«

»Malen Sie? Nein, tun Sie nicht!«, stellte der Schwarzhaarige mit raschem Blick auf ihre Hände fest. »Dichten werden Sie auch kaum, dafür ist Ihr Mund zu profan. Musizieren Sie?«

»Sie macht Ausdruckstanz. Sieht man gleich. Schau dir doch die Beine an.«

Ungeniert musterten sie nun Fritzis in dicken Wollstrümpfen steckenden, gleichfalls etwas dicken Beine. »Nicht wahr, Sie machen Ausdruckstanz?«

Sie schüttelte den Kopf, verstand nicht, was das alles mit dem Grafen von Keller zu tun hatte.

»Wenn Sie nicht tanzen, nicht malen und nicht musizieren, was verdammt wollen Sie dann beim Hans? Schreiben Sie am Ende doch?«

»Genau.« Sie nickte, erleichtert, aber sehr verwirrt. »Genau, deshalb möchte ich zum Herrn Grafen von Keller.«

»Na, dann kommen Sie mal mit«, brummte der Wandschrank. »Ich bin übrigens Rosa und der hier, das ist der Wladimir. Kannst Wlad sagen, tun wir alle.«

Sie schluckte, ob das die Nachnamen waren? Mussten es ja fast, welcher Mann hieß Rosa?

»Angenehm, Lack«, entgegnete sie und erntete dafür schallendes Gelächter. »Ist es noch weit bis zum Herrn Grafen?«

»Nein, nur noch die Straße runter, du kannst die Musik schon hören. Soll ich deinen Koffer nehmen?«, erkundigte sich Rosa, aber nach der Erfahrung am Bahnhof trug Fritzi ihre Habe lieber selber. »Was schreibste denn so?«, fragte Rosa und ergänzte: »Ich schreibe nämlich auch. Vor allem Artikel für Zeitschriften. Nichts Großartiges.«

»Ich habe bisher vor allem Juristisches getippt«, entgegnete sie vage. Die Geschichte mit dem Theaterstück brauchte sie ihnen ja nicht auf die Nase zu binden.

»Du machst Krimis? Also, das finde ich ja top. Ich bin völlig verrückt nach Krimis. Wallace, Christie oder auch Nick Wassermann, ganz egal. Wenn von denen was Neues rauskommt, gibt's für mich nur eins, ab zur Leihbibliothek, und dann bin ich für ein paar Stunden zu nichts anderem zu gebrauchen. Als Wlad und ich zum Hans gezogen sind, da war gerade ›The Dark Eyes of London‹ von Wallace ganz neu erschienen, und weißt du, was ich da gemacht hab?«

»Er hat sich zwischen die Umzugskartons gesetzt und gelesen, es war furchtbar!«, sagte Wlad. Er blieb stehen und deutete auf ein offen stehendes, schief in den Angeln hängendes, rostiges Tor. »Da sind wir übrigens. *Home sweet home.*«

Fritzi schluckte, das musste ein Witz sein. Kein Graf, so verarmt er auch sein mochte, duldete ein solches Tor! Dann fiel ihr Blick auf die gusseisernen Schnörkel *v. K.*

Über das K hatte jemand ein Pappschild gehängt, das schon ganz ausgeblichen war: *Kolonie Heimat*.

Nicht mehr, nur diese zwei Worte. Ihr blieb keine Zeit, um über die Bedeutung nachzudenken, denn ihre Begleiter zogen sie nun hinter sich her durch den verwilderten Garten, der nur vom Mond beleuchtet wurde. Vielleicht war das ja auch ganz gut, denn das, was sie in dem fahlsilbrigen Licht sah, reichte ihr für's Erste. Zwischen den Platten des Weges quoll Unkraut hervor, und vermodertes Herbstlaub machte die Steine rutschig. Alle paar Meter musste sie sich bücken, weil von den angrenzenden Bäumen dornige Brombeerranken oder feuchte Efeulianen herabhingen und an ihren Strümpfen hängen blieben.

Den beiden jungen Männern schien die Dunkelheit nichts auszumachen, ohne Zögern steuerten sie der lauter werdenden Musik entgegen. Längst war das schrille Violingekratze vom hektischen Takt eines Charleston abgelöst worden, und nun hörte Fritzi auch Gelächter. Gelächter und Stimmen.

Plötzlich teilten sich Bäume, Unkraut und Gestrüpp und gaben den Blick auf eine hell erleuchtete Villa frei. Vor der Freitreppe, zwischen hochbeinigen Metalltischchen standen Kohlebecken und warfen ein flackerndes Licht auf das bunte Treiben des Vorplatzes.

»Da wären wir«, stellte Rosa fest, wobei er ziemlich brüllen musste, denn auf den Stufen der überwachsenen Treppe stimmten die Musiker jetzt einen schwülen Tango an.

Fritzi nickte und starrte. Sie war fassungslos. So etwas hatte sie noch nie gesehen. Zwischen den Kohleflammen tanzten junge Männer mit blanken Oberkörpern schweißglänzend um Fräulein in tausendfach funkelnden Paillettenkleidern, schlängelte sich ein Fräulein im Smoking vollkommen allein und traumverloren rauchend im Takt, küssten sich tanzend zwei Herren in identischen Dinnerjacketts. Über allem lag, fast betäubend, der Rauch des Feuers, der sich mit Tabakgeruch und etwas Süßlichem mischte, das Fritzi nicht erkannte.

»Komm, suchen wir dir den Hans«, schlug Rosa vor, während Wlad wortlos zwischen den Tanzenden verschwand, sich von einem der Tische eine geöffnete Sektflasche nahm, einem der Mädchen die Zigarette aus dem Mund klaute und ohne weitere Umstände mit dem Fräulein im Smoking zu tanzen begann.

»Welcher ist es?«, fragte Fritzi, die die Menge vergeblich nach einem älteren Herrn absuchte. »Ist er da unter den Tänzern?«

»Bei diesen vergnügungssüchtigen Hupfdohlen?« Abfällig verzog Rosa das Gesicht. »Das sind doch Kindereien! Da steht Hans drüber. Früher gab's so was hier nicht. Das hat erst dieser Gable eingeführt.«

»Der Sänger?«

»Wenn du ihn so nennen willst …« Rosa packte sie sanft, aber bestimmt am Arm, drängelte sich mit ihr durch die Masse der Tanzenden, am Orchester vorbei die Treppe hoch und ins Haus, wobei er die schwere Eichenholztür lautstark hinter sich ins Schloss fallen ließ.

Drinnen war es plötzlich sehr still. Das erste Mal an diesem Tag, dass Fritzi einfach nichts hörte. Es war, als wäre sie taub geworden. Doch nur einen Augenblick, schon kam bellend ein riesenhaftes Ungetüm von Hund auf sie beide zugestürzt und sprang schwanzwedelnd an Rosa empor.

»Freust du dich? Ja, mein alter Junge, freust du dich?«, rief Rosa, wobei sich seine eigene Stimme vor Entzücken zu überschlagen drohte. »Komm, Gregor, sag auch Lack Hallo.«

Fritzi fuhr ihm rasch über den riesenhaften Kopf und zog dann schnell die Hand weg. »Das ist der Gregor. Eigentlich ist er Hans' Hund, er hat ihn als Welpe einem Pleitezirkus abgekauft. Die wollten ihn erschießen, meinen Gregor, also ich meine Hans' Gregor. Weißt du, manchmal geht es Hans … na ja, manchmal kann Hans sich eben nicht so richtig um ihn kümmern, und dann nehmen Wlad und ich ihn ein Weilchen«, erklärte Rosa, während er sie durch einen langen Flur führte. Fritzis Herz hüpfte. Vielleicht war der Graf ja doch ein gebrechlicher Herr, und von Gebrechlichkeit zum Schreiben der Memoiren war es nur ein kleiner Schritt.

Verarmt war der Graf jedenfalls ganz sicher nicht. Zwar musste der Marmorboden dringend mal gewischt werden, und überall auf den Möbeln waren Abdrücke von dreckigen Pfoten, doch was hier allein an Vasen, goldgerahmten Ölbildern und Antiquitäten rumstand, davon war das Gehalt eines Tippfräuleins hundertfach gezahlt. Wie riesig diese Villa sein musste! Sie hatten eben einen großen Saal durchquert und waren in einen kleineren Seitenflügel eingebogen. Als hätte er ihre Gedanken gelesen, sagte Rosa plötzlich: »Wir sind gleich da.«

Tatsächlich hörte sie jetzt Musik, aber nicht das herrlich aufgedrehte Jazzgetöse des Gartens, sondern ein einsames, melancholisches Klavier.

»Ah, Tschaikowskis erstes«, lachte Rosa. »Lack, du hast Glück. Hans ist guter Laune. Wart nur einen Moment hier, ich will ihn rasch vorwarnen und … na ja, sichergehen, dass er in Stimmung ist, Gäste zu empfangen. Er kann da manchmal etwas heikel sein. Gerade heute, wo sie doch wieder … ach, egal.«

Schon waren Gregor und er durch eine Tapetentür verschwunden.

Fritzi stand allein auf dem Gang. Ihr taten die Füße weh, und ihr Magen knurrte nun sehr heftig. Mittlerweile wollte sie nur noch schlafen. Morgen würde es dann schon irgendwie weitergehen.

Das Klavier verstummte plötzlich, doch dann passierte nichts weiter. Niemand bat sie herein, niemand öffnete die Tür.

Fritzi wartete.

Vielleicht hatte sie das »Treten Sie ein« überhört? Aber einfach so reinplatzen? Sie wollte keinen schlechten Eindruck machen, und so wartete sie, zählte bis zehn, dann bis zwanzig und klopfte schließlich erneut. Zur Antwort erhielt sie ein herrisches »Kommen Sie doch endlich rein! Worauf warten Sie denn noch?«

Das Zimmer, das sie nun betrat, war so vollgestopft, dass sie den Grafen zunächst gar nicht sah.

Überall stapelten sich Bücher, in den Regalen, auf dem Boden, auf den Sesseln, und auf den Büchern wiederum balancierten randvolle Aschenbecher, benutzte Tassen, dreckiges Geschirr. Im Luftzug der geöffneten Tür flatterten lose Notenblätter und zerknüllte Papierbögen auf. Dazwischen standen, lehnten, lagen wild bemalte Leinwände, manche wohl noch recht frisch, sie konnte die Ölfarbe riechen.

Inmitten all des Chaos saß ein Mann, er war maximal dreißig, obwohl die wirr von seinem Kopf abstehenden, blonden Locken ihn vielleicht ein bisschen jünger wirken ließen.

Einen Moment lang sah er Fritzi aus tannenhonigfarbenen Augen neugierig an, dann sagte er: »Bitte sehen Sie mir meinen Ton nach. Wir sind hier nicht so förmlich, ich dachte, Sie kommen einfach, wenn Sie merken, dass ich nicht mehr spiele. Aber das konnten Sie ja nicht wissen.« Er grinste entschuldigend und fuhr in scherzhaftem Ton fort: »*… wenn es an mein Haus pochte, war es mein eigenes Herz …*« »*… Ich färbte dir den Himmel brombeer mit meinem Herzblut, aber du kamst nie mit dem Abend*«, ergänzte Fritzi lachend die nächste Strophe des Gedichts. »Ich bin ein großer Bewunderer von Else Lasker-Schüler«, erklärte sie, als sie seine Verblüffung sah.

»Ich auch. Absolut. Für mich ist sie eine der größten lebenden Lyrikerinnen.« Der Mann nickte einige Male heftig, dann fragte er: »Nachdem wir uns hier also einig sind, womit kann ich dem gnädigen Fräulein sonst helfen?«

»Ich möchte zum Herrn Grafen von Keller.«

Ihr Gegenüber lachte laut auf.

»Was möchten Sie denn von Herrn von Keller? Zu dieser späten Stunde und derart abgekämpft? Wollen Sie sich nicht vielleicht erst einmal setzen?« Eine von verblassten Sommersprossen übersäte Hand zeigte auf einen leicht ramponiert aussehenden Korbsessel. Dem Geruch des blaugestreiften Sitzkissens nach normalerweise Gregors Platz. »Wer sind Sie überhaupt?«

»Elfriede Lack ist mein Name, Fritzi«, haspelte sie und ärgerte sich, nicht wenigstens noch ein bisschen frischen Puder aufgelegt zu haben. Vielleicht war das der Sohn? Oder ein Neffe? »Mein Herr Vater hat unter dem Herrn Grafen gedient, bis 16, bevor er zur Feldküche versetzt wurde. Zum Abschied hat der Herr Graf gesagt, wenn mein Vater oder jemand aus seiner Familie mal nach Berlin käme, dann solle er ihn doch besuchen.«

»Das hat er gesagt? Da war er bestimmt betrunken.« Die Mundwinkel des jungen Mannes zuckten spöttisch.

»Er war eigentlich während des ganzen Kriegs nur betrunken. Anders hätte er es nicht ausgehalten, der war zu weich.«

»Das kann nicht sein. Mein Vater sagte, er sei der beste Offizier gewesen, unter dem er je gedient habe! Und das, obwohl er sonst nicht viel von preußischen Offizieren gehalten hat.« Bestimmt war das der Sohn, über ihren Vater hatte Fritzi zu Lebzeiten auch ziemlich oft unfreundliche Sachen gedacht. »Würden Sie mich jetzt vielleicht zu ihm führen?«

»Das hat Rosa schon getan. Er sitzt vor Ihnen.«

Fritzi schluckte, spürte, wie ihr alles Blut in die Beine sackte. Das konnte nicht sein!

Der Graf war doch ihres Vaters Hauptmann, unmöglich, dass ein so junger Mensch ... obwohl, wenn er damals 23 oder auch 25 war, im Krieg gab es viele so schnelle Karrieren, besonders mit einem von vor dem Namen ...

»Entschuldigen Sie, das war gemein von mir.« Wieder lachte er, breit und fröhlich. »Ich erinnere mich gut an Ihren Herrn Vater, Quint Lack, nicht wahr? Wenn Sie mir die Bemerkung erlauben, Sie sehen ihm ziemlich ähnlich.«

»Danke«, murmelte Fritzi. »Die meisten sagen, ich käme nach meiner Frau Mutter, aber ich kann es nicht einschätzen. Ich hab keine Erinnerungen an sie.«

»Wie geht es Ihrem Vater denn?«, fragte der Graf, der sich reckte, um das Fenster neben sich zu öffnen. Kühle, feuchte Luft drang herein, wirbelte die losen Papiere über den staubigen Boden. Das Getöse der Gartengesellschaft war nun wieder zu hören. »Die Lunge, oder? Ein Gasangriff, wenn ich es noch richtig weiß?«

Fritzi nickte einige Male und holte tief Luft. »Mein Herr Vater ist gestorben. Letzten Herbst.«

Die Miene des Grafen hatte sich verdüstert, er setzte gerade dazu an, etwas zu sagen, als mit einem Schlag der Festlärm verstummte und die Klänge eines Saxophons in die Nacht schwebten.

Melancholisch und tief.

Fritzi schwieg und lauschte. Nach einem Moment stimmten Klavier, Trompete und Kontrabass mit ein, und plötzlich erklang eine Männerstimme. Rau, verführerisch und sanft zugleich streifte sie über Fritzis Haut, streichelnd, neckend, kosend fuhr sie um sie herum, umfing sie, hielt sie fest in der Umarmung, hauchte Abschiedsworte, Liebesschwüre, bis sie leise verklang und nichts als Sehnsucht hinterließ und den Wunsch, ihr von neuem zu lauschen.

Fritzi blinzelte. Erschrocken, wie aus langem Traum erwacht, rieb sie sich über die Augen.

Das Gesicht des Grafen hatte sich verändert. Ernst war es geworden, und nun erst bemerkte Fritzi, wie hager er war. Sie sah die Schatten unter seinen Augen und die feinen Linien um den schmalen Mund. Er musste älter sein, als sie anfänglich gedacht hatte.

»Gable«, erklärte er, und auch seine Stimme war eine andere. Sachlich, distanziert, von arroganter Höflichkeit.

»Er gefällt Ihnen, wie originell. Warten Sie ab, bis Sie ihn sehen.«

»Singen kann er.« Rosa war wieder in das Zimmer getreten, einen Teller mit Fleischklößchen und Senf in der Hand. Der Anblick dieses köstlichen Zusammenspiels aus Hackfleisch, Brot und vielleicht sogar Speckstückchen, abgerundet durch scharfen Senf, holte Fritzi vollends in die Gegenwart zurück. Ihr Magen knurrte lautstark und in der plötzlichen Stille auch für niemand zu überhören. Rosa lachte – mitfühlend, nicht gemein –, und noch immer lachend, sagte er: »'tschuldige, ich wusste nicht, dass du auch noch nix gegessen hast. Ich hol dir kurz was.«

»Rosa, ich wäre dir wirklich sehr verbunden, wenn du deine berühmt-berüchtigte Gastfreundschaft andernorts ausleben könntest. Vielleicht besäßest du die Freundlichkeit, Fräulein Lack in der Küche zu verköstigen? Unser Gespräch war sowieso beendet, und ich muss dringend weiterarbeiten.« Der Graf begleitete seine Worte mit einer auffordernden Geste in Richtung Tür. »Leben Sie wohl, Fräulein Lack. Die Grüße von Ihrem Herrn Vater selig habe ich zur Kenntnis genommen, und nun wünsche ich Ihnen noch einen schönen Aufenthalt in Berlin.«

Fritzi schluckte, dann sagte sie: »Ich bin nicht wegen der Grüße gekommen. Ich wollte Ihnen meine Dienste als Sekretärin antragen.«

Einen Moment musterte er sie verwundert, schüttelte

jedoch abschließend den Kopf. »Ich brauche kein Tippfräulein. Ich hab schon eins.«

»Aber kann Ihr Tippfräulein auch Englisch und Französisch?«, setzte Fritzi nach. Auf keinen Fall würde sie sich so leicht abwimmeln lassen. Jetzt musste sie hart bleiben. »Ich habe meine eigene Schreibmaschine, und ich beherrsche Steno. Ich habe drei Jahre in einem Anwaltsbüro gearbeitet und weitere drei im Sekretariat eines Lyzeums.«

»Herzlichen Glückwunsch.« Er wirkte unbeeindruckt, und obwohl Fritzi wusste, dass sie mit ihren Qualifikationen vermutlich recht schnell eine andere Stelle finden würde, hatte sie sich nun auf diese versteift. Sie wollte nicht gleich bei ihrem ersten für Berlin gesetzten Ziel klein beigeben. Das wäre kein gutes Omen. Und so spielte sie ihren Trumpf aus: »Ich bin sehr billig.«

»Da wär ich nie drauf gekommen«, entgegnete von Keller, sein Blick blieb an ihren wollenen Strumpfhosen hängen, und sich aufrichtend, ergänzte er: »Jetzt essen Sie halt noch Ihre Bulette, aber dann raus. Ich brauche Sie nicht.«

Fritzi wurde eiskalt vor Schreck. Der konnte sie doch nicht mitten in der Nacht einfach so auf die Straße jagen? So was tat man doch nicht. Sie war so gefangen in ihrem eigenen Unglück, dass sie erst gar nicht merkte, welche Mühe es ihm bereitete, von dem Klaviersessel aufzustehen. Rosa war zu Hilfe geeilt und reichte ihm zwei Krücken, die er mit einem mürrischen Gesichtsausdruck und ohne Dank entgegennahm.

»Ist nicht persönlich gemeint. Hans hat manchmal seine Launen. Außerdem ist er schlecht auf Gable zu sprechen, lange Geschichte«, seufzte Rosa, nachdem die Tür hinter dem Grafen ins Schloss gefallen war. »Jetzt iss erst mal in Ruhe, und dann schauen wir, wo du heute Nacht schläfst. Für hübsche Fräulein haben wir doch immer irgendwo Platz. Nicht wahr, Gregor?«

Schließlich wurde Fritzi im Geräteschuppen einquartiert. Zuerst war sie zusammengezuckt, als Rosa ihr den Vorschlag machte, doch dann stellte er sich als ein hübsches, wenn auch sehr kleines Häuschen heraus, das etwas abseits von der Villa des Grafen auf dem Grundstück stand. Es gab sogar eine Holzveranda mit Treppchen, und innen waren es so ziemlich die gemütlichsten vier Wände, die Fritzi bisher untergekommen waren. Jemand mit viel handwerklichem Geschick hatte aus Überseekisten einen Dielenboden gezimmert. Die Regale bestanden aus alten, mit Schiffstauen verbundenen Weinkisten, und mitten im Zimmer thronte ein quietschgelbes Plüschsofa – gelb wie ein sehr gelbes Entenküken war es. Und auf dieses Entenküken von einem Sofa lud Rosa Fritzi nun ein, sich zu setzen und ihre Buletten zu essen. Er selbst ließ sich in einen Korbstuhl sinken, verknotete seine langen Beine gleichermaßen umständlich wie behaglich und rauchte stumm eine Zigarette.

Eigentlich hätte ihr unheimlich zumute sein müssen. Da saß sie nun in einem wildfremden Haus mit einem Mann, von dem sie nur wusste, dass er Kommunist war, aber sie fühlte sich ganz wohl. So satt und behaglich auf dem Sofa eingeplüscht, rückte vieles in eine andere Relation.

»Wo kommst du denn eigentlich her?«, fragte Rosa, wobei er Gregors mächtigen Kopf zu seinen Füßen kraulte. Selbst der Hund kam Fritzi nun gar nicht mehr grauenhaft riesig vor.

»Kennst du sicher nicht, so eine Kleinstadt in Süddeutschland, aber dahin will ich nicht mehr zurück.« Sie zuckte die Schultern und schlüpfte jetzt dann doch aus ihrem Mantel, den sie bisher angelassen hatte. Es war sehr warm in dem kleinen Zimmer, der grüne Kachelofen bollerte auf Hochtouren, und offensichtlich schwitzend, aber fluchtbereit im Wintermantel, das war albern.

»Ich will in Berlin bleiben.«

»Was finden nur immer alle an diesem Moloch? Ich komm von der Kurischen Nehrung. Ich mag Berlin nicht besonders, viel zu hektisch und laut, und es stinkt nach Abgas und Fabrik. Ne, wenn's nach mir ginge, ich würde zurück nach Ostpreußen gehen. Meine Eltern haben ein Gut mit Pferdezucht. Zur Erntezeit fahren wir immer hoch und helfen.«

Fritzi nickte. Junkersöhne mit elterlicher Pferdezucht und Gut trugen in ihrer Vorstellung keine ausgebeulten Hosen, und auch die Haare hatten anders zu sein – gut geschnitten und mit viel Pomade zurückgeschlonzt.

Und wer war *wir*? Rosa und der Graf? Rosa und Wlad? Rosa und eine bisher nicht in Erscheinung getretene Ehefrau?

Fast tippte Fritzi auf Letzteres, denn sie erinnert sich nun, dass Rosa beim Betreten des Häuschens gesagt hat: *Hier wohnen wir.* Auch schien ihr hier die ordnende Hand einer Frau am Werk. Über einem Klappreck am Ofen hing Wäsche, neben der Spüle trocknete eine Pfanne nebst zwei Gläsern, und der Plankenboden war erst kürzlich feucht gewischt worden. Bevor ein Mann von selbst erkannte, dass ein Boden gereinigt gehörte, davor ließ Hindenburg sich die Haare wachsen und trat mit Gummibusen als Chanteuse auf.

Aber wo war Frau Rosa? Vielleicht schon im Bett? Fritzi vermutete stark, dass die Leiter neben dem Ofen zu einer unter dem Dach befindlichen Schlafstätte führen musste.

»Was war denn wieder mit Hans los?«, riss eine Stimme sie aus ihren Gedanken. Wlad stand in der Tür, brachte mit sich einen Schwall kühle Nachtluft und ein paar Fetzen Musik vom draußen wohl noch immer tobenden Fest herein. »Ich werd den nie verstehen! Ich hab ihn nur ganz harmlos gefragt, wo du bist, fährt der mich an, er sei nicht die Auskunft!«

Er schüttelte sich, warf seinen Mantel über den Ofen, gab Gregor einen Klaps auf den Kopf und Rosa einen ziemlich langen Begrüßungskuss auf den Mund. Fritzi schluckte. Das war dann wohl Frau Rosa.

»Na egal, ich hab dich ja gefunden, und du wirst nie glauben, was ich gerade gehört hab. Ich hab sagenhafte Topneuigkeiten! Ich hab's von Inge, und die hat es von der ersten Posaune! Es ist also wirklich wahr!«

Fritzi starrte auf ihren Teller mit Fleischklößchen, dann auf den Plankenboden. Da, wo sie herkam, küsste man ein einziges Mal so in aller Öffentlichkeit auf den Mund: vor dem Altar, nach dem Ringetauschen. Und dann auch noch gleich zwei Männer – ein bisschen schockierte Fritzi das dann doch, obwohl sie natürlich wusste, dass der beste Freund ihres Vaters jeden August mit einem Buchhändler in die Sommerfrische fuhr und ihr Vater ihr dazu mehr als einmal einen Vortrag gehalten hatte. Thema: *Der Paragraph 175 ist ein Verbrechen. Was geht es den Staat an, wen wir lieben?*

»Also hör zu«, fuhr Wlad inzwischen fort. »Gestern ist Gable doch wie jeden Sonntag im ›Wintergarten‹ aufgetreten, und da saß eine im Publikum, eine Blondine …« Plötzlich fiel sein Blick auf Fritzi, und er unterbrach sich: »Was macht denn die noch da? Ich dachte, die hättest du bei Hans abgeliefert?«

»Lack übernachtet heute bei uns, während du uns deine tollen Neuigkeiten erzählst, könntest du ihr schon mal ein Laken bringen.« Er zwinkerte Fritzi vergnügt zu. »Aber nimm saubere Wäsche. Lack ist eine Dame, keins von Gables Flittchen.«

»Eine Dame? Aber top das. Dann erfährst du eben erst nachher, was ich gehört habe«, entgegnete Wlad lachend und kletterte dann, vor sich hin trällernd, die Leiter unters Dach hoch: »*Toujours l'amour, für heute Nacht, alles andere sei vergessen, für heute Nacht.*«

Fritzi blickte ihm mit großen Augen hinterher. Ob der Drogen nahm? Womöglich dieses Kokain? »Also hör zu!«, brüllte es inzwischen von oben runter. »Diese Blondine, die ist während der Pause hinter die Bühne, und da war Gable wohl gerade mit seiner Aktuellen zugange. Und du kennst ihn ja, wenn er in Fahrt ist, dann ist er in Fahrt. Zündest du mir eine Zigarette an? In meiner Tabatiere sind noch welche. Also jedenfalls, Inge hat erzählt, er hat gerade an seiner Aktuellen rumgemacht, als diese Blondine reinkam und ein Autogramm von ihm wollte.« Wlads Worte wurden begleitet von dem Gepolter der die Leiter heruntergeworfenen Kissen, Decken und Tücher. Das Bettzeug war ein wenig klamm, roch aber tröstlich nach Persil und Lavendelsäckchen gegen die Motten. »Also jedenfalls diese Blondine, die stand plötzlich in Gables Tür mit ihrem Autogrammbuch, und seine Aktuelle, die lag wohl schon über dem Berg mit den Mänteln, und er selbst war auch dreiviertel aufgeknöpft, und weißt du, was er da gesagt hat?«

»*Gnädiges Fräulein, bitte warten Sie, bis Sie an der Reihe sind*«, rief Rosa nun und zwinkerte Fritzi dabei amüsiert zu. Von oben kam einen Moment lang beleidigtes Schweigen, dann maulte Wlad: »Warum lässt du mich die ganze Geschichte runterbeten, wenn du sie schon kennst, und außerdem, warum hast du sie mir nicht gleich erzählt?«

»Du hast mich ja nicht zu Wort kommen lassen, Liebling. Ich hab es von der Köchin, und die hat es vom Saxophon.« Wieder zwinkerte Rosa ihr zu, und dann flüsterte er: »Ich wünsche eine angenehme Nacht.«

Und das war so ziemlich das Letzte, das Fritzi an jenem ersten Tag hören sollte.

Wüstes Geschrei weckte Fritzi, es schien ungefähr eine Armlänge von ihrem Kopf entfernt herzukommen. Eine Frau wimmerte und kreischte, schluchzte und brüllte. Hin und wieder konnte Fritzi auch Rosas Stimme hören, ruhig, begütigend versuchte sie, das weibliche Gezeter zu unterbrechen. Und es duftete nach Kaffee, köchelnder Milch und Frühstücksbrötchen.

»Natürlich, Inge, natürlich«, hörte sie Rosa sagen, woraufhin die Frau aufheulte und stöhnte: »Das war's jetzt. Das war's ein für alle Mal. Ich betrete kein Zimmer mehr, wenn der drin ist. Das muss ich mir von dem nicht bieten lassen.«

»Ich finde aber, Hans hat recht!« Das war Wlad, seine Stimme kam aus dem hinteren Teil des Zimmers und wurde von Tellergeklapper begleitet. Die Aussicht auf ein Frühstück ließ Fritzi die Augen einen Spaltbreit aufschlagen.

Im grellweißen Frühlingslicht hing da ein Fräulein an Rosas breiter, mit einem primelgelben Pyjama bekleideter Brust und weinte so heftig, dass schwarze Tuscheschlieren über ihr hübsches Gesicht liefen.

Fritzi schob sich das Kissen auf ihrem Entenkükensofa etwas zurecht, damit sie scheinbar schlafend alles beobachten konnte. Wlad deckte gerade den Tisch – in einem blauen Hausmantel, der sich trotz eines üppigen Chinchillapelzkragens zwischen dem leuchtenden Primelgelb von Rosas Pyjama und dem Entenkükengelb des Sofas irgendwie blass ausnahm.

»Warum regt der sich eigentlich so auf? Ist doch nur ein vertauschter Buchstabe. Da muss man wirklich kein Gewese drum machen – Negrophilie oder Nekrophilie, ist doch fast das Gleiche. Negrophilie mit k geschrieben! Das ist einfach zu gut. *Paint it black – oder die Nekrophilie des gemeinen Berliner Nachtschwärmers*, das ist zu gut! Die bei Ullstein verstehen wirklich gar keinen Spaß«, sagte er jetzt, und in seiner Stimme schwang Spott mit.

Inge wimmerte auf, presste sich noch fester an Rosa, der seinem Freund einen bösen Blick zuwarf.

Fritzi musste grinsen, das war mal was anderes als nur

das übelgelaunte Gesicht ihrer Tante zu Hause. Andererseits wusste sie auch nicht, wie lange sie Sofa und gemachtes Frühstück überhaupt noch würde genießen können. Sie besaß ja noch immer kein Geld und auch keine rechte Aussicht, welches zu verdienen.

»Ich ertrag den nicht länger!«, stieß Inge nun hervor und schnäuzte sich sehr geräuschvoll in ein von Wlad gereichtes Küchentuch. »Ne, ne, da mach ich lieber wieder für fünfzehn Mark am Tag Statisterie!«

»Tu das. Wenn du dir lieber an die Möpse fassen lassen willst, als die Interpunktion zu beherrschen, dann bitte!«, schlug Wlad vor, wobei er demonstrativ die Augen verdrehte und an Rosa gewandt erklärte: »Da hast du deine weibliche Selbstbestimmtheit! Bequem und träge! Sie prostituiert sich lieber, bevor sie was lernt! Große Parolen und sonst nichts!«

»Ich muss mich von dem doch nicht beschimpfen lassen, nur weil ich seine Schrift nicht lesen kann. Der diktiert in einem Tempo, da ist eine MG-Salve ein Dreck dagegen«, schluchzte Inge, und Fritzi begann, hellhörig zu werden. »Und von dir brauch ich mir gar nichts sagen lassen! Von dir schon zweimal nicht. Alles, was du kannst, ist, von Rosas Artikeln zu leben. Deine dämlichen Gedichte bringen keine Butter aufs Brot!«

»Inge! Du …«, ging Rosa dazwischen, doch bevor er weiterreden konnte, flog die Tür auf, und der Graf von Keller trat ein – diesmal nicht auf Krücken, sondern nur auf einen Stock gestützt, aber ansonsten ungesund blass und mit tiefschwarzen Schatten unter den braunen Augen.

Inge schrie spitz auf und schwang sich durch das geöffnete Fenster.

»Hans, deine Wirkung auf Frauen ist legendär!«, kommentierte Rosa trocken. »Möchtest du mitfrühstücken? Es reicht gut für dich. Soll ich dir ein Ei im Glas machen? Oder magst du Kaviar? Wir hätten frisches Weißbrot. Ich glaube, es ist auch noch Cremetorte von gestern Mittag da.«

»Ist das Mokka?« Ganz ungeniert öffnete er den Eisschrank, steckte den Finger in die Tortencreme, schleckte und befand: »Nuss mag ich nicht. Ich nehm mir einen Apfel.«

»Du wirst keinen Apfel frühstücken!«, kommandierte Rosa in ungewöhnlich strengem Tonfall. »Du wirst etwas Vernünftiges essen. Und komm mir nicht mit keine Zeit! Ich weiß ganz genau, den Artikel über den schwarz angemalten Sänger aus der Münzingerstraße hast du gestern bei Ullstein abgegeben, dein aktuelles *Menschen von heute* kommt erst heute Mittag aus dem Lektorat, und ob ihnen dein neuer Vorschlag gefällt, erfährst du frühestens morgen. Außerdem bist du dein Tippfräulein gerade mal wieder los.«

Er zog einen aus Brettern getischlerten Stuhl herbei und drückte den leicht widerwilligen Grafen halb darauf.

»Vielleicht solltest du selbst lernen, Schreibmaschine

zu schreiben?«, schlug Wlad vor. »Rosa kriegt seine Beiträge doch auch ohne fremde Hilfe aufs Papier.«

Der Graf seufzte tief: »Falls es dir bisher nicht aufgefallen sein sollte: Er ist schwul und ich nicht. Und deshalb tippt er seine Artikel selbst und lebt mit dir zusammen, während ich beides nicht zu tun gedenke.«

»Armes Hänschen«, spottete Rosa und reichte ihm ein Marmeladenbrot: »So, und jetzt aufessen«, kommandierte er streng, fügte dann jedoch in versöhnlicherem Tonfall hinzu: »Wenn sich die Bedienung einer Schreibmaschine nun bedauerlicherweise nicht mit deiner männlichen Würde vereinbaren lässt, dann solltest du vielleicht darüber nachdenken, deine Erwartungen etwas herunterzuschrauben? Oder du stellst halt mal ein richtiges Tippfräulein ein und nicht irgendein Flittchen, das dir leidtut, weil's keine Stelle hat. Das war jetzt die achte, die du seit letztem Sommer verjagt hast.«

»Das neunte, zumindest wenn man die Halbtaube mitzählt!«, korrigierte der Graf matt.

Fritzi gähnte herzhaft, reckte und streckte sich, das war genau der richtige Moment, um auf sich aufmerksam zu machen. Von Keller war zusammengezuckt und starrte sie nun ziemlich entgeistert an. »Oh, Sie sind ja noch hier? Wie war das gestern noch? Sie meinten, Sie würden mir Ihre Dienste als Tippfräulein antragen? Stellen Sie sich vor, die Situation hat sich geändert. Ich bräuchte doch eins. Wann könnten Sie anfangen?«

Sofort konnte Fritzi anfangen, gleich nach dem Frühstück – gegen vorläufiges Logis auf dem Entenküken und zwanzig Mark die Woche. Das waren zwei Mark weniger als daheim, aber dafür musste sie ja der Tante nichts mehr abgeben.

In der Villa selbst konnte sie nicht bleiben, da die meisten Zimmer an Künstler vermietet waren, die sie als Atelier und zum Wohnen nutzten. Wobei vermietet nicht bedeutete, dass dem Grafen Miete gezahlt wurde. Es hieß lediglich, dass der Mieter die abstrakte Absicht hegte, irgendwann einmal etwas zu bezahlen – künstlerischen Erfolg vorausgesetzt. Nur ein einziges Mal, so erzählte Wlad ihr, während sie sich für die Arbeit fertigmachte, war Hans nicht auf den Kosten sitzen geblieben.

Der berühmte Viktor Klingenberg, Schwarm aller mit Ölfarbe dilettierenden Witwen, hatte ganz zu Anfang seiner kometenhaften Karriere hier ein Zimmerchen bewohnt. Nach seinen ersten Verkäufen zog er rasch aus, wobei er tatsächlich die Miete für seinen kompletten Aufenthalt zahlte und sogar die Wände frisch gekalkt zurückließ. Von dieser allseits mit Misstrauen beäugten Ausnahme einmal abgesehen, zahlten nur noch Wlad und Rosa Miete. Das hieß, Rosa zahlte, denn Wlad verkaufte seine Gedichte nicht. Er verschenkte sie nur. Auf kleinen, Visitenkarten ähnelnden Pappkärtchen, handschriftlich verfasst, jedes Stück ein Unikat, verteilte er sie an Passanten auf dem Alexanderplatz, an Mitreisende in der Elektrischen und einfach an jeden, der Wlads Meinung nach noch nicht ganz verloren war.

Kurt Pinthus hatte ihn gefragt, ob er nicht wenigstens eines seiner Gedichte für *Menschheitsdämmerung*, den großen Sammelband der expressionistischen Lyrik, haben dürfte, aber Wlad hatte abgelehnt.

Nein lautete auch seine Antwort auf Pinthus' Bitte, dann wenigstens das Vorwort für dieses Kompendium zu schreiben.

Für Wlad verlor Kunst jede Berechtigung, wenn man sie denn nahm und in ein Büchlein sperrte – gleich einer prächtigen Rose, deren pralle, kraftstrotzende Blüte man kopfüber zum Trocknen aufhängte. Da hatte man am Ende zwar vielleicht eine die Jahre überdauernde Blume, doch wie leblos, wie staubig, gefällig und gezähmt stand sie dann in irgendeiner Vase, keines längeren Blickes mehr wert, und eines Tages, da nahm man sie und warf sie auf den Kompost, zwischen Apfelbutzen und Eierschalen.

»Und da gehört sie ja auch hin!«, schloss Wlad die Ausführungen über sein künstlerisches Selbstverständnis und gab dem tief über den Küchentisch gebeugten Rosa noch einen letzten Kuss auf den Nacken. Rosa musste nämlich bis zum Redaktionsschluss des *Uhu* noch tausend Worte über die Ausflüchte erfolgloser Künstler zu Papier bringen. Von solcherlei Textchen lebten die beiden, wie Wlad Fritzi erklärte, während er ihr die Tür aufhielt.

»Er macht auch Reportagen, meistens über Sport, allerdings mehr so vom gesellschaftlichen Standpunkt aus – *Die eleganten Berliner und das Sechs-Tage-Rennen*; *Was trägt die Baronin von Withmansthal zum Tennis?* Das verkauft sich gut und schreibt sich schnell. Er ist kein Künstler, aber ich liebe ihn trotzdem.« Wlad schenkte Fritzi ein schiefes Grinsen. »Oder auch gerade deswegen – mehr als einen Künstler, das erträgt doch keine Beziehung!«

Fritzi nickte, nur um irgendetwas zu tun. Sie hatte sich bisher nie Gedanken gemacht, wie viele Künstler es pro Beziehung maximal geben sollte, und außerdem kaute sie noch an der Selbstverständlichkeit, mit der man sich hier öffentlich küsste.

»Oh schau! Die Tulpen blühen! Endlich!«

Tatsächlich, die ersten Tulpen öffneten ihre roten und gelben Köpfchen – überhaupt wirkte der Park im weißen Licht eines kühlen Frühlingsmorgens viel freundlicher. Natürlich war er immer noch vollkommen verwahrlost, das Gras mit Moos überwuchert und die Steinplatten des Wegs von Efeu überwachsen, aber irgendjemand hatte sich die Mühe gemacht, Primeln, Schneeglöckchen, Krokusse und wahre Nester aus violetten Traubenhyazinthen zu pflanzen. Außerdem hatte jemand – vermutlich derselbe wie der Primelpflanzer – die Rosen im Herbst fachmännisch zurückgeschnitten, so dass sie nun voll Lebensgier ausschlugen.

Eigentlich fand Fritzi den Garten fast schön. Ein bisschen ungewöhnlich, aber doch auf verwunschene Weise schön. Wlad hielt ihr plötzlich eine frisch gepflückte, gelbe Tulpe entgegen. »Da! Die ist für dich! Für Lack, das Mädchen, das kam, als die Tulpen blühten! Leg sie dir auf deinen Schreibtisch in Hans' Büro, und wenn du durchhältst, bis die Margeriten kommen, dann hast du meine Hochachtung. Aber ich glaube, du bist tough.«

»Danke«, entgegnete Fritzi etwas überrumpelt. »Danke schön!«

»Weißt du, Hans ist kein schlechter Kerl, er ist nur ein bisschen hitzköpfig. Und außerdem geht's ihm gerade nicht so gut, wegen Gable und der Geschichte mit der Hundepeitsche. Ich finde immer noch, dass er Gable hätte rauswerfen sollen. Hochkant! Weißt du, was passiert ist? Guten Morgen, Herr Schmitt.«

Letzteres galt einem älteren Herrn, der einen etwas deplatzierten Eindruck machte. In einem maßgeschneiderten Büroanzug, eine elegante Ledermappe unter dem Arm, schien er sich auf dem Weg in seine Bank oder vielleicht auch seine Arztpraxis hierher verirrt zu haben.

»Wie geht es Ihnen heute?«

»Gut, gewiss doch. Bei diesem Wetter.« In vollendeter, wenn auch leicht antiquierter Höflichkeit beugte er sich über Fritzis Hand, hauchte ihr einen Kuss darauf, wandte sich dann zu Wlad und lüpfte seinen Hut. »Haben Sie schon vernommen? Ein neues Herz erfreut sich der Gunst unseres Herrn Szafir.«

»Kurt Szafir ist Gables bürgerlicher Name«, erklärte

Wlad Fritzi, und an Herrn Schmitt gewandt, fragte er: »Ach, ist es jetzt diese Blondine aus dem Wintergarten-Varieté?«

»Das ist doch längst passé! Sie werden es nicht glauben, aber er ist gestern tatsächlich mit dem schönen Liebhaber des Grafen Sawicki verschwunden! Nachdem der dem Grafen Sawicki mal wieder aus Eifersucht gedroht hatte, sich zu erschießen.«

»Nicht wirklich!« Wlad bekam ganz glänzende Augen. »Und der Graf Sawicki, was hat der dann gemacht?«

»Sich weiter über den Surrealismus unterhalten. Und als die beiden irgendwann ganz zerzaust wiederkamen, hat er seinem schönen Liebhaber die Krawatte frisch gebunden und Herrn Szafir gefragt, was er eigentlich von Max Ernsts Werken hält. Ich weiß auch nicht, wo das noch hinführen soll. Nun, ich muss weiter. Ich habe Schlag zehn Uhr eine Verabredung mit dem Rosenstrauch am Teich, und ich darf ihn nicht warten lassen. Er ist ganz unerhört ungeduldig! Und ein Rüpel obendrein, doch wer so schön ist … Auf Wiedersehen, Herr Marx! Auf Wiedersehen, junges Fräulein.«

Und mit diesen von einer kleinen Verbeugung begleiteten Worten eilte er davon.

Fritzi bemerkte erst jetzt: Er trug keine Schuhe, sondern lief barfuß über das noch taufeuchte Gras!

»Das war Herr Schmitt, Helmut Schmitt, einer der dauerhaften Mieter. Die anderen wirst du nach und nach auch kennenlernen«, erklärte Wlad im Weitergehen. »Er ist nett, nicht wahr?«

»Warum trägt er denn keine Schuhe?«

»Tut er nie – auch wenn Schnee liegt. Er braucht das für seine Kreativität.« Wlad zuckte die Schultern, kickte eine von dem gestrigen Fest zurückgebliebene leere Champagnerflasche über den gekiesten Vorplatz der Villa. »Aber er ist jede Woche bei Madame Bros, dem Schönheitssalon am Pariser Platz, und lässt sich dort pediküren. Hans und Rosa zahlen ihm das abwechselnd, weil der Anblick schrundiger Füße sich wiederum negativ auf meine Kreativität auswirken würde.«

»Und Schuhe anziehen wäre für ihn keine Option?«, fragte Fritzi. Ihr war nicht recht wohl – jetzt war es gar nicht mehr weit bis zu dem grässlichen Grafen. Natürlich war sie froh, dass er ihr eine Anstellung gab, aber beim Gedanken an die neun vergraulten Tippfräulein schlug ihr Herz schon ziemlich heftig im Hals.

»Man darf niemanden in der Ausübung seiner persönlichen Freiheiten einschränken«, unterbrach Wlad ihre Gedanken und hielt ihr die Tür zum Herrenhaus auf: »Wenn Herr Schmitt für seine Entwicklung barfuß gehen muss, habe ich dafür volles Verständnis, aber ich ertrage den Anblick von Hornhaut trotzdem nicht.« Fritzi nickte unsicher, das mit der persönlichen Freiheit hatte ihr Vater auch immer so gesagt, nur die Verbindung zur Pediküre, die war ihr noch neu.

»Sie sind ja pünktlich!« In den Zügen des Grafen stand echte Überraschung, und sein Blick wanderte einige Male zwischen Fritzi, Wlad und seiner Armbanduhr hin und her. »Ich muss gestehen, ich habe Sie noch gar nicht erwartet.« Er schüttelte seinen auch heute wieder sehr ungekämmten Kopf und machte einen Schritt aus der Tür, so dass sie eintreten konnten.

»Mein letzter Chef, der hat einem jede Verspätung vom Lohn abgezogen«, entgegnete Fritzi trocken und sah sich um. Bedachte man die imposante Größe des Hauses, war das Büro sehr klein und voll. Wie schon im Musikzimmer türmten sich auch hier unzählige Bücher neben grell bemalten Leinwänden, lagen zerknüllte Papiere zwischen Staubflusen und übervollen Aschenbechern auf dem Boden. Der leere Schreibtisch, der inmitten all dieses Chaos thronte, wirkte seltsam fremd.

»Das ist Ihr Platz.« Mit dem Kinn deutete der Graf auf das schwere Möbel aus Nussbaumholz. Während sie ihre treue *Orga Privat* abstellte und die Tulpe hinlegte, begann er, Aspirintabletten in seine Kaffeetasse zu löffeln. Eins, zwei, drei, vier Stück zählte Fritzi mit einiger Verwunderung, doch Wlad schien sich nicht daran zu stören.

»Ich bin dann mal weg«, sagte dieser gerade und war wenige Augenblicke später türknallend verschwunden.

»Ihre Aufgaben sind denkbar einfach«, erklärte der Graf, wobei er nach kurzem Zögern noch eine fünfte Tablette unterrührte. »Ich schreibe einen monatlichen Beitrag für den *Uhu*. Das ist Ullsteins neues Unterhaltungsmagazin, vermutlich kennen Sie es?« Sie nickte, und so fuhr er fort: »Die Serie heißt *Menschen von heute*. Jeden Monat stelle ich eine interessante Persönlichkeit unserer Zeit vor. Menschen, die das Gesicht unserer Epoche prägen, Sinnbilder unserer Gegenwart, solche Leute eben. Sie basiert auf Interviews, aber es sind mehr Porträts. Ich habe schon über Hans Fallada, Stresemann und Carl von Bäumer berichtet.« Er klang ziemlich stolz, weshalb Fritzi gutmütig fragte: »Ist der Bäumer in echt auch so schön wie auf der Leinwand?«

Der Graf lachte, es war wieder das unbeschwerte Schuljungenlachen ihrer ersten Begegnung: »Die Frauen fragen immer nach Carl von Bäumer und die Männer nach Stresemann. Und ja, der Bäumer ist tatsächlich bemerkenswert schön. Sehr blond, sehr jung, sehr verwöhnt. Ich habe den Artikel *Der Sonnenkönig der Ufa* betitelt. Das war bisher mein erfolgreichster Beitrag. In der Aprilnummer kommt jetzt Anita Berber, da bin ich mal auf die Reaktionen gespannt.«

»Wie ist sie?«, platzte Fritzi heraus. »Ich möchte sie unbedingt einmal tanzen sehen. Man liest so viel über sie. Sogar in der Provinz. Ist sie wirklich ganz nackt?«

»Nein, sie hat nur keine Kleider an.« Er grinste, und nachdem er seinen Kaffee in einem einzigen langen Zug geleert hatte, erzählte er: »Ich hab sie in ihrer Suite im Adlon getroffen, und am Anfang lief das Gespräch ziemlich stockend. Sie war nicht hergerichtet, nicht geschminkt, nicht gekämmt, nur mit einem vollkommen verdreckten Männerhemd bekleidet, und das auch noch falsch geknöpft. Sie wirkte furchtbar deprimiert, weil es gerade am Vortag während ihrer Vorstellung mal wieder Bambule gegeben hatte. Irgendwelche Idioten, denen der Unterschied zwischen einer unbekleideten Künstlerin und einer nackten Hupfdohle nicht einleuchten wollte, die hatten angefangen rumzugrölen. Es ist fast rührend, dass es sie noch immer so trifft – man sollte annehmen, dass sie sich langsam dran gewöhnt hat.« Er sah Fritzi aufmerksam an, schien eine Einschätzung oder einen Kommentar von ihr zu erwarten, doch als sie schwieg, fuhr er fort: »Jedenfalls am Anfang lief das Gespräch ziemlich schleppend, außerdem hat die ganze Zeit ein Wasserhahn auf wirklich enervierende Weise vor sich hin getropft. Und irgendwann hab ich gesagt, sie soll das doch mal dem Hotel melden, dieses ewige Getropfe sei nicht auszuhalten, da würde man ja wahnsinnig, und plötzlich hat sie angefangen zu weinen. Aber nicht wie eine Dame, mit Tränchen am Lidrand. Sie hat richtig geheult, mit laufender Nase und zitternden Lippen und Backen nass wie nach dem Waschen.

Sie hatte das wohl schon mehrfach angesprochen, aber das Adlon will sie loshaben, weil sie mit der Miete im Rückstand ist und ihr Äffchen angeblich die Gardinen zerstören würde. Das mit den Gardinen stimmt übrigens, die sehen tatsächlich ziemlich ramponiert aus. Sie hat mir plötzlich furchtbar leidgetan, sie wirkte so vollkommen hilflos, ein bisschen wie ein Kind ohne die Frau Mama, und da hab ich mir diesen Wasserhahn halt mal angesehen. Dank der Bruchbude von Villa hier hab ich ja einige Übung so im Reparieren, und der Wasserhahn, das war nichts Großes, da reichten Kaugummi und eine Rohrzange. Also hat sie sich einen Pelz übergeworfen, einen riesigen Chinchilla, in dem sie völlig versank, hat den Zimmerservice angerufen und beides bestellt. Sie hätten es erleben sollen, plötzlich war sie wieder ganz die Königin der Nacht, keine Spur mehr von dem schlotternden Kind. Und dann saßen wir also in ihrem Badezimmer, so einem Traum aus Stahl und Marmor, haben Kaugummi gekaut, zwei Flaschen Champagner getrunken, ihr Äffchen hat im Waschbecken gebadet, und ich hab dieses verdammte Rohr geflickt. Zum Abschied hat sie mich noch in die Halle begleitet und mir vor allen Leuten einen Kuss auf den Mund gegeben. Sie hat ja schließlich einen Ruf zu verlieren.«

Lachend schüttelte er den Kopf. »Ich hoffe wirklich, der Beitrag gefällt. Ich würde für den Herbst gern eine Serie über die Pariser Surrealisten schreiben, aber sie bewilligen mir nicht das Geld für die Reise. Dieser Beitrag ist jedenfalls meine einzige regelmäßige Arbeit, ansonsten schreibe ich Klappentexte, Essays zur künstlerischen Lage, Buchrezensionen, so Kleinkram eben. Das dürfte Ihnen nicht viel Mühe machen, nur … meine Korrespondenz, die sollten Sie vielleicht auch erledigen. Da ist einiges liegen geblieben.« Mit einem schwungvollen *Ratsch* riss er die Klappe eines halb von einer komplett schwarzen Leinwand verdeckten Sekretärs nach oben. Eine Sintflut von Briefen ergoss sich über den Boden. Fritzi schluckte: »Das kann man wohl so sagen, da ist einiges liegen geblieben.«

»Sie haben ja mitgekriegt, ich hatte ziemlich Wechsel im Personal. Und dann …« Er drehte sein Zigarettenetui nervös zwischen den Fingern. » … dann hatte ich auch persönlich viel um die Ohren.«

»Das kriegen wir schon hin.« Sie sprach mit jener freundlichen aufheiternden Stimme, die sie zu Lebzeiten ihres Vaters oft genutzt hatte. Es war ein Tonfall, der nahelegte, das alles sei nicht nur gar nicht schlimm, sondern fast ein Grund zum Lachen – egal ob nun eingenässtes Bettzeug oder monatealte Post. Beherzt nahm sie sich ein paar Briefe, legte sie neben ihre Maschine, und nachdem sie routiniert das Kohlepapier eingespannt hatte, öffnete sie den ersten Umschlag. Das Schreiben datierte auf 15. Dezember 24, eine Einladung zu einem Neujahrsfest. »Was soll ich denn als Grund angeben, warum Sie sich bisher nicht gemeldet haben?«

Einen Moment starrte er wortlos aus dem Fenster, dann sagte er: »Sie sind nicht aus Berlin, oder?« Fritzi verkniff sich die Bemerkung, dass sie ihm vor nicht einmal vierundzwanzig Stunden erzählt hatte, woher sie stammte, sondern nickte nur. »Das dachte ich mir. Sonst weiß es nämlich die ganze Stadt.«

»Soll ich einfach schreiben: *Bitte entschuldigen Sie mein langes Schweigen, ich war verhindert?*«, schlug Fritzi vor und beschloss, dass sie gleich in der Mittagspause Wlad fragen würde, was denn da los gewesen war. »Ja, das klingt ganz gut.« Mit einer matten Bewegung ließ er seine Tabatiere aufschnappen, steckte sich eine Zigarette zwischen die fahlen Lippen. »Möchten Sie auch eine? Türkische.«

Sie nickte eifrig. »Machen Sie sich keine Gedanken wegen dem Gerede der Leute. Letztes Jahr zu Weihnachten habe ich ein Theaterstück für den Kindergottesdienst gemacht, und es war so ein Skandal, dass sie zum Schutz der Kirche Schupos aus der Kreisstadt kommen lassen mussten. Es wurde sogar in der Zeitung drüber berichtet, und nur ein paar Wochen darauf hat mich mein Verlobter sitzen gelassen. Sie können sich nicht vorstellen, wie das war.«

»Glauben Sie mir, ich kann«, entgegnete er, doch bevor er mehr sagte, schrillte es unter einem Berg Zeitungspapier.

»Sie sprechen mit dem Büro des Grafen von Keller. Womit kann ich …«, meldete sich Fritzi, als sie endlich den Telefonapparat gefunden hatte, aber weiter kam sie nicht. Eine herrische Frauenstimme unterbrach sie. »Geben Sie mir Hans! Pronto!« Das sowieso schon blasse Gesicht des

Grafen hatte einen aschigen Ton angenommen, doch er streckte die Hände nach Sprecher und Hörer aus.

»Soll ich rausgehen?«, schlug Fritzi dezent vor. »Ich könnte in fünf Minuten wiederkommen?«

»Jetzt reg dich bloß nicht schon wieder auf, das war nur mein neues Tippfräulein«, erklärte der Graf in die Leitung, und an Fritzi gewandt, zischte er: »Machen Sie Schluss für heute und bringen Sie Ihrer Vorgängerin, wie auch immer sie geheißen haben möge, ihre Schreibmaschine. Die hat sie bei der Flucht vergessen. Fragen Sie Rosa nach der Adresse und dann rufen Sie sich eine Taxe.«

Hocherfreut über die Aussicht auf ihre allererste Autofahrt schloss sie eifrig die Tür. Rasch, allerdings nicht rasch genug, um nicht noch zu sehen, wie der Graf aus seinem Sakko den Flachmann nahm.

»Ein Glas kaltes Himbeersoda und zwei Zigaretten zu sechs Pfennig«, bestellte Fritzi, und vor Aufregung zitterte ihre Stimme ein klein wenig. Sie saß tatsächlich im Kaufhaus des Westens, im KaDeWe. Sie, Elfriede Lack!

Fahren Sie mich ins KaDeWe, hatte sie zu dem Taxichauffeur gesagt und war, als wäre es die selbstverständlichste Sache der Welt, hinten eingestiegen. Der Fahrer hatte genickt, aber etwas verwirrt dreingesehen, und erst da war Fritzi klar geworden, dass sie die Wagentür selbst geöffnet hatte. Zu spät, sollte der sie eben für exzentrisch halten.

Das tat er dann wohl sowieso, denn die Autofahrt war dermaßen sagenhaft kolossal top, da hatte Fritzi ihre Begeisterung dann doch nicht für sich behalten können.

Erstes Mal in Berlin, hatte der Chauffeur mit einem schiefen Grinsen gefragt, und weil er es ja eh gemerkt hatte, hatte sie genickt. Und dann war er extra für sie direkt über den Kurfürstendamm gefahren, wo sie sich fast wie in einem expressionistischen Gedicht gefühlt hatte.

Im Dämmerlicht nervös zuckende, wild aufgrellende Leuchtreklamen, wohin man schaute, auf den Straßen vor den Cafés Tische und Stühle wie im Sommer, und zwischen rotglühenden Kohlebecken saßen noch dick eingepelzt die Herrschaften, tranken vermutlich Mokka double oder Champagner oder wenigstens Kupferberg nass.

Wie selbstbewusst die Damen ihre in Schnallenpumps endenden Seidenstrumpfbeine von sich streckten, die Vorbeieilenden mussten manchmal sogar darübersteigen. Wie bunt, wie glitzernd und blinkend es hier war. Fast hatte Fritzi geglaubt, die aufgeregt wuselnde Musik der Cafés zu hören, trotz des ohrenbetäubend brummenden Motors.

Sin' Se uff Urlaub?, hatte der Chauffeur gebrüllt, während er reifenquietschend vor einem riesenhaften Klotz von 19.-Jahrhundert-Prachtbau hielt, und Fritzi hatte erwidert: *Nein, ich bleibe. Mir gefällt's.*

Und wie es ihr gefiel! Wie ihr das KaDeWe erst gefiel!

Marmor, Plüsch und poliertes Messing, so weit das Auge reichte, sehr geschäftige, sehr schöne Ladenfräulein in gestärkten Blusen, ewig hilfsbereit lächelnd, dazwischen auf kreisenden Ständern Halstücher, Jumper, Röcke, dann wieder meterhohe Stapel von Büchern, ein Pappaufsteller zwei mal zwei Meter groß, darauf das gemalte Gesicht eines Mannes, auch er sehr schön, sehr melancholisch, mit Zigarette und pomadisierten Fingerwellen, *Das Haus Ullstein präsentiert: der neue Bestseller von Nicki Wassermann – Autor der Comte-Le-Juste-Romane*, kaum zwei Schritt weiter Türme von silbern blitzenden Töpfen, von spiegelnden Teekesseln, auf einem samtbespannten Ständer *Die erste elektrische Saftpresse – das Original aus den USA*.

Ewig hätte Fritzi hier so staunend herumwandern können, allerdings fürchtete sie den prüfenden Blick der Ladenfräulein, das skeptische Mustern der Verkäufer, und so fragte sie sich schließlich zum Vorführraum durch.

Und da saß sie nun also, an einem der Marmortischchen, vor sich ein Himbeersoda in etwas, das ganz bestimmt Kristallglas war, und einen Aschenbecher aus demselben Material. Der kleine Raum füllte sich allmählich, und obwohl die Besucherinnen nicht so schick waren, wie Fritzi gefürchtet hatte, waren sie eben doch deutlich schicker als sie in ihren Wollstrümpfen mit geflicktem Bürorock und verwaschener Schluppenbluse drüber. Am liebsten wäre sie in den Karton gekrochen, in dem sie die Schreibmaschine transportiert hatte, nur leider winkte da schon diese Inge.

Am Morgen hatte Fritzi kaum Zeit gefunden, sie sich gründlich anzusehen, aber jetzt, wie sie so auf sie zuschwebte, da hatte sie ausreichend Gelegenheit. Hellblonde Zuckerwattehaare, ein perfekter Teint und derart makellose Nägel in Feuerrot! Und ewiglange Beine in Feinstrümpfen!

»Salut, du musst Lack sein, oder?«, fragte Inge und schüttelte dabei ihren weißblonden Bubikopf. Fritzi nickte stumm, sie wusste nicht, wofür sie sich zuerst schämen sollte: für die ausgeblichenen Sommersprossen auf ihrer ungepuderten Nase, für ihre stumpfgeschnittenen, unlackierten Tippfräuleinnägel, für ihren etwas rausgewachsenen Bob, für ihre ungeschminkten Augen, ihr spitzes Kinn?

Das Kinn war fast das Schlimmste.

In einem für ihn eher untypischen Anfall von Phantasie hatte Gustav einmal behauptet, ihr Kinn springe vor wie die Pointe eines unanständigen Witzes. Und so ein Kinn konnte man auch nicht ändern. Wimpern konnte man dauerfärben, Haare schneiden und Nägel wachsen lassen, aber so ein unanständiges Pointenkinn blieb einem für immer. »Hat der Graf also die nächste Dumme gefunden? Pass bloß auf, der hasst Frauen. Einer meiner Vorgängerinnen hat er einen Roman an den Kopf geschleudert. Von Joseph Roth.«

Wieder konnte Fritzi nur nicken. Sie war sich im Unklaren, warum es besonders verwerflich sein sollte, mit den Romanen Joseph Roths zu werfen. Ob die grundsätzlich sehr dick waren? Oder immer in Leder gebunden?

»Mein lieber Herr Gesangverein, der ist manoli!«

Fritzi hatte keine Ahnung, was das bedeutete, aber trotzdem seufzte sie: »Ja, der ist echt manoli.«

»Total«, bestätigte Inge und entnahm ihrer Sakkotasche eine Tabatiere. Sie trug kein einfaches Sakko, sondern ein Bouclégarn-Kostüm in Flieder. Mit überbreitem Kragen aus Schneefuchs und mit Pelzmanschetten an den Ärmelabschlüssen. »Andererseits ist er aber auch ziemlich süß, mit diesen ein ewig explodierenden Haaren und seinen dunklen Augen. Wenn er nicht so manoli wäre, dann hätte ich mir schon überlegt, ob ich ihm nicht mal eine Chance gäbe. Nicht weil er unbedingt mein Typ ist, mehr so aus Menschenfreundlichkeit, damit er mal wieder lacht. Ich meine, das geht doch nicht an, oder? Seit dem ganzen Schlamassel mit den Franzosen haben wir hier Männermangel, und da ist so ein hübscher, junger Adliger – gut, Geld hat er keins, aber wenn er den hässlichen Kasten von Villa verkaufen würde, dann hätte er welches, und mal davon abgesehen, also wenn ich mir das überlege, für die Frauenwelt verloren, da kommen mir doch echt die Tränen. Ne, ne, kommen sie nicht, ich bin ja geschminkt, aber richtig find ich dem sein Verhalten trotzdem nicht!«

»Warum ist er denn für die Frauenwelt verloren?«, nutzte Fritzi den Moment, in dem der erste Zug an ihrer Zigarette Inge zu kurzem Schweigen zwang.

»Mensch, du bist aber topschlecht informiert!« Inge verdrehte die Augen. »Ich dachte, jeder weiß es. Seit Weihnachten tratscht doch die ganze Stadt nur darüber. Aber die Kinski kennst du wenigstens? Und die Geschichte mit der Hundepeitsche?«

Peinlich berührt schüttelte Fritzi den Kopf.

»Bei dir muss man ja wirklich bei null anfangen. Dafür reicht mir jetzt die Zeit nicht, ich muss um sechzehn Uhr noch mal laufen.« Sie stieß Rauch durch die Nase und schien zu überlegen. »Heute Abend geht es nicht, da bin ich schon mit Reibetanz im Wintergarten und bei Schwanickes zum Nachtmahl. Ich würde dich sofort mitnehmen, aber …« Sie kicherte. »Weißt, das wird schrecklich öde. Der heißt tatsächlich Reibetanz und hat Geheimratsecken und Halbglatze und kreisrunden Haarausfall und alles zusammen. Weißte, normalerweise würde ich ja nicht mit so einem ausgehen, nur ich brauch einen neuen Sommermantel, und nachdem der Graf mich gefeuert hat, muss mir den irgendeiner bezahlen. Aber wie wär's morgen? Dann erzähl ich dir alles ganz genau! Lass uns auf ein Blubberwasser ins *Café unter den Linden* gehen. Da kommen viele von den Babelsbergleuten hin, manchmal kriegt man da Tipps für Vorsprechen, und einmal bin ich da vom Fleck weg für Statisterie verpflichtet worden. Und der Gable, der singt da auch. Kennste den schon? Mein lieber Herr Gesangverein, das ist ein Kerl! Wow, der hat Kommant. Im letzten Herbst, da war ich mal seine Aktuelle, und ich sag dir!«

Fritzi hörte gar nicht mehr richtig zu. Sie war gedanklich immer noch bei Babelsbergleuten und Statisterie.

»Meinst du, da gäb's auch für mich was? Ich meine, beim Film?«, fragte sie. Sie klang sehr zaghaft, das drohende *Nein* schon vorwegnehmend. Ihr Name auf einem Kinoplakat, was würde der dumme Gustav da staunen, und all die anderen Lästermäuler, denen fiel bestimmt gar nichts mehr ein. Herrlich wäre das, schon als Backfisch hatte sie sich immer ausgemalt, wie es wohl wäre, beim Film zu sein.

»Warum nicht«, Inge zuckte unbeeindruckt die Schultern und musterte Fritzi. »Bist doch eine Hübsche mit deinem Katzenkinn. Bisschen altbacken siehst du aus, aber grundsätzlich: Warum nicht?«

»Wirklich? Ich wollte schon immer Schauspielerin werden, schon seit ich das allererste Mal im Kino war. Das war *Die Wahrheit siegt*, mit Mia May. Den hab ich viermal gesehen.« Das war ein wenig geflunkert, denn eigentlich hatte sie sich gewünscht, Drehbücher zu schreiben. Richtig gute Drehbücher, die nackte Wahrheit in all ihrer grauenhaften Schönheit hätte sie gern auf die Leinwand gebracht, nicht so einen albernen Kitsch wie *Die Wahrheit siegt*. Nach dem Krippenspieldebakel war sie allerdings zu dem Schluss gekommen, dass es vielleicht besser war, einfach nur zu tun, was einem ein Regisseur sagt. Da konnte einem wenigstens keiner einen Vorwurf für die Texte machen. »Du würdest mich wirklich mitnehmen? Meinst du, die lassen mich da überhaupt rein?«

»Aber top. Ist ja ein freies Land, ins *Café unter den Linden* kann jeder, der will. Die haben nicht mal Schuhkontrolle. Du bist echt süß!« Inge kicherte und schnappte sich die Kiste mit ihrer Schreibmaschine. »Dann also morgen um siebzehn Uhr auf ein Blubberwasser im *Café unter den Linden.*«

»Warte, halt!«, rief Fritzi plötzlich panisch. »Ich glaub, ich kann mir das nicht leisten. Ich krieg erst Freitag meinen Lohn.«

»Dummchen, bist du manoli? Wir zahlen doch nicht selber!« Inge schüttelte ein letztes Mal amüsiert ihren Platinkopf, dann verschwand sie auf ihren hohen Absätzen klackernd in Richtung Personaleingang, jedoch nicht ohne noch einmal über die Schulter zu blicken und Fritzi zuzurufen: »Bleib ruhig hier und schau dir die Vorführung an. Nicht böse gemeint, aber du siehst aus, als könntest du etwas modische Inspiration vertragen.«

»Kann ich Ihnen vielleicht helfen? Suchen Sie jemanden?«

Fritzi stand wie versteinert. Wortlos starrte sie den

Mann an, und offensichtlich in der Annahme, sie habe ihn schlicht nicht gehört, wiederholte dieser seine Frage: »Wen suchen Sie denn?«

Noch nie, niemals, auch nicht auf der Leinwand, war ihr ein so gutaussehender Mann begegnet. Groß, mit breiten Schultern und einem kantigen, von spiegelnd schwarzem Pomadenhaar eingerahmten Gesicht.

Mit freiem Oberkörper stand er mitten in der Küche der Villa und bügelte.

»Äh … ja …«, stammelte sie und bemühte sich, ihn nicht ganz so offensichtlich anzustarren. »Äh … ja, also eigentlich … eigentlich suche ich Wlad und Rosa. Die beiden haben mich nämlich eingeladen. Auf einem Zettel. Also ich meine, als ich heimgekommen bin vom KaDeWe, lag da ein Zettel. Auf dem Esstisch. Und darauf stand die Einladung.«

Der Mann glotzte sie an. Er hatte schwarze, feucht schimmernde Augen, und etwas in seinem Blick sagte, dass er Fritzi für betrunken oder geistig umnachtet oder beides hielt.

»Wozu haben sie Sie denn eingeladen?«, erkundigte er sich und fuhr fort, sein Hemd fachmännisch zu plätten. »Wollen Sie auch zu der Geisterbeschwörung?«

»Genau, zur Séance. Aber die beiden haben vergessen zu sagen, wo sie genau stattfindet. Sie haben nur geschrieben, in der Villa, und jetzt gibt es hier so viele Zimmer, und ich …«

»Ich glaub, normalerweise machen die so ein Zeugs immer im Keller. Vermutlich wegen der Stimmung.« Er zuckte mit den Schultern. »Sind Sie auch Malerin und auf der Suche nach Ihrem Unbewussten? Oder nach den Ichs Ihrer Vergangenheit?«

Sie schüttelte den Kopf und beobachtete ihn dabei, wie er glühende Kohlen aus dem Herd nahm und sie geschickt in sein Bügeleisen füllte.

»Ich halt da ja nicht viel von. Was die ständig in ihrem Unbewussten rumgraben müssen, ist mir ein Rätsel. Und wenn ihnen das nicht mehr reicht, müssen sie auch noch den Geist ihrer alten Tante beschwören? Mir ein Rätsel, was die sich für ihre Kunst davon erhoffen.

Ich bin da vielleicht altmodisch, aber wenn Sie meinen Rat hören wollen, dann lassen Sie die Finger von dem ganzen blasphemischen Scheiß.«

»Aber das hat doch mit Blasphemie nichts zu tun.« Fritzi schüttelte mehrfach den Kopf. »Es geht schlicht darum, unbewusste Blockaden aufzulösen. Die Rückkehr zum kindlichen Ursprung, malen, wie man gemalt hat, bevor einem gesagt wurde, mal so und so, dann ist es richtig.«

»Mein Publikum würde sich schön bedanken, wenn ich sänge wie jemand, der nie singen gelernt hat.« Amüsiert ließ er abermals seine sehr weißen Zähne aufblitzen. »Verstehen Sie mich nicht falsch, das geht nicht gegen Wlad und Rosa. Das sind zwei nette Kerle, total verrückt, aber echte Pfundskerle. Wissen Sie, wer die beiden in Wirklichkeit sind?«

Fritzi war bisher noch nicht einmal der Gedanke gekommen, ihre Mitbewohner könnten jemand anderes sein, als behauptet. Natürlich, Rosa war ein seltsamer Männername, aber andererseits hatte sie eine Schulfreundin gehabt, die riefen alle Ulli. Warum sollte es das nicht auch bei Männern geben?

»Rosa, das ist der jüngere der Von-Orls-Söhne, die sind mit dem Kaiser und mit dem Zaren in direkter Linie verwandt. Michail von Orls, der Held der Schlacht von Tannenberg, ist sein älterer Bruder. Mütterlicherseits gibt's ein Riesengut an der Nehrung, und was macht er? Schmeißt alles hin, um bei von Keller im Schuppen zu wohnen. Und nennt sich dann auch noch Rosa – nach Rosa Luxemburg, vermut ich mal. Und Wlad, der heißt in Wirklichkeit Felix Harten – das sind die Hartens. Die mit all den Fabriken unten im Pott. Ein drolliges Pärchen, die beiden.« Mit einem zufriedenen Lächeln stellte der Mann das Bügeleisen ab und zog das perfekt geglättete Hemd an. »Ich glaub manchmal, wenn die Leute zu viel Geld haben, werden sie komisch im Kopf. Wenn meine Eltern derartig Asche besäßen, dann würde ich doch nicht in einem umgebauten Schuppen hausen, ohne fließend Wasser und mit Toilette draußen. Und Wlad immer mit seinen an Passanten verteilten Gedichtchen. *Heilung durch Kunst*, das ist ja nett gemeint, aber die wandern doch direkt in den nächsten Mülleimer. So ein Unsinn, wenn er was verändern will, dann soll er in die Fabriken seiner Eltern einsteigen und da zusehen, dass es die Arbeiter besser haben. Oder von mir aus soll er sich Münzenbergs Künstlerkomitee in der Internationalen Arbeiterhilfe anschließen.«

»Sie machen es sich ziemlich leicht«, stellte Fritzi mit Bestimmtheit fest. »Es geht doch um ein grundsätzliches Umdenken. Was für einen Sinn hat es, das Schicksal von ein paar hundert Arbeitern zu verbessern, weil man ihnen zehn Pfennig mehr Lohn und sonnabends ein Bier aufs Haus zahlt? Da sind wir doch nur wieder bei Bismarck und seiner Revolution von oben. Die Gesellschaft muss sich im Kopf grundsätzlich ändern.«

»Weil Wlad Gedichtchen am Alex verschenkt? Na, da wünsch ich Erfolg.« Er kramte Manschettenknöpfe aus seinen Hosentaschen. »Also eins weiß ich, wenn ich denen ihr Geld hätte, keine Sekunde länger würde ich in diesem Drecksloch hier wohnen. Und in dem muffigen *Café unter den Linden* hätten die mich auch das letzte Mal gesehen. Die könnten sich einen anderen Dummen suchen, der da für die unmusikalische Bande die trällernde Hanswurst gibt.«

»Sind Sie etwa Johnny Gable?«

»Eben der. Der infame, herzensbrechende Johnny Gable. Der Mann mit der Schlafzimmerstimme und den unzähligen Affären. Glauben Sie nicht alles, was Sie über mich hören, in Wahrheit bin ich noch tausendmal verdorbener.« Er grinste spöttisch und nahm von der Lehne eines Küchenstuhls sein Jackett, schlüpfte hinein, warf dann einen Blick auf die Wanduhr und rief aus: »Scheiße, jetzt bin ich spät dran. Ich treff den Grafen Sawicki zum Dinner im Automobilclub. Scheiße, scheiße, scheiße, wenn ich den warten lass, bin ich ihn los. Am besten, ich nehm einen Wagen. Gnädiges Fräulein, es ist mir schrecklich unangenehm, aber dürfte ich Sie um eine Mark anpumpen? Es ist unsagbar wichtig für mich. Sie müssen wissen, der Graf Sawicki sieht nicht nur besser aus als Rudolph Valentino nach einer sechswöchigen Schönheitskur, er steht auch im Ruf, ein sagenhafter Liebhaber zu sein. Tun Sie mir den Gefallen? Borgen Sie mir fünfzig Pfennig? Nur bis zum nächsten Zahltag?«

»Ich brauch das Geld aber wirklich zurück. Ich hab es nämlich selbst von Rosa fürs Taxi geliehen bekommen.« Sie hielt ihm ihren geöffneten Geldbeutel entgegen, damit er sich die Münze herausnehmen konnte, doch stattdessen griff er sich einen Zehn-Mark-Schein.

»Danke, kleines Fräulein. Ich mach's wieder gut«, rief er, drückte ihr einen flüchtigen Kuss auf den Mund und war schon zur Tür raus, bevor sie noch irgendetwas hätte sagen können.

Das war dann also Johnny Gable.

2 Kapitel

Als Fritzi Schlag acht an die Tür des gräflichen Büros klopfte, erhielt sie keine Antwort. Einen Moment zögerte sie, dann drückte sie versuchsweise die Klinke hinunter. Es war offen. Überhaupt schien hier niemand etwas vom Abschließen zu halten. Bei ihrer gestrigen Suche nach Wlad und Rosa war sie in einen heftigen Streit über den Tod beziehungsweise die Lebendigkeit des Expressionismus geplatzt und hatte ein wahres Riesenweib von einer Steinmetzin bei der Arbeit an einem sehr rechteckigen Gebilde gestört. Das stellte die Sehnsucht dar und musste bis zum 14. Juni fertig sein, da sollte es nämlich in Köln auf einer Ausstellung gezeigt werden, weshalb das Riesenweib sehr gereizt auf jede Unterbrechung reagierte. Danach hatte Fritzi Gable getroffen und nach dieser Begegnung beschlossen, dass es für einen Tag reiche. Sie war nach Hause gegangen, hatte sich auf das Entenküken von Sofa geworfen und begonnen, das Buch zu lesen, das Rosa auf dem Schreibtisch liegen hatte.

Zufällig war es von Joseph Roth gewesen, dem Autor, den ihr Chef angeblich gern mal unfähigen Tippfräulein an den Kopf warf. Ihr hatte die Erzählung über die unglückliche Liebe eines Reisenden richtig gut gefallen, so gut, dass sie nun ziemlich müde war und mit einem herzhaften Gähnen die Abdeckung ihrer *Orga Privat* aufklappte.

Es war sehr still in dem kleinen Zimmer. Draußen prasselte Regen auf das Fensterbrett, und irgendwo, durch viele Wände gedämpft, brüllte ein Grammophon. Ihr fehlten die anderen Tippfräulein des alten Rechtsanwalts Finkenbeiner. Sie hätte gern mit jemand über Gable gesprochen oder von der herrlich romantischen Geschichte dieses Joseph Roth erzählt, aber sie war ganz allein. Seufzend drehte sie die Gaslampe an. Ihr Blick fiel auf den Schreibtisch, und erst jetzt bemerkte sie, dass jemand die Tulpe, die ihr Wlad geschenkt hatte, in eine mit Wasser gefüllte Kognakkaraffe gestellt hatte.

Fritzi lächelte. Schon ließ das Heimweh ein wenig nach, und heute Nachmittag würde sie mit Inge ins *Café unter den Linden* gehen, zu all den Filmleuten. Vielleicht würden sie und Inge ja Freundinnen?

Plötzlich waren auf dem Gang Schritte zu hören, schnell schob Fritzi ihre Tagträume zur Seite und begann den ersten Brief.

Sehr geehrter Herr Bu…,

Da klopfte es. »Kommen Sie bitte herein.« In der Tür stand eine Frau in einem nassen Gummimantel, und auch von der schmalen Krempe ihres Glockenhuts tropfte das Wasser.

»Guten Morgen. Bitte entschuldigen Sie die Störung.

Es ist mir wirklich sehr unangenehm, nur war ich gerade in der Gegend …«, erklärte die Frau, als hinter ihr plötzlich noch ein Junge und ein Mädchen in gelbem Regenzeug ins Zimmer drängten. Bei den Kindern handelte es sich ganz offensichtlich um Geschwister, ihr Haar flammte in gemeinschaftlichem Karottenrot.

»Wir dürfen unseren Onkel besuchen«, platzte der vielleicht siebenjährige Junge fröhlich heraus. »Der wohnt hier um die Ecke. Bei einem Herrn Doktor. Deshalb müssen wir heute auch nich' in die Schule. Unser Onkel ist nämlich verrückt, und deshalb müssen wir froh sein, wenn wir ihn mal besuchen können.«

»Papa sagt, du darfst nich' verrückt sagen! Papa sagt, Onkel Bambi ist jetzt eben eine Maus, und das ist wegen dem Krieg und weil er verschüttet war, und da kann keiner was für«, haspelte eifrig das kleine Mädchen, nur um von ihrem vermutlich ein knappes Jahr älteren Bruder belehrt zu werden: »Wenn, dann ist er eine Ratte, eine von einem Bunkerpfeiler verschüttete Ratte. Oh, du bist so dumm, Paulinchen. So dumm!«

»Konrad, hör sofort auf, deine Schwester zu ärgern. Und Pauline, wenn ich noch einmal sehe, dass du deinem Bruder die Zunge rausstreckst, dann zwick ich rein. Überhaupt hab ich gesagt, ihr sollt vor der Tür warten, bis ich hier fertig bin! Hopp, raus mit euch, aber sofort! Und beim kleinsten Geräusch war's das mit dem Besuch beim Onkel Bambi, dann gehen wir sofort wieder zur Elektrischen und ihr zur dritten Stunde in die Schule. Verstehen wir uns?«

»Ja, Mama«, sagte Konrad kleinlaut, aber die Tür hinter sich zuziehend, zischte er in Richtung seiner Schwester: »Und Papa sagt wohl verrückt. Ich hab's gehört, wie er's zu …«

Die Mutter seufzte, holte dann tief Luft und drehte sich zu Fritzi. »Bitte entschuldigen Sie vielmals. Die beiden sind schrecklich aufgedreht. Sie haben ihren Onkel seit Nikolaustag nicht gesehen.«

»Schon in Ordnung«, lächelte Fritzi. Sie hätte der nassen, vor Kälte zitternden Frau gerne etwas Wärmendes angeboten, aber außer ihrem Vesperbrot gab es nichts, deshalb sagte sie: »Setzen Sie sich doch. Worum geht es?«

»Ich müsste den Herrn Grafen von Keller sprechen. Ich bin Augusta Genzer, die Tochter des Metzgermeisters Greiff.«

»Der Graf ist noch nicht da, und ich weiß auch nicht, wann er heute kommt. Ich bedaure wirklich«, entgegnete sie wahrheitsgemäß. »Vielleicht kann ich Ihnen ja helfen? Ich bin seine Sekretärin.«

»Ich habe geschrieben, wegen der Rechnung?«

Fritzi machte eine entschuldigende Kopfbewegung in Richtung des Briefstapels, und die Besucherin atmete scharf ein.

»Ah ja, ich verstehe«, sagte sie trocken. »Nun ja, es geht jedenfalls um die Fleischrechnung für die Küche des

Herrn Grafen. Die Außenstände belaufen sich inzwischen auf zweihundertsechsunddreißig Mark und achtzehn Pfennig. Wir haben mehrfach erfolglos gemahnt, und mein Herr Vater möchte die Angelegenheit nun zum Anwalt geben, aber ich habe mir gedacht, das geht doch nicht!«

Ihr weiches Puppengesicht nahm einen entschlossenen Ausdruck an. »Das geht doch wirklich nicht. Mein Mann war während des Kriegs Kompanieführer unter dem Herrn Grafen, wir verdanken ihm so sagenhaft viel. Ohne den Herrn Grafen wäre ich vermutlich Witwe, und dann hört man ja auch, dass es ihm gesundheitlich nicht gut gehen soll. Und da habe ich mir gedacht, ich komme vorbei und spreche persönlich mit ihm. Ich habe doch Verständnis, wenn er es vergessen hat, oder auch, wenn er nicht sofort den vollen Betrag begleichen kann. Glauben Sie mir, ich weiß, wie es ist, wenn man rechnen muss. Ich habe vier Kinder, und den teuren Arzt für meinen Herrn Bruder, den muss man ja auch selbst bezahlen. Ich weiß wirklich, wie das ist, nur so weitergehen darf es nicht. Ich muss meinem Vater irgendetwas sagen, sonst kommt er mit dem Anwalt und erzählt es überall herum. Wir beliefern doch den kompletten Grunewald.«

Fritzi nickte. Sie sah wohl die hastig überpuderten Schatten unter den Augen der Frau, und auch die von schwerer Hausarbeit schuppig geröteten Hände waren ihr nicht entgangen. »Ich verstehe Ihre Situation vollkommen. Machen Sie sich keine Sorgen. Ich werde mit dem

Herrn Grafen sprechen, spätestens Anfang nächster Woche haben Sie die volle Summe«, versicherte Fritzi und fragte sich noch während des Sprechens, wie sie diese Behauptung wahr machen wollte. Ihr schien der Graf nicht gerade im Geld zu schwimmen, aber schließlich stand hier alles voll mit irgendwelchem antikem Zeug. Das konnte man bestimmt verkaufen.

»Wirklich?« Fassungslose Freude malte sich in die Züge von Frau Genzer, und plötzlich wurde Fritzi klar, dass ihre erschöpft aussehende Besucherin kaum älter als sie selbst sein konnte. »Meinen Sie wirklich, Sie kriegen ihn dazu, die Rechnung komplett zu begleichen? Das wäre schlicht wundervoll!«

Vom Gang her drang unterdrücktes Geschrei durch die Tür, und die Mutter erhob sich schnell, ging strahlend zu ihren Kindern. Fritzi aber starrte lange die geschlossene Tür an. Zweihundertsechsunddreißig Mark und achtzehn Pfennig bis zum kommenden Montag, das durfte sie gar nicht in Monatsgehälter umrechnen.

Als sie sich wieder über ihre *Orga Privat* beugte, betete sie inständig darum, dass der Graf heute guter Laune wäre. Sie war gerade beim dritten Brief – einer Einladung zu einem Faschingsball – angelangt, als sie vom Flur her gedämpftes Streiten hörte. Im ersten Moment glaubte sie, die beiden Kinder wären zurückgekommen, doch dann wurde die Bürotür aufgestoßen, und ein Mann trat ein. Er hatte die Sommersprossen und goldblonden

Haare des Grafen, nur dass seine ordentlich frisiert waren. Obwohl er einen sehr gut geschnittenen Gesellschaftsanzug trug, haftete ihm ein Hauch von Landluft an. Eine ferne Ahnung von Kornfeldern, Jagdgesellschaften und Pferdeschweiß, von reichhaltigem Essen und einfachen, klaren Gedanken. Offensichtlich war er von Kellers älterer Bruder.

»Mich würde wirklich interessieren, warum du dich so schlecht benehmen musst!«, sagte er gerade und warf dabei einen ärgerlichen Blick auf den Grafen, der ihm mürrisch folgte.

»Wenn du es immer noch nicht weißt, dann sehe ich auch wenig Sinn darin, es dir abermals zu erklären. Morgen, Fräulein Fritzi.« Er nickte ihr flüchtig zu und fuhr dann fort: »Ich habe schlicht keine Lust. Schluck es endlich.«

»Ganz wie du möchtest, im Grunde ist es mir herzlich gleich. Alles, was ich dir sage, ist, dass du entweder am Freitag kommst oder es sein lässt. Und wenn du es sein lässt, dann kannst du selbst sehen, wo du das Geld für die Reparatur des Daches herbekommst.« Der Besucher griff sich ein auf der Fensterbank liegendes, wohl für ihn herausgelegtes Buch, Leonhard Franks *Der Bürger*. »Ich jedenfalls habe nicht die schönste Debütantin des Jahres 23 geheiratet, um Nacht für Nacht vor verschlossenen Türen zu stehen, nur weil mein feiner Herr Bruder meint, Launen haben zu müssen. Sieh es doch einmal aus Gretchens

Perspektive, wie steht sie denn vor ihren Freundinnen da, wenn ihr Herr Schwager nicht zu ihrer Privatvernissage erscheint? Schon beim Gedanken daran kommen ihr die Tränen! Sie ist doch so empfindsam.«

»Du darfst Gretchen von mir ausrichten, es tut mir leid, wenn ich sie verletzt habe. Auf ihre Vernissage komme ich trotzdem nicht.«

»Mon dieu, Hans! Ich versteh dich einfach nicht!« Der Bruder ließ das Buch sinken, hielt dem Grafen eine Zigarette zum Anzünden entgegen. »Du bewunderst Herrn Klingenberg, das hast du mir oft genug selbst gesagt. Ich hör dich noch, wie du mir von seiner *kühnen Farbwahl* vorgeschwärmt hast – deine Worte. Meiner Meinung nach ist die Kombination von Grün und Blau einfach geschmacklos – und warum man heute alles so abstrakt malt, dass keiner mehr was erkennt, das will mir auch nicht in den Sinn. Aber verschon mich mit deinen kruden Theorien, ich möchte es gar nicht wissen.«

»Natürlich, alles, was du wissen möchtest, ist der Weizenpreis. Und vielleicht noch den aktuellen Börsenstand.«

»Exakt.« Der Bruder nickte einige Male, lächelte dabei voll giftiger Liebenswürdigkeit. »Und weil ich den momentanen Stand meiner Aktien kenne, kann ich dir auch sagen, die Dachreparatur, die zahle ich aus der Portokasse. Wenn du am Freitag erscheinst, hast du Samstag das Geld. Du magst den Kapitalismus verachten, aber glaub mir, es verachtet sich viel leichter, wenn es einem dabei nicht kalt auf den Kopf tropft.

Es ist doch nicht zu viel verlangt, dass du kurz auftauchst. Eine halbe Stunde, lächle, schüttle ein paar Hände, sag etwas übers Wetter. Von mir aus mach es wie dieser schauspielernde Bruder auf dem 25. Geburtstag der Frau Baronin von Withmansthal, betrink dich kolossal. Nur Geschenke zum Öffnen wirst du halt keine finden.«

»Ist das Gerücht wahr? Hat er wirklich ihre Geburtstagsgeschenke schon mal ausgepackt?«

»Ja.« Der Besucher musste offensichtlich ein Lachen unterdrücken. »Und seins hat er dann wieder mitgenommen, weil er meinte, seine Vase würde sich zwischen so viel Geschmacklosigkeiten sicher nicht wohl fühlen – aber das tut jetzt nichts zur Sache. Mach es mir doch nicht so schwer. Ich will dir ja das Geld für's Dach geben, aber was soll ich denn Gretchen sagen? *Mein Herr Bruder benimmt sich dir gegenüber unmöglich, und zum Dank zahle ich seine Dachreparatur?«* Er begann zornig auf und ab zu gehen. »Weißt du denn überhaupt, was die Leute tratschen?«

»Das ist mir egal«, entgegnete der Graf knapp. »Das Gerede bin ich inzwischen gewöhnt. Ich habe einfach keine Lust, mir anzusehen, wie Viktor Klingenbergs Arbeiten den Hintergrund für das Geprotze deiner Frau und ihrer Freundinnen bieten. Es tut mir in der Seele weh, dass er sein Talent für so einen Mist hergibt. Es ist schon schlimm genug, es zu wissen. Ich brauche es nicht auch noch zu sehen.«

»Jetzt kommst du mir ja schon wieder mit deinen kruden Ideologien.« Er schüttelte sich: »Verschone mich. Ich kann den Unsinn nicht mehr hören. Alles, was ich von dir möchte, ist, dass du am Freitag auftauchst. In Begleitung, ja? Da wir, wie dir in deinem künstlerischen Elfenbeinturm vielleicht bisher entgangen ist, unser Getreide auf Kinski-Schiffen transportieren, wird Frau Kinski nämlich ebenfalls anwesend sein.«

»Na wunderbar. Der Abend gewinnt immer mehr an Reiz.«

»*Tout cela ne m'intéresse pas*. Warum machst du es nicht wie jeder halbwegs normale Mann in Berlin? Nimm dir irgendeins dieser ganzen Flittchen, ein Revuegirl, ein Mannequin oder von mir aus ein Starlet! Mon Dieu, Berlin ist voll von schönen Frauen. Dein Tippfräulein, nur als Beispiel.«

Er warf Fritzi einen Blick zu, stutzte und fragte: »Sind Sie neu? Oder haben Sie nur plötzlich eine neue Haarfarbe? Waren Sie nicht immer blond?«

»Sie ist neu«, erklärte der Graf an Fritzis Stelle. »Die Blondine war ihre Vorgängerin.«

Fritzi spürte, wie ihr vor Scham die Wangen heiß wurden. Der müsste sich doch eigentlich genieren, aber der sprach ganz ruhig weiter: »Ist auch egal, nimm dir halt irgendeins dieser Mäuschen, die sich nichts Besseres vorstellen können, als mit einem waschechten Grafen zu einer Vernissage zu gehen. Das wirst du ja wohl hinkriegen, weil wenn nicht, stellst du besser schon mal ein paar Eimer bereit. Für den nächsten Regen.«

»Das ist Erpressung.«

»Viel schlimmer, das ist Kapitalismus.« Jetzt setzte der Besucher sich endgültig den Hut auf. Das für ihn rausgelegte Buch drückte er Hans wieder in die Hand. »Danke, brauch ich nicht, von dem hast du mir schon mal was geliehen. *Der Mensch ist gut* hieß es, glaub ich, und ich dachte, dem Titel nach, das wären heitere Erzählungen, halt was zum Schmunzeln, aber es war ein schrecklicher Murks. Hast du mir nicht einen netten Krimi, so was mit richtig Pfeffer, ordentlich Tote und ein bisschen …, na, du weißt schon?« »Nein, hab ich nicht!«, stellte Hans entschieden fest, woraufhin sein Bruder demonstrativ aufstöhnte und mit einer kleinen Verbeugung in Fritzis Richtung das Zimmer verließ. Eine ganze Weile herrschte Stille, erst als vor dem Haus der Motor des Hundertpferdigen des Gastes aufheulte, die Reifen auf dem nassen Pflaster geräuschvoll durchdrehten, stöhnte der Graf: »Was für ein verdammter Dreckstag. Heute Morgen gleich nach dem Aufwachen hat mich Herr Pfeffer, der Chefredakteur von *Ullstein*, angerufen und meinen Beitrag zu Anita Berber abgelehnt. Ist ihnen zu gewagt, können sie ihren Lesern nicht zumuten – aber wenn ich bis Redaktionsschluss nächste Woche Montag was anderes Nettes habe, dann nehmen sie es gern. Otto Reutter würde ihnen gefallen. Wie zur Hölle soll ich innerhalb von fünf Tagen an ein Interview mit Otto Reutter kommen? Und als ob ich nicht schon genug Sorgen hätte, kreuzt dann noch der mit seiner lästigen Vernissage auf. Kommen Sie, sagen Sie mir was Erfreuliches. Irgendwas.«

Er lehnte sich auf seinen Stock und sah sie aus seinen tannenhonigfarbenen, rotgeäderten Augen flehend an. Fritzi zögerte einen Moment, dann sagte sie: »Sie haben heute Morgen eine spontane Besucherin verpasst. Eine Frau Augusta Genzer, die Ehefrau eines Ihrer ehemaligen Kompanieführer, war gerade in der Gegend. Sie hatte zwei Kinder dabei und hat mir erzählt, ohne Sie wäre sie bestimmt Witwe, und beim Abschied hat sie sich noch tausendmal bedankt.«

»Genzer? Genzer – aber natürlich! Wilhelm Genzer, das war so ein Breiter, Rothaariger. Sehr beliebt bei seinen Männern, aber ein ziemlicher Draufgänger. Die anderen Offiziere haben ihn immer den Zuhälter genannt, weil er so Schlag bei den Fräuleins hatte. Und dann habe ich ihn eines Tages wegen irgendetwas nach Berlin geschickt, und da muss er seine spätere Frau kennengelernt haben. Kurz darauf war er verheiratet, und meines Wissens hat er nie wieder eine andere angesehen. Mein Gott, war der verliebt in seine Braut. Ständig musste man ihre Fotografie bewundern, ob man wollte oder nicht!« Lachend schüttelte der Graf den Kopf. »Und jetzt haben die schon zwei Kinder!«

»Vier«, korrigierte Fritzi. Sie überlegte angestrengt.

»Herr von Keller, Ihre Beitragsserie, die heißt doch *Menschen von heute*? Und Sie haben gesagt, es geht um Menschen, die unserer Zeit ein Gesicht geben, nicht wahr? Es ist aber nicht zwingend notwendig, dass diese Menschen berühmt sind, oder? Warum schreiben Sie nicht einen Artikel über Kriegsirre? Seitdem er verschüttet wurde, hält sich der Bruder von Frau Genzer für ein Nagetier, und ich bin sicher, das ist für seine Familie prägender als die Berber und Otto Reutter zusammen. Ich weiß, wovon ich rede, ich habe jahrelang meinen Vater gepflegt – der hat Nacht für Nacht geweint, solche Schmerzen hatte er in den Beinen, nur hatte er gar keine Beine mehr. Warum schreiben Sie nicht darüber? Die Grabenopfer sind doch der Inbegriff unserer Epoche? Es gab sie nicht vor dem Krieg, und die wenigsten werden die zwanziger Jahre überleben.«

»Fräulein Fritzi, Sie verblüffen mich immer wieder.« Er schüttelte einige Male den Kopf. »Erst kommen Sie pünktlich, und jetzt das! Das ist ein großartiger Gedanke. Ich habe einen Freund, der leitet eine Privatklinik für Kriegsirre, etwas auf dem Land, aber nicht aus der Welt. Der hilft mir ganz bestimmt. Ich weiß sogar schon, wie ich den Artikel nenne: *Die verzerrte Fratze des Friedens*. Das schaff ich problemlos bis Montag! Fräulein Fritzi, die Idee ist großartig!« Er nickte begeistert, dann sagte er: »Haben Sie eigentlich für Freitag schon was vor? Sie haben ja gehört, mein Herr Bruder gibt mir das Geld für die Dachreparatur nur, wenn ich auf der verdammten Vernissage seiner Frau aufkreuze. Begleiten Sie mich. Ich bitte Sie – dann wären wir schon zwei vernünftige Menschen dort. Ich würde Ihnen auch Dauerwellen oder ein Kleid oder so was spendieren. Ich weiß schon, man muss als Mann den Frauen irgendwas bieten, damit sie einen begleiten – vor allem, wenn man selbst hinkt und dauernd mürrisch ist und die Frauen so hübsch sind wie Sie.«

»Danke für das Kompliment«, sagte Fritzi und wurde rot. »Ich komme gern mit, aber Sie müssen mir dafür nichts spendieren. Das wäre mir unangenehm. Sparen Sie Ihr Geld besser, ich hab so ein Gefühl, in nächster Zeit könnten noch größere Ausgaben auf Sie zukommen, und jetzt lassen Sie mich noch ein bisschen tippen, ja?«

»Gewiss, Fräulein Lack«, spöttelte er und nickte dabei wie ein braver Quintaner. »Aber Sie müssen mir noch erzählen, wie Sie es geschafft haben, durch ein Krippenspiel einen solchen Skandal zu provozieren, dass die Polizei Verstärkung aus der Kreisstadt brauchte. Das interessiert mich zu sehr.«

»Vielleicht am Freitag, aber jetzt muss ich wirklich arbeiten.« Innerlich hoffte sie ein bisschen, bis dahin würde er es vergessen haben, und so beugte sie sich tief über ihre Schreibmaschine, begann geschäftig darauf herumzuhämmern.

Es schien zu wirken, er öffnete die Tür und wandte sich zum Gehen, doch dann fragte er plötzlich: »Darf ich das Stück mal lesen?«

»Nein!«, entfuhr es Fritzi heftig. »Ich hab es auch gar nicht mehr. Es war schlecht.« Sie hatte es verbrannt, und die Aschereste, die hatte sie in die Toilette gekippt, begleitet von dem feierlichen Schwur, nie wieder irgendetwas Drehbuchartiges zu versuchen.

»Und was anderes? Es muss ja kein Theaterstück sein, vielleicht eine Kurzgeschichte. Ich würde sehr gern etwas von Ihnen lesen.«

»Ich habe nichts. Ich schreibe nicht mehr!«, stellte Fritzi kategorisch fest und beugte sich demonstrativ über ihre *Orga Privat*.

»Schade, es hätte mich wirklich interessiert.« Nun machte er endgültig Anstalten, das Zimmer zu verlassen, doch schon halb auf dem Gang, drehte er sich erneut um. »Ich muss mich noch entschuldigen. Wegen Montagabend. Es war gemein von mir, Sie auf die Straße jagen zu wollen. Ich kann auch gar nichts zu meiner Verteidigung vorbringen, eigentlich ist das nicht meine Art. Es tut mir wirklich sehr leid.«

Fritzi spürte, wie ihr abermals das Blut in die Wangen stieg. Sie wusste gar nicht zu sagen, warum sie diese Entschuldigung so freute. Sie versuchte ihr nicht zu unterdrückendes Strahlen hinter einem vors Gesicht gehobenen Papierbogen zu verbergen und murmelte: »Ist schon in Ordnung.«

»Ach, Liebes, ich bin absolut untröstlich!«, flötete Inge und fiel Fritzi dabei um den Hals, hüllte sie ganz ein in eine Wolke aus Parfum, Tabak und staubigem Tierfell. »Hast du lange gewartet?«

»Nein, nein«, log sie. Obwohl sie aus Angst, zu früh zu kommen, schon am Alexanderplatz ausgestiegen und die ganze Strecke über die Spree, am Schinkenplatz vorbei bis zum Pariser Platz gelaufen war, hatte sie bestimmt eine halbe Stunde auf ihrem Bänkchen gesessen. Es konnte ihre blendende Laune nicht trüben, voll Staunen hatte sie die An- und Abreise der Gäste des Hotels Adlon beobachtet, den wohlgeübten Tanz der Gepäckträger, die riesenhaften Berge aus Überseekoffern und die mit pastellfarbener Seide bespannten Hutschachteln. Sie hatte die lilienschlanken Damen bewundert, wie sie, auf die Arme eleganter Herren gestützt, in glänzende Automobile stiegen, auf schwindelnd hohen Absätzen, unter dem gewaltigen Gewicht ihrer Pelzmäntel leicht schwankend. Die Sonne war schließlich herausgekommen, und es schien Fritzi, als habe der Planet keinen anderen Zweck, als Halsbrillanten und sorgsam ondulierte Wasserwellen zum Funkeln zu bringen. Stundenlang hätte sie hier so sitzen können, und so sagte sie: »Ich hab mich gut unterhalten. Ich hab mich gefühlt wie in einem Stadtgedicht von Benn oder Heym.«

»Du hast was? Na egal, komm!« Energisch zog Inge sie an der Hand und unter vollkommener Missachtung des erbost hupenden Verkehrs über die Straße. »Ich hab mal gelesen, der Bäumer würde hier irgendwo wohnen«, erzählte sie, während sie zurück in Richtung Friedrichstraße stöckelte. »Mein lieber Herr Gesangverein, der ist auch ziemlich hübsch – aber mir hat mal einer gesteckt, der ist verheiratet. Darf natürlich keiner wissen, wegen seiner weiblichen Fans und so. Deshalb sieht man ihn auch nie mit einer Frau in der Öffentlichkeit, höchstens mal mit seiner Schwester. Ne, ne, du wirst das auch noch merken, beim Film ist vieles nicht, wie es zu sein scheint. Da wären wir übrigens.«

Sie begleitete ihre Worte mit einer theatralischen Geste in Richtung eines imposanten Jahrhundertwendebaus. Unter den grün-weiß gestreiften Markisen standen weißlackierte Metalltischchen und hochbeinige Stühlchen. Die Mehrzahl war leer, trotz eines befeuerten Kohlebeckens war es den meisten Gästen wohl noch zu kalt, um im Freien zu sitzen. Fritzi hätte den Temperaturen gerne getrotzt, sie kannte Draußen-essen bisher nur aus dem Biergarten, doch Inge hatte schon dem livrierten Mann neben dem Eingang zugelächelt, woraufhin dieser ihnen galant die Tür aufhielt.

»Der Arme, so ohne Mantel, dem ist bestimmt kalt«, flüsterte Fritzi, vergaß ihre Sorgen aber augenblicklich, als sie eintrat. Warme, von Zigarettenqualm und Kaffeedünsten gesättigte Luft schlug ihr entgegen. Lautes Lachen schien hier nicht als unhöflich zu gelten, lautes Reden fast als Notwendigkeit, und über all dem: dröhnend der Jazz. Das Orchester spielte direkt im Saal, keine Bühne trennte die Musiker von den Tischen der Gästen, nur die elektrische Beleuchtung schuf eine schattenhafte Grenze, und mitten im Scheinwerferlicht, im geöffneten Abendanzug gleichermaßen elegant wie lässig: Johnny Gable.

»Hach, er sieht einfach kolossal top aus!«, seufzte Inge, und Fritzi murmelte Bestätigendes. Für sich jedoch dachte sie an das Geld, das er ihr schuldete und das eigentlich Rosa gehörte, und auch wenn der sie bisher noch nicht danach gefragt hatte, der Moment würde unweigerlich kommen. Und was sollte sie dann sagen? *Hol es dir bei Gable?*

»Er ist schlicht unwiderstehlich!«, schwärmte Inge inzwischen weiter, und obwohl Fritzi abermals zustimmend nickte, befand sie, dass ihr persönlich Hans eigentlich besser gefiel. Sie mochte sein offenes Schulbubenlachen und die Art, wie er sich für seine Arbeit begeisterte. Außerdem gab es nicht viele Männer, die Else Lasker-Schüler zitieren konnten.

Dann schüttelte sie den Kopf. Wie kam sie überhaupt darauf, von ihrem Chef mit Vornamen zu denken, und dann noch so was! Vor nicht ganz zwei Tagen hatte der sie noch nachts auf die Straße jagen wollen, und kaum behandelte er sie mal nicht ganz scheußlich, bildete sie sich sonst was ein. Und was zum Anziehen hatte sie für diese Vernissage auch nicht.

»Wie war's eigentlich gestern auf der Séance?«, riss Inge sie aus ihren Gedanken und setzte sich an einen der Tische am Fenster. »Warum machen die das eigentlich?«

»Wlad sagt, sie möchten das Ursprüngliche, Natürliche für ihre Kunst zurückbekommen. Ihr durch Erziehung verbogenes Unbewusstes befreien.«

»Denen ihre Sorgen möchte ich haben!« Inge kicherte überheblich, und in Richtung des herangetretenen Obers kommandierte sie: »Eine Flasche Kupferberg, nass.«

Fritzi schluckte und spürte, wie ihr vor Angst mal wieder kalt wurde: Sie hatte gerade noch das Geld für die Elektrische. »Inge, ich …«

»Oh, komm mir nicht mit der Rechnung. Das regelt sich schon.« Und mit einem lauten *Klack* ließ sie den Deckel ihrer Tabatiere aufspringen. »Du bist wirklich eine schreckliche Provinzpflanze. Dein Glück, dass du mich getroffen hast. Da fällt mir ein, ich wollte dir doch die Geschichte vom Grafen und der Kinski erzählen.«

Fritzi machte eine vage Geste mit dem Kopf. Sie wollte zwar wirklich gern wissen, was da passiert war, aber wenn sie daran dachte, wie Hans die Aspirin in Kaffee auflöste und vor Telefonaten mit dieser Frau den Flachmann brauchte, dann kam es ihr nicht richtig vor, das Ganze als köstlichen Klatsch zu genießen.

»Der von Keller, der war wohl schon immer ziemlich seltsam. Es fing damit an, dass er nach dem Krieg diese baufällige Villa erbte und sich weigerte, sie an seinen Bruder, den Haupterben, zu verkaufen. Der hätte ihm einen guten Preis gemacht und den hässlichen Klotz einfach abgerissen, um was Modernes auf dem Platz bauen zu lassen. Und dann dieses ganze Kunstgetue. Es heißt, er schreibt auch einen Roman! Stell dir das mal vor! Wer schreibt denn heute noch einen Roman?«

»Offensichtlich Herr von Keller«, kommentierte Fritzi ziemlich spitz. Und bei sich beschloss sie, Inge niemals von ihrem Theaterstück zu erzählen. Dafür hatte sie schon genug Spott einstecken müssen.

»Ja, sag ich doch! Kein vernünftiger Mensch tut so etwas! Aber das ist ja jetzt egal, jedenfalls hatte er nie was Ernsteres mit Frauen. Hier und da hat er mal eine zum Schwofen ausgeführt, ist mal eine zum Frühstück geblieben, aber nie wurde von Verlobung auch nur geflüstert. Er hat wohl wiederholt geäußert, Frauen würden einen Mann nur vom Wesentlichen ablenken. Und das Wesentliche sei die Kunst. Danke, wir schenken selber ein.« Das tat Inge auch umgehend, wobei sie ihre eigene Sektflöte doch deutlich voller machte als Fritzis. »Und dann hat ihn der Graf Sawicki letztes Jahr im Spätherbst auf *die* Feier der Saison mitgenommen. Thomas Meetenkamp, der mit den Eisenwerken, gab seine für dieses Jahr geplante Hochzeit mit der Kinski, der bildschönen Reedereierbin, bekannt. Es war die Sensation! Die Kinski, ach, die ist einfach kolossal top. Bildschön und so schlank, als wollte sie jeden Moment in Rauch aufgehen. Ihr Herr Vater ist atemberaubend reich, und ständig wird sie auf alle Gesellschaften eingeladen, und da trägt sie dann immer die gewagtesten Sachen. Einmal ist sie in Jeans, das sind so blaue Männerhosen für Amerikaner, also in Jeans ist sie zu einem Empfang gegangen, und als man sie gefragt hat, warum sie so einen Aufzug anhat, da hat sie gesagt, sie hätte Besseres zu tun, als sich dreimal am Tag umzuziehen. Sie ist auch kolossal sportlich und reitet und schwimmt und segelt. Und geschieden ist sie. Denk dir das mal! Das mit der Scheidung war auch so eine Geschichte, ist jetzt aber schon drei Jahre her. Ne, ne, du, einfach so, von einem Tag auf den anderen hat sie dem alten Kinski den Laufpass gegeben. Einem schwerreichen Offizier, und gesagt hat sie wohl, sie liebe ihn eben nicht mehr und deshalb könne auch keiner von ihr verlangen, dass sie für den Rest ihres Lebens bei ihm bleibt. Alle dachten, jetzt kommt was noch Schickeres, aber nein. Erst kam gar keiner, und dann ist sie von Hamburg nach Berlin gezogen, und hier, hier ist sie mit jedem Junggesellen von gesellschaftlicher Bedeutung ausgegangen, aber keiner war ihr gewachsen. Und eines Tages, völlig aus dem nichts, hieß es, sie würde den Meetenkamp heiraten.« Inge nippte an ihrem Sekt, und so gestärkt, fuhr sie fort: »Also zurück zur Geschichte. Auf der Verlobungsfeier, da hat sie jedenfalls den Grafen gesehen – die beiden kannten sich vorher nicht, weil dein Chef ja meistens zu knickrig zum Ausgehen ist. Er war wohl auch mehr Sawicki zum Gefallen dabei, und nun hat man die beiden einander eben vorgestellt, und dann, keine zehn Minuten nach Bekanntgabe ihrer Verlobung mit Meetenkamp, ist die Kinski mit von Keller verschwunden. Und kurz darauf haben sie aus Wien telegraphiert, sie würden diesen Sommer heiraten.«

Fritzi nickte in einem fort und versuchte sich vorzustellen, wie es war, wenn man als allseits bewunderte, als begehrte Gesellschaftsdame dem Grafen vorgestellt wurde und mit einem Blick in diese Tannenhonigaugen begriff, dass man der Liebe seines Lebens gegenüberstand. Der erste Teil kostete sie dabei deutlich mehr Mühe.

»Keiner konnte sich erklären, was die beiden aneinander fanden. Sie, eine Klassefrau, topschön, mit Geld und einem Platz in der Gesellschaft, und er? Er hat ja nichts, nur seltsame Ideen und diesen hässlichen Kasten von Haus. Außerdem hinkt er.«

»Das ist eine Kriegsverletzung«, korrigierte Fritzi, obwohl sie keine Ahnung hatte, woher die Krücken kamen. Und weil sie schon einmal dabei war zu lügen, ergänzte sie: »Dafür ist er mit dem Eisernen Kreuz 1. Klasse ausgezeichnet worden. Seinem dritten übrigens.«

»Ist doch wurst, wo er's herhat. Jedenfalls sieht's seltsam aus, wenn er tanzt.«

»Du hast ein bemerkenswertes Verständnis von Dankbarkeit. Die Verletzung hat er sich ja wohl geholt, als er für dich und mich und uns alle im Krieg war. Du glaubst doch nicht, dass er's zum Spaß gemacht hat?« Das ging ein bisschen durcheinander, sie merkte es selbst. Das passierte ihr immer, wenn sie sich ärgerte. Und jetzt ärgerte sie sich sehr. »Ohne unsere tapferen Soldaten hätten uns die Bolschewisten überrannt, und wir müssten nun alle englisch reden.«

»Mensch, du bist ja kolossal verknallt in den!« Vergnügt klatschte Inge die Hände vors Gesicht. »Mein lieber Herr Gesangverein, also das ist ja mal niedlich!«

»Blödsinn!«, entgegnete Fritzi scharf und wiederholte es innerlich gleich noch mal für sich. Natürlich, der war hübsch, und solang er nicht nach dem Theaterstück fragte, unterhielt sie sich gern mit ihm, aber grundsätzlich mochte sie keine Männer, die morgens um elf zum Flachmann griffen. Und auf eine schnelle Affäre im Büro hatte sie auch keine Lust – das hatte sie mal bei einer Bekannten mitgekriegt, die war am Ende Bräutigam und Stelle los gewesen.

»So ernsthaft die Damen?« Vor lauter Ärger hatte Fritzi gar nicht mitbekommen, wie zwei Herren an ihren Tisch getreten waren. In ihren schwarzen Abendanzügen durchaus elegante Erscheinungen. »Dürften wir Sie vielleicht einladen?«

»Ich weiß nicht …«, überlegte Inge laut, spielte dabei scheinbar nachdenklich mit dem Stiel ihres Sektglases. »Ich habe eigentlich eine Verabredung mit Herrn Morgenstern, aber ich fürchte fast, ich habe das Datum verwechselt. Ich bin schrecklich zerstreut. Kommen Sie, setzen Sie sich zu uns. Aber nur einen Augenblick, ja?«

Die beiden Herren nahmen höflich lächelnd, doch deutlich eingeschüchtert Platz. Was redete Inge da nur?

»Sind Sie auch beim Film?«, wandte sich der kleinere der beiden Herren nun an Fritzi, und sie schüttelte stumm den Kopf. Der Mann gefiel ihr nicht. Er roch stark nach etwas, das sie für billiges Rasierwasser hielt, und saß ihr außerdem zu nah.

»Sie ist ganz neu in der Stadt. Sie kennt noch keine Menschenseele. Deshalb wollte ich sie ja heute mit meinem Manager bekannt machen. Sie ist ganz unerhört talentiert. Vier Jahre Schauspielschule in Wien.« Inge lächelte wie eine Mischung aus Madonna und Lämmchen. »Sie wissen sicher, Herr Morgenstern schnappt sich die besten Talente grundsätzlich vor allen anderen. Den Bäumer damals, den hat er von der Schauspielschule weg unter Vertrag genommen. Ich könnte mir vorstellen, dass er mit Fritzi ähnlich verfährt.«

Fritzi spürte, wie ihre Wangen heiß wurden. Was um alles in der Welt erzählte Inge da? Sie besaß nicht mal eine Ansichtskarte von Wien, geschweige denn hatte sie dort gelebt und eine Schauspielschule besucht.

»Bitte entschuldigen Sie uns einen Augenblick«, bat sie und gab Inge ein Zeichen, sie zu begleiten. »Was erzählst du denen denn? Ich hab seit dem Rotkäppchen mit zwölf auf keiner Bühne mehr gestanden, und in Wien war ich …«, zischte sie ärgerlich, nachdem sie die weißlackierte Tür des Toilettenvorzimmers hinter sich geschlossen hatte, doch Inge winkte gelangweilt ab: »Willste zum Film oder willste nicht zum Film?«

»Natürlich, aber …«

»Nix aber! Lass mich mal machen. Mensch, du bist so was von naiv! Du weißt sicher nicht mal, wer uns da einlädt!« Inge warf einen mitleidheischenden Blick auf die Klofrau, woraufhin diese empört das faltige Gesicht verzog und Fritzi gleichfalls vorwurfsvoll ansah. »Der kleinere, der dich so mit Stielaugen gemustert hat, das ist der Ackermann, der ist Aufnahmeleiter bei der Ufa. Ein ganz großer Fisch. Dass der sich zu uns setzt! Das muss dein süßes Katzenkinn sein. Komm, leg schnell ein bisschen Rouge auf, und dann nix wie wieder raus. Nicht, dass die noch verschwinden und die Chance flöten geht.«

»Aber ich war doch auf gar keiner Schauspielschule!«, wiederholte sie, inzwischen leicht verzweifelt. »Und wer ist dieser Herr Morgenstern? Wofür brauchst du überhaupt einen Manager?«

»Du süßes Unschuldslamm! Herr Morgenstern ist der größte Agent der Republik. Ein richtiger Bilderbuchjude, Zobelpelz, Zigarre und immer im Maybach mit doppeltverglasten Scheiben. Der hat sie alle unter Vertrag, von Conrad Veidt über Otto Reutter bis zum Bäumer. Und jetzt raus mit dir!«

Inge gab ihr einen kleinen Stups in die Kehrseite, und

schon taumelte sie erneut in das Jazzgelächtertabakgemisch des Gastraums.

Die beiden Herren waren noch da, der Inhalt des Sektkühlers jedoch verschwunden, dafür brachte der Ober gerade eine neue Flasche.

»Möchten Sie vielleicht tanzen«, fragte der kleine, der angeblich Ackermann hieß, bevor Fritzi sich setzen konnte.

Zögernd nickte sie. Sie hatte nicht die geringste Lust, mit dieser überdimensionierten Rasierwasserflasche zu schwofen, andererseits war der vielleicht ihre Chance auf einen Fuß in der Tür zur Filmbranche. Vermutlich war es dort wie überall, zu seinen Vorgesetzten musste man eben nett sein. Vorletztes Jahr auf der Weihnachtsfeier, da hatte der alte und zu diesem Zeitpunkt schon arg beschwipste Finkenbeiner sie *mein süßes Kind* genannt und ihr einen Kuss auf die Wange gedrückt – hatte sie auch nicht umgebracht. Und mit dem Altherrengeruch ihres ehemaligen Chefs in der Nase folgte sie Ackermann und seiner Rasierwasserwolke auf die Tanzfläche.

Da schmalzte Gable gerade *Mach dir doch 'nen Bubikopf,* und in die Foxtrottschritte nur mühsam hineinfindend, stellte dieser Ufa-Aufnahmeleiter entschieden fest: »Kind, aus dir wird eine große Nummer. Aber halt dich fern von dieser Inge, das ist kein Umgang für eine wie dich. Schsch!«, unterband er ihren Widerspruch im Keim. »Du hast so was Natürliches. Angemalte Miezen, die gibt es in Berlin wie Bernstein an der Nehrung, aber du hast Klasse. Du bist anders. Hast du morgen Abend schon was vor?«

Die Frage kam so überraschend, dass Fritzi ohne weiteres Nachdenken den Kopf schüttelte.

»Siehst du? Diese ganzen abgebrühten Schicksen, die hätten sich jetzt erst groß bitten lassen. Genau wie deine Freundin da vorhin, als es um den Sekt ging. Glauben diese Schicksen wirklich, wir Männer wären so blöd, dass wir das Spiel nicht durchschauen?« Vor lauter Ingrimm geriet er aus dem Takt und trat ihr heftig auf den Fuß. Er schien es nicht zu merken, stattdessen fuhr er ungerührt fort: »Glaubt die denn wirklich, dass ihr irgendeiner abkauft, sie stünde bei Morgenstern unter Vertrag? Für wie dumm halten diese verdammten Schicksen uns eigentlich?«

Fritzi lächelte gleichermaßen begütigend wie nichtssagend. Sie fühlte sich unwohl.

»Aber du, meine Kleine, du bist anders. Das seh ich als Fachmann sofort. Nur deine Beine, die sind zu stämmig. Die wird man doubeln müssen.« Er lachte und sah sie plötzlich aus großen Augen treu an: »Wir treffen uns morgen auf zwanzig Uhr zum Dinner im Automobilclub. Sag dem Rezeptionisten, du wärst eine Freundin von Dietmar Ackermann. Ich werde dich jemand vorstellen. Und bring deinen Badeanzug mit, es kann sein, dass wir deine Figur prüfen möchten. Aber komm bloß nicht auf die Idee, deine Freundin mitzuschleppen.«

Mit diesen Worten beendete er den Tanz abrupt und führte die verdutzte Fritzi an ihren Tisch zurück. Dort waren Inge und der andere Mann inzwischen sehr vertraut miteinander, die zweite Sektflasche neigte sich dem Ende zu.

»Hopp, Franz. Wir gehen«, kommandierte Ackermann in sehr herrischem Ton, und sein Begleiter gehorchte ohne Widerstand. »Bis bald«, flötete Inge den beiden Männern hinterher, und kaum hatte sich die Tür hinter ihnen geschlossen, erklärte sie Fritzi mit triumphierendem Blick: »Der neue Sommermantel ist so gut wie drin, und am Freitag mach ich Komparse in einem Kostümfilm. Ne, ne, ich sag's ja, das *Café unter den Linden* lohnt sich immer. Hat sich bei dir was ergeben?«

Einen Moment schwieg sie. Sie dachte an die Worte dieses Aufnahmeleiters, auch war sie immer noch ein bisschen wütend auf Inge, weil die so schlecht über Hans gesprochen hatte, aber andererseits verdankte sie ihr, dass sie überhaupt hergekommen war. Außerdem würde sie sich wohl Inges Badeanzug leihen müssen. Genau wie ein Kleid für die Vernissage am Freitag, und so sagte sie: »Komm, wir gehen heim, und auf dem Weg zur Elektrischen erzähl ich dir alles, in Ordnung?«

Den Weg von der Haltestelle zur Villa zog Fritzi sehr in die Länge. Wann immer sie sich im abendlichen Dämmerlicht unbeobachtet glaubte, balancierte sie mit ausgestreckten Armen auf dem Kantstein, machte ein paar Schwebebalkensprünge.

Sie hatte viel Stoff zum Nachdenken. Inge war restlos begeistert von den Ergebnissen des Gesprächs mit Ackermann gewesen. So begeistert, dass sie von sich aus den Badeanzug anbot. Und als Fritzi etwas skeptisch Bedenken geäußert hatte – ein Badeanzug, Figurprüfung und mit fremden Herren im Automobilclub –, da hatte Inge nur gelacht, sie wieder als *Unschuldslamm* bezeichnet.

Fritzi seufzte und zog einen über die Mauer ragenden Ast zu sich herunter, schnupperte ein wenig an den Kirschblüten. Sie wäre wirklich gern zum Film gekommen, auch wenn es nur als Schauspielerin in Drehbüchern von anderen Leuten war. Und man wusste doch nie, vielleicht ergab sich ja in Richtung Drehbuch was?

Nein! Sie schüttelte entschieden den Kopf. Also wirklich, ganz entschieden nein! Das Thema Drehbuch und Theaterstück, das war durch. Hatte ihr die eine Blamage nicht gereicht? Wenn sie nur dran dachte, wollte sie gleich wieder heulen.

»Hey, kleines Fräulein!«

Überrascht blickte Fritzi auf. Sie war so in Gedanken versunken gewesen, sie hatte gar nicht gemerkt, wie neben ihr eine Taxe hielt. Gable saß darin, hatte das Fenster aufgeklappt und streckte nun den Kopf heraus. »Kleines Fräulein, möchtest du mit? Du willst doch bestimmt auch zur Künstlerkolonie, oder?«

Sie nickte, und schon war der Chauffeur ausgestiegen, hielt ihr die Tür auf.

»Danke schön! Vielen, vielen Dank!«, strahlte sie in das leicht verwirrte Gesicht des Mannes. An die gleichgültige Arroganz, mit der man hier Personal behandelte, musste sie sich erst gewöhnen.

»Du warst heute im *Café unter den Linden*«, stellte Gable fest und rutschte etwas, damit sie bequem sitzen konnte. »Ich hab dich mit dem Ackermann tanzen sehen. Du hast ganz schön Ehrgeiz. Willste zum Film?«

»Ja«, entgegnete sie knapp. Sie tat sich etwas schwer, sich normal mit ihm zu unterhalten. Im Pelz, den Hut verwegen im Nacken – der war einfach so atemberaubend schön.

»Pass bloß auf, der hat Einfluss, nur er macht auch gern mal eine unglücklich. Ist ein kolossales Topschwein, aber das sind wir Männer ja eigentlich alle!« Amüsiert zwinkerte er ihr zu. »Mein Rat an dich: Trau keinem Mann. Wenn wir den Mund aufmachen, lügen wir. Ich bin die Ausnahme, außer natürlich ich mache eine Ausnahme. Wenn ich mit so süßen kleinen Fräuleins spreche, dann passiert es mir öfters, dass ich …«

»Wie war es gestern mit Herrn Sawicki?«, unterbrach sie – einerseits um das verfängliche Thema zu wechseln, andererseits weil sie hoffte, ihn so an das geliehene Geld zu erinnern. »War es nett?«

»Nett? Mein süßes kleines Fräulein, wenn ich einen

netten Abend wöllte, dann würde ich ins Eden Café oder zu Schwanickes gehen, mit den ganzen langweiligen Snobs Kalbsbraten futtern und darüber lästern, wer schon wieder fetter geworden ist. Merke dir, ein Abend in Berlin ist entweder verloren oder scheiße.« Ärgerlich blitzte er sie aus seinen sehr großen, im Licht der vorbeiziehenden Laternen dunkel glänzenden Augen an. »Der gestrige Abend allerdings, der war tatsächlich nett. Sawicki ist erst mal eine halbe Stunde zu spät gekommen, ich hatte bis dahin schon zwei Gin Fizz, deshalb war es mir ziemlich egal, außerdem sah er so scheiße scharf aus. Ich liebe diese englischen Maßhemden, die er immer trägt. Und dann haben wir erst mal noch was getrunken, weil unser Tisch inzwischen weg war, und gerade als ich ihm vorschlagen will, wir könnten doch einfach bei ihm daheim essen, da kommt einer und holt ihn ans Telefon. Einen Gin Fizz später war er dann wieder da und hat mir erklärt, er könne leider nur einen Cocktail mit mir trinken, er müsse nach Hause, sein Liebhaber habe sich die Pulsadern aufgeschnitten. Später bin ich dann mit einer vom *Wintergarten Varieté* in dieser russischen Kneipe am Alex versumpft. Ich weiß auch nicht, woraus die ihren Wodka machen. Mir war den ganzen Tag schlecht. Jetzt geht's aber wieder.«

»Und der Freund von Herrn Sawicki hat sich versucht umzubringen?« Sie war sich nicht sicher, das richtig verstanden zu haben. Ihr schien diese Information schlicht nicht mit dem gemütlichen Trinken eines Cocktails vereinbar.

»Ja, das Personal hat ihn gefunden. In der Badewanne.«

»Und wie geht es ihm jetzt?«

»Keine Ahnung.« Gable zuckte die Schultern. »Heute Abend jedenfalls muss Sawicki daheim bleiben und Händchen halten.«

»Na, das kann man ja wohl auch erwarten. Herr Sawicki sollte Gott danken, dass er dazu noch Gelegenheit hat.« Ärgerlich funkelte sie ihn an. »Und wenn das stimmt, was man über Sie und Sawickis Liebhaber rumerzählt, dann wäre es das mindeste, dass Sie anrufen und fragen, wie es dem armen Tropf geht.«

»Wie wird es ihm schon gehen? Er hat sich ja nicht die Pulsadern aufgeschnitten, weil er vor Fröhlichkeit nicht wusste wohin. Was bringt's also, wenn ich Geld fürs Telefon rauswerfe?«

»Es wäre zumindest eine freundliche Geste. Es gibt Momente im Leben, da ist man schon dafür sehr dankbar.« Und weil sie ihm den Spott über Wlads Ambitionen der Gesellschaftsveränderung nachtrug, ergänzte sie: »Es braucht oft gar keine reichen Eltern, um die Welt zu einem etwas lebenswerteren Ort zu machen. Manchmal reichen zehn Pfennig für ein Ortsgespräch.«

»Amen.« Er hob eine Augenbraue, deutete dann aber unvermittelt aus dem Wagenfenster. »Schau mal, ihr habt Besuch.«

Tatsächlich stand vor der Veranda des ausgebauten Schuppens ein Rennwagen, im Licht der Autoscheinwerfer feuerwehrrot glänzend.

»Danke fürs Mitnehmen. Sie möchten vermutlich nicht mehr mit reinkommen?«, fragte sie und hoffte, er möge das als Ausladung verstehen. »Es ist vielleicht ungeschickt, wenn Wlad und Rosa Gäste haben.«

»Ne, ich bin nicht so wild drauf, Hans über den Weg zu laufen. Der ist bestimmt bei euch. Der ist doch so dicke mit Rosa.«

»Tschüss dann.« Der Höflichkeit halber rang sie sich ein Lächeln ab, und in Richtung des Fahrers sagte sie: »Bleiben Sie bitte sitzen, ich kann die Tür selbst öffnen und schließen. Ich bin ja nicht armamputiert.«

»Du bist ziemlich amüsant, weißt du das, kleines Fräulein? Besonders wenn du dich ärgerst«, grinste Gable, und während er noch sprach, gab er schon dem Chauffeur ein Zeichen. Fritzi blickte dem die Auffahrt hinauffahrenden Wagen kopfschüttelnd hinterher. Was für ein oberflächliches, egoistisches Arschloch! Der hielt sich auch für unwiderstehlich.

Noch immer wütend, drückte sie die Tür zum Schuppen auf und atmete tief durch. Es roch nach frischem Brot und frisch gebrühtem Kaffee. Die zwei besten Gerüche der Welt.

»Zu Hause!«, kommentierte Rosa ihren zufriedenen Gesichtsausdruck, und Hans, der seine dampfende Tasse wie ein Kind mit beiden Händen umschloss, ergänzte: »Wir sind froh, dass Sie da sind. Wir diskutieren gerade über Liebe, aber wir finden keinen gemeinsamen Nenner. Passen Sie auf, nicht über den Koffer stolpern.«

Die Warnung kam leicht verspätet, Fritzi war schon schmerzhaft mit dem Knie dagegengestoßen.

»Was macht denn das Ding da?«

»Wlad und ich fahren aufs Land, wir kommen erst Freitag im Laufe des Nachmittags wieder. Deshalb der Koffer und der Wagen vor der Tür«, erklärte Hans, und Rosa lachte: »Die beiden gehen ins Irrenhaus. Hans für seinen Artikel und Wlad zu Hans' Schutz. Nicht, dass sie ihn noch dabehalten. Nein, nein, er glaubt, er könnte dort vielleicht neue Impulse für seine Arbeit finden.«

»Und jetzt warte ich seit geschlagenen zwei Stunden auf ihn. Wir wollten eigentlich noch bei Licht loskommen.« Er seufzte und trank einen Schluck. »Der Kleine von Brunnen, der Liebhaber Sawickis, hat versucht sich umzubringen. Wlad ist ihn besuchen.«

»Sawicki behandelt den armen Jungen auch wirklich schändlich. Da hat es jede Hauskatze besser. Das nimmt ein böses Ende mit den beiden.« Rosa war aufgestanden und begann zwei Brotscheiben mit Butter zu bestreichen. »Ich weiß nicht, warum von Brunnens Eltern den Bengel nicht aus der Stadt schicken. Der kann doch noch nicht großjährig sein, oder?«

»Was soll das bringen? Wenn du mich Anfang des Jahres

auf das Gut meines Bruders geschickt hättest, hätte es mir auch nicht geholfen.«

»Ja, ja, erspar mir deine Predigt.« Rosa verdrehte belustigt die Augen und stellte den Teller mit den Broten vor Fritzi, die sich inzwischen auch an den Tisch gesetzt hatte. »Wenn Hans in Fahrt ist, dann erklärt er einem gern mal die ganze Nacht lang, warum die Liebe der Untergang jedes Künstlers ist. Nur darauf habe ich jetzt keine Lust. Fritzi, sag mir, wenn du wählen dürftest, welche historische Persönlichkeit würdest du heiraten? Ich brauche es als Einstieg für einen Artikel, und von Hans kommt nur Blödsinn.«

»Warum? Ich habe dir ganz sachlich erklärt, dass ich weder Cleopatra noch Marie Antoinette nehmen würde. Ich nähere mich dem Problem eben nach dem Ausschlussverfahren.« Er lachte sein Schuljungenlachen. »Und ich bin dir sogar so weit entgegengekommen, dass ich dir gesagt habe, wenn es jemand aus unserer Zeit sein soll, dann möchte ich Wlads Frau Mutter. Die schenkt mir immer unaufgefordert nach, auch wenn ich schon unter dem Tisch liege.«

»Wlads Frau Mutter!«, äffte Rosa ihn nach. »Warum nicht Kiki von Montparnasse oder Emmy Ball-Hennings? Aber deine unqualifizierte Meinung interessiert mich jetzt gar nicht mehr. Also Fritzi? Wen würdest du heiraten?«

»Caligula«, entgegnete sie prompt und erklärte in das verblüffte Schweigen: »Ich glaube, das ist ein ganz lieber Mensch gewesen. Er hat es nur schwer gehabt, seine ganze Familie ermordet und dann niemand, dem er vertrauen konnte. Ich denke, er war zu zart für die Umstände, und das musste er eben verbergen. Ich glaube, er hätte nur ein bisschen Halt gebraucht, und er wäre ein ganz großartiger Caesar geworden.«

Rosa stöhnte theatralisch auf: »Und sonst noch jemand. Jack the Ripper? Haarmann? Gibt es vielleicht jemand, der nicht anerkanntermaßen wahnsinnig und vollkommen neben der Spur war?«

»Die Hauptfigur aus Joseph Roths *April*? Der junge Mann, der immer die Strohhalme vor dem Ertrinken retten will?«, schlug sie vor. »Der, der das schwindsüchtige Mädchen am Fenster liebt. Der würde mir gefallen.«

»Ach, euch ist doch nicht zu helfen. Aber beiden! Vergesst es einfach.« Mit gespielt anklagender Miene ging Rosa zur Tür. »Ihr haltet hier die Stellung, ich geh mal zur Villa rüber und ruf bei von Brunnen an, ob Wlad wenigstens schon auf dem Weg ist. Sonst kommt ihr ja heute gar nicht mehr los.«

Nachdem er fort war, schwiegen sie eine ganze Weile, lauschten dem Prasseln des Feuers und dem langsam ersterbenden Gesang der Vögel. Es war nun fast dunkel im Zimmer, nur der Rand der Kohleklappe am Herd leuchtete orange, spendete ein wenig Licht.

»Warum hat sich Herr von Brunnen versucht umzubringen?«, fragte Fritzi schließlich, nur um überhaupt etwas zu sagen. »Ist er schwer krank?«

»Er leidet Qualen.« Hans stand auf, trat an das kleine Fenster, starrte hinaus in die Nacht. »Er liebt einen anderen Menschen aufrichtig und mit aller Hingabe, derer er fähig ist, aber dieser andere Mensch, der ist es nicht wert. Er ist es einfach nicht wert. Er kann mit all dieser geschenkten Liebe nichts anfangen, und nie wird der Tag kommen, an dem er erkennt, was er da fortwirft. Es ihm zu erklären, ihm zu zeigen, hat keinen Sinn. Dieser Mensch ist es einfach nicht wert, denn man selbst ist wertlos in den Augen dieses Menschen. Man ist nur der Aktuelle in einer langen, langen Reihe. Das klingt so simpel, aber es ist die grausamste Erkenntnis, die einen treffen kann. Der Schmerz von aufgeschnittenen Pulsadern ist vermutlich angenehm im Vergleich.«

Sie nickte stumm. Er schien sie vollkommen vergessen zu haben, und einen Augenblick fragte sie sich, ob Hans wirklich über den Liebhaber Sawickis sprach oder sich selbst meinte. Wenn sie nur heute Mittag Inge nicht unterbrochen hätte, als die ihr die Geschichte mit der Kinski erzählen wollte.

»Wissen Sie was, Fräulein Fritzi?« Unvermittelt drehte er sich um, sah sie an. »Seit Sie zugesagt haben, freue ich mich auf diese grässliche Vernissage. Verrückt, nicht wahr? Warum schauen Sie denn plötzlich so traurig? Wir müssen nicht lange bleiben. Sie können hinterher noch woandershin.«

»Nein, nein, ich möchte nicht hinterher noch woandershin!« Sie schüttelte einige Male entschieden den Kopf, und dann, bevor sie hätte weiter darüber nachdenken können, haspelte sie: »Mir ist nur eben klar geworden, dass Sie jetzt dann bis Freitag fort sind. Ich werde Sie vermissen, Sie und Ihre schlechte Laune. Es ist lächerlich, ich weiß. Ich meine, wir kennen uns erst seit ein paar Tagen, und vorher haben Sie mir auch nicht gefehlt.«

»Ich bin mir nicht sicher.« Ernst betrachtete er ihr Gesicht, und einen Schritt auf sie zu machend, sagte er: »Ich glaube fast, Sie haben mir auch vorher schon gefehlt.«

»Was hat dir gefehlt?«, brüllte Wlad und stand auf einmal im Zimmer. Er drehte das elektrische Licht an, warf seinen Pelz über den Stuhl, seinen Hut auf den Haken; und sich die Hände am Herd wärmend, fuhr er fort: »Warum steht ihr hier im Dunkeln? Wollt ihr Strom sparen? Und was hast du wieder vergessen mitzunehmen? Meinst du, wir brauchen Ölzeug? In der Zeitung stand nichts von Regen, aber ob das vier Autostunden von Berlin auch noch gilt? Hast du deinen Gummimantel eingepackt? Und die Gummigaloschen? Wenn es da schlammig ist? Ich liebe das Landleben ja wirklich. Ich bin vollkommen verrückt nach frischer Luft, und diese herrliche Ruhe auf dem Land, also diese Ruhe, die ist das Höchste für mich, nur den ewigen Schmutz, den mag ich nicht. Da wird mir schlecht, wenn ich nur dran denke. Was ist los, ihr seid so still. Habt ihr gezankt?«

»Alles gut.« Entschlossen straffte Hans die Schultern,

griff nach Hut und Koffer. »Ich geh schon mal raus. Ich bin mir nicht mehr sicher, ob ich das Reserverad kontrolliert habe. Wenn du fertig bist, können wir ja dann los. Mach's gut, Fritzi. Wir sehen uns Freitag.«

»Bis Freitag«, lächelte sie und ergänzte leise: »Auf Wiedersehen, Hans.«

3 Kapitel

»Ich hoffe wirklich, dass die beiden gut angekommen sind. Wlad ist so ein miserabler Fahrer, und dann noch so ein schnelles Auto. Der Liebhaber meiner Mutter hat es ihnen geliehen, der ist Rennfahrer.« Rosa seufzte bekümmert und reichte Fritzi ihren gespülten Frühstücksteller zum Abtrocknen. »Er ist so unaufmerksam. Und Hans, Hans ist fast noch schlimmer.« Gregor, der lang ausgestreckt zwischen Spüle und Geschirrschrank im Weg lag, stöhnte mitfühlend auf, schnarchte dann jedoch gemütlich weiter.

»Mach dir keine Sorgen. Um die Uhrzeit war bestimmt nicht viel Verkehr«, tröstete Fritzi, doch es klang nicht besonders überzeugend. Sie war müde, die halbe Nacht hatte sie sich herumgewälzt, hatte abwechselnd über das anstehende Dinner mit Herrn Ackermann und die kommende Vernissage mit Hans nachgegrübelt. Was sollte sie nur anziehen? Sie besaß doch kein Abendkleid! Und was sollte sie sagen, wenn Hans sie nach ihrer Meinung zu den Bildern fragte? Sie hatte keinen blassen Schimmer von Kunst. Ihre Schulbildung hörte bei der Klassik auf. Natürlich konnte sie sich die Werke von ihm erklären lassen – Männer erklärten bekanntlich gern –, nur irgendetwas musste sie trotzdem äußern. Nun war es an Fritzi zu seufzen, und Rosa, der sich in seinem eigenen Kummer verstanden fühlte, lächelte ihr zu.

»Wenn was passiert wäre, hätten wir es längst gehört«, bestimmte er, und da der Frühlingswind die Vorhänge hereinblies, schloss Rosa die Fenster. »Weißt du, ich hab außer den beiden nicht viel auf der Welt. Meine Eltern kannst du vergessen, und mein Bruder sitzt mit gebrochenem Herzen und Trinkerleber in Shanghai. Damit ist nicht viel Staat zu machen.«

»Woher kennt ihr euch eigentlich? Ich meine, Hans und du?« Sie bemühte sich um einen beiläufigen Ton, einen Ton, der sagen sollte: *Es ist mir nicht besonders wichtig, ich frage ausschließlich, damit das Gespräch am Laufen bleibt, und komm nicht auf die Idee, ich würde mich für Hans interessieren. Nichts läge mir ferner.* An Rosa waren derartige Mühen allerdings verschwendet, er schien ihr Interesse nicht merkwürdig zu finden, sondern beugte sich über das Spülbecken, goss aus dem Teekessel heißes Wasser nach.

»Vom Studium, wir sind beide Altphilologen«, brummte er, doch dann wanderte sein Blick zum Fenster hinaus, in den Garten. Und den Blüten des Mandelbäumchens erzählte er: »Ich war ein Semester über ihm, und ich weiß noch gut, wie ich ihn das erste Mal gesehen habe. Es muss im Oktober gewesen sein, ja, im Oktober 13 war es. Die Bäume hingen schon voll rotem und goldenem Laub.

Es war in der Bibliothekshalle der Humboldt. Er stand einfach nur da, las einen Anschlag, die Zimmerzuordnung oder die Ausleihfristen, so etwas eben, sein Mantel war dunkelgrau, sein Schal grün. Das Herbstlicht ist ihm auf die Haare gefallen, und als er sich dann umdrehte, mit diesem leichten Nachziehen des Beines wegging, da war es um mich geschehen. Ich wusste, den oder keinen.« Er lachte – vermutlich sollte es überlegene Nachsicht angesichts solch jugendlicher Torheit zeigen, doch es klang nur unfroh. »Ich habe immer gedacht, dieser Jagdunfall damals, das war das Beste, das Hans passieren konnte. In einem Alter, in dem andere Junkersöhne reiten, schießen und den Hausmädchen nachstellen, war er ans Bett gefesselt, konnte nichts tun als lesen und schreiben. Dieser durchgegangene Gaul hat ihn vor einem Schicksal in Oberflächlichkeit bewahrt. Danken wir Gott dafür. Stell dir vor, mit gesundem Bein, am Ende wäre unser Hans wie sein grässlicher Bruder geworden!«

»Und dann? Wie ist es dann mit euch weitergegangen?«

»Gar nicht. Ich glaube, er hat nicht mal gemerkt, dass er mir gefiel. Er hat damals gerade seine ersten Artikel im *Sturm* untergebracht, und wenn er verliebt war, dann in die Werke sämtlicher dort abgedruckter Autoren.« Rosa zuckte die Schultern, schrubbte eine Weile verbissen an seiner Kaffeetasse herum, schließlich sagte er knapp: »Mit der Zeit sind wir dann gute Freunde geworden. So habe ich am Ende trotzdem einen Platz in Hans' Leben bekommen. Und jetzt, jetzt habe ich ja Wlad. Er ist ein entzückendes Kind, nicht wahr? Und dann diese schwarzen Locken, ich liebe diese schwarzen Haare einfach. Wie ein persischer Prinz.«

»Wlad ist absolut top!«, bestätigte sie eifrig. Eigentlich trug sie ihm das gestrige Reinplatzen ein wenig nach, aber sie wollte irgendetwas sagen, um die Traurigkeit aus Rosas Zügen zu vertreiben. »Er sieht rasend gut aus, und dann ist er immer so fröhlich.«

»Das ist er, kann man von Hans ja kaum behaupten. Aber Hans hat auch viele Sorgen. Der blöde Kasten verschlingt mehr, als er mit seinem Schreiben verdienen kann, und sein Lehrauftrag ist über der ganzen Kinski-Affäre auch perdu gegangen.«

»Was war denn da genau?« Fritzis Stimme bemühte sich derart um Gleichgültigkeit, dass Rosa verwundert aufsah und fragte: »Bist du erkältet? Du klingst seltsam. Na, das mit der Kinski, das war jedenfalls ein ziemliches Drama. Hans hat es ja nicht so mit den Gefühlen. Es konnte schon mal vorkommen, dass er eine zum Frühstück mitnahm, aber das war nie was Ernstes. Er hat da ziemlich strikte Grundsätze, erst kommt sein Roman und dann lange nichts, dann seine Freunde und danach irgendwann die Liebe.«

»Was denn für ein Roman?«, fragte sie und war sich nicht sicher, ob es schlau war, Rosa vom Thema abzubringen, doch die Neugier war stärker. »Worum geht es da?«

»Um den Krieg. So wie er wirklich war, für die Soldaten und für diejenigen, die diese Soldaten in den Tod jagen mussten, weil ihre Befehle das so von ihnen verlangten, und wenn sie es nicht getan hätten, hätten es andere getan. Sollte Hans das Buch jemals fertig kriegen, wird es ein phänomenaler Erfolg. So ein Buch gibt es noch nicht. Ganz Deutschland wartet auf dieses Buch, die Menschen wissen es nur noch nicht. Die Konservativen werden ihn dafür verabscheuen und die Rechten hassen. Was kann man Schöneres über ein Buch sagen?« Rosa lächelte schief und kam ganz von selbst auf die Kinski zurück: »Jede freie Minute hat er in dieses Buch investiert, zumindest war es so, bis dieses Biest auftauchte. Sie sind von ihrer Verlobungsparty mit irgend so einem Stahlmenschen nach Wien durchgebrannt, und plötzlich war von Heirat die Rede. Hans und heiraten, der ist doch schon längst mit seiner Schreiberei verheiratet. Aber es hat nicht lang gedauert, da hat sie angefangen ihn zu betrügen. Und eines Abends, da hat er sie schließlich erwischt, wie sie sich mit einer Hundepeitsche hat versohlen lassen. Von Johnny Gable.«

»Der ist echt ein Topschwein«, zischte Fritzi, doch bei sich befand sie, dass sie ihm eigentlich dankbar sein musste. Ohne ihn hätte Hans am Ende noch diese untreue Ziege geheiratet. Das durfte sie sich gar nicht vorstellen. Schon der Gedanke machte sie schaudern, und Rosa, der ihre Gänsehaut bemerkt hatte, erklärte: »Wenn dir kalt ist, nimm dir doch meinen wollenen Jumper? Erst kriegst du keinen normalen Ton raus, jetzt zitterst du bei Zimmertemperatur, bestimmt hast du eine Frühjahrsgrippe. Soll ich dir mit dem restlichen Wasser Tee machen?«

»Ne, ne, du, ich platz echt vor Neid!« Inge schüttelte ihre blonden Haare und drückte Fritzi einen überschwänglichen Kuss auf die Wange. »Das ist die gesellschaftliche Sensation der Woche! Ganz Berlin wird da sein. Auch viele von den Filmleuten. Emil Jannings kommt, und Pola Negri und vielleicht sogar der Bäumer. Das wär ja der Witz, wenn der dich da sieht und sich in dich verliebt. Ich leih dir auch meinen Feh. Damit siehst du top aus, das ist deine Chance! Und Jack Jackson und Orchester sorgt für die Musik, und ganz bestimmt ist die Baronin von Withmansthal da, die ist ja so dicke mit dem Gretchen von Keller. Du musst, musst, musst mir dann erzählen, was die anhatten! Aber in meinem Feh wirst du die alle in den Schatten stellen. Ich beneide dich, wen du da alles kennenlernen kannst. Was für Kontakte! Und du mittendrin, in meinem Feh!«

Fritzi nickte und bemühte sich um einen angemessen begeisterten Gesichtsausdruck. Sie überlegte, wie sie auf möglichst freundliche Weise um diesen grauenhaften Feh herumkam. Natürlich gab es nichts Wärmeres als Pelz, aber wenn sie an all die knopfäugigen, gehäuteten Leichen dachte, da wurde ihr vor lauter Unglück so kalt, da halfen auch vier Mäntel nicht.

»Iirks, schnell! Wir müssen aussteigen«, kommandierte Inge plötzlich und sprang aus dem schon wieder anfahrenden Bus. Sie waren auf dem Weg zu einem im *Berliner Abendblatt* inserierten Hinterhofkleider- und Restpostenverkauf im Osten. Und offensichtlich waren sie nicht die Einzigen, die die Meldung gelesen hatten. Ganze Völkerscharen von einkaufswütigen Berlinern strebten in dieselbe Richtung, und so fand Fritzi sich plötzlich in einem sehr bevölkerten Hinterhof wieder, eingekeilt zwischen Horden keifender, offensichtlich stark schwitzender Hausfrauen.

Fritzi hasste Menschenmengen auf dichtem Raum.

Sie holte tief Luft, ein Fehler!

Umhüllt von Schweiß und Zwiebeldunst schob man sie nun unsanft vorwärts, vorbei an ausgedienten Kneipentischen, auf denen sich in riesenhaften Pappkartons prächtigste Stoffrosen in Türkis, Knallgelb und leuchtendem Pink türmten, vorbei an flitterstarrenden Galahandschuhen und pflaumenkerngroßen *Schmuckdiamanten*, die aus Schuhkartons angeboten wurden. Vorbei schob man Fritzi an straff gespannten Schnüren mit bemüht leuchtenden Tanzkleidern aus Tüll, Taft und Kunstseide, mit Mänteln, geschmückt durch *edelsten Maulwurfspelz-Besatz*, Schnüre mit *sinnlicher Spitzenwäsche aus Brüssel und*

Paris, dann wieder Tische voller Taschentücher, Handtücher, Geschirrtücher, Windeln und Monatshöschen, Tische mit Kinderhütchen, Mützchen, Strümpfchen, Stramplern, voller Handschuhe aus Leder, Seide, Spitze, Baumwolle und Samt.

Vorsorglich hielt sie sich an Inges Ärmel fest, der schien das Gedränge nichts auszumachen, sie plapperte munter weiter: »Vielleicht verliebt sich ja auch irgendein reicher Adliger in dich? Oder ein Industrieller? Und wenn nicht, dann hast du immer noch den Ackermann und die Filmkarriere. Du bist echt ein Glückskind, Unschuldslämmchen. Weißt du schon, was du anziehst?«

»Ich wollte mir was Neues kaufen«, brüllte sie. »Ich hab für die Woche schon Lohn gekriegt.«

Das Geld hatte in einem Umschlag auf ihrer *Orga Privat* gelegen, und nach einem kurzen Moment des Zögerns hatte sie beschlossen, dass sie zumindest ein bisschen etwas davon ausgeben durfte. Sie brauchte doch wirklich ein Kleid für den Automobilclub und die Vernissage. Und Schuhe natürlich, in ihren alten Pumps konnte sie kaum noch unter Leute.

»Wir fangen bei den Schuhen an! Die Schuhe sind das A und O. Jeder Türsteher Berlins schaut zuerst auf die Schuhe, merk dir das!«, belehrte Inge und zerrte sie durch die Menschenmassen an einen Stand, über dem ein Schild mit der Aufschrift *Gebrauchtes Schuhwerk, An- und Verkauf, alle Größen* prangte.

»Wir möchten Pumps. Aber fesche!«, befahl Inge dem älteren Mann, der hinter dem Warentisch saß und mit einer Bürste an einem sehr ramponierten Stiefel herumrieb.

»Wissen Sie Ihre Größe, oder sollen wir messen? Ich glaube, wir messen besser. Sie können sich ja gar nicht vorstellen, wie viele Menschen sich ihre Gesundheit mit falschen Schuhen ruinieren!« Eifrig hob er ihnen eine fußförmige Schieblehre entgegen. »Die Leute denken immer, ein Schuh soll schmücken, wärmen und die Nässe abhalten. Doch ich sage Ihnen, ein guter Schuh ist viel mehr. Gehen Sie nach England. Die Engländer haben es verstanden. Haben Sie mal den Stiefel eines englischen Infanteristen gesehen? Ich sage Ihnen, das war feinstes Leder. Butterweich, kein Vergleich mit den Knobelbechern, mit denen uns die Preußen an die Front gejagt haben. Mit Blasen an den Füßen kann man nicht siegen.«

Fritzi staunte. Man hatte ihr im Laufe ihres Lebens schon zahlreiche Schuldige für den verlorenen Krieg präsentiert – von den Juden bis hin zu den Sozialisten –, doch die Theorie dieses Verkäufers war ihr neu. Skeptisch lauschend sank sie auf den ihr hingestellten Schemel und ließ den Mann einfach machen. Der hantierte sehr patent mit seiner Schieblehre herum, erklärte währenddessen, dass Fiedi gut daran täte, sich die Nägel in Zukunft nicht mehr zu lackieren. Die Dämpfe drängen ins Blut und verursachten dort Krebs und Schwindsucht, außerdem wären lackierte Nägel ein Zeichen von schlechter Moral.

»So, wie ich's mir gedacht habe!«, schloss er unvermittelt und begann in einer seiner Kisten zu wühlen.

»Da hätten wir ihn«, rief der Verkäufer plötzlich aus. »Hier ist er, junges Fräulein. Ihr perfekter Schuh!«

Sie schluckte und starrte. Das war er. Das war tatsächlich der Schuh, von dem Fritzi immer, immer geträumt hatte. Ein mit dunkelblauer Seide bespannter Schnallenpumps, schlicht bis auf einen einzigen, winzigen Strassstein genau über dem Absatz. Mit leicht zittrigen Händen nahm sie ihn entgegen, probierte ihn an. Er passte, ein bisschen eng, aber er passte.

»Macht acht Mark. Ich meine, diese schönen Stücke sind kaum getragen und in bestem Zustand, acht Mark sind da durchaus angemessen! Außerdem sind sie zeitlos, die kommen nie aus der Mode, die vererben Sie noch an Ihre Enkelkinder.«

Wehrlos angesichts dieses Wunders, vergaß Fritzi zu handeln, reichte dem nun seinerseits verblüfften Händler einfach das Geld.

»Er ist vollkommen wahnsinnig, aber von Schuhen versteht er was. Ich kaufe meine alle bei ihm«, erzählte Inge im Weitergehen. »Und jetzt ein Kleid. Du brauchst was Schlichtes, am besten in Rosa. Das sieht gut aus mit dem grauen Feh drüber.«

»Ich werde wohl was in Grau nehmen. Und überhaupt, das mit deinem Feh, das ist ganz reizend von dir, nur …«

»Grau! Zu diesen Schuhen! Mein lieber Herr Gesangverein, du bist ja vollkommen manoli! Niemals trägst du dazu Grau. Gelb! Ja, Gelb ist gut. Das geht auch nett zu deinen Haaren. Die solltest du übrigens tönen oder dauerfärben, dann sähst du nicht so verwaschen aus. Wie findest du das? Für mich?« Sie hielt sich ein mit funkelndem Glas beklebtes Haarband ans Gesicht, ließ es aber schon im nächsten Moment desinteressiert zurück in seine Kiste fallen. »Aber vor lauter Vernissage, ich hab dir ja noch gar nicht das Neuste erzählt. Ich war gestern Abend noch mit meinem Kavalier, diesem unerträglich topöden Reibetanz auf einen Cherry Cobbler im *Haus Vaterland*, und wer sitzt da auch? Gable! Und stell dir vor, er hat nach dir gefragt!«

»Warum denn das?«

Obwohl sie es ihm ziemlich hoch anrechnete, dass er der Grund für Hans' Trennung von dieser Kinski war, mochte sie ihn trotzdem nicht. Er hatte eine schöne Stimme und sah gut aus, und das war's dann.

»Ich glaube, du gefällst ihm. Er hat mich richtiggehend ausgequetscht! Und dann hat er vorgeschlagen, wir könnten doch Samstag alle zusammen ins *Inferno* gehen. Du, ich, Reibetanz und Gable. Komm, sag ja!«

»Mmmh …«, machte Fritzi und hob sich ein silbergraues Kleid im Empirestil vor den Oberkörper. Sie hatte nicht die geringste Lust, einen kompletten Abend mit diesem aufgeblasenen Trottel zu verbringen. »Ich weiß nicht, ob ich Zeit hab. Herr von Keller ist für zwei Tage verreist, recherchieren, und der Artikel muss Montag fertig sein. Kann sein, dass ich arbeiten muss. Ich probier das mal an.«

»Nimm auch das fliederfarbene! Und das rosafarbene hier! Geben Sie das sofort her, wir haben es zuerst gesehen!« Mit Schwung und einem Blick, der den tapfersten französischen Infanteristen in die Flucht geschlagen hätte, entriss Inge einem Lockenkopf eine rosa Tüllwolke. »Das wäre perfekt für heute Abend, da gibt dir der Ackermann gleich die Hauptrolle, wenn sie die schon mit Pola Negri besetzt haben. Und das hier, das ist für wenn wir Samstag ins *Inferno* gehen. Und das hier auch noch!« Mit diesen Worten drückte Inge ihr einen ganzen Kleiderhaufen in die Arme und hob einladend den Vorhang zu einer aus Brettern provisorisch gezimmerten Umkleidekabine. »Komm, beeil dich, wenn wir den Bus um viertel nach kriegen, dann schneid ich dir noch die Haare, dass du heute Abend aussiehst wie ein Mensch.«

»Wenn das gnädige Fräulein mir bitte folgen möchte? Herr Ackermann erwartet Sie bereits.« Und schon führte ein Schwarzbefrackter Fritzi in die Tiefen des Leipziger Platz 16, des Automobilclubs von Deutschland, vorbei an den rotbraunen, mit Messingnieten verzierten Clubsesseln der Empfangshalle, die teppichbespannte Marmortreppe hinauf, durch das nach Lederwachs und kalten

Zigarren riechende Vestibül, direkt vor die geschlossene Tür des Speisezimmers. »Dürfte ich Ihnen noch Ihren Paletot abnehmen?«

Ihr war, als habe der Schwarzbefrackte vor dem Wort *Paletot* einen kurzen, abschätzigen Moment gezögert. Sie hatte sich erfolgreich gegen Inges Feh gewehrt und trug ihren treuen Büromantel. Erfolgreich gewehrt hatte sie sich auch gegen weitere Abend- und Tanzkleider – es war bei dem silbernen geblieben, auch wenn Inge wenig Verständnis dafür zeigte, dass sie nicht ihr ganzes Gehalt ausgeben konnte. Als Zeichen ihres guten Willens hatte Fritzi schließlich noch vier Kragen für ihre Büroblusen gekauft, danach war aber wirklich Schluss gewesen. Inges Schmollen hielt jedoch nicht lange vor, während sie ihr unter Rosas kritischem Blick Wasserwellen legte, hatte sie schon wieder vergnügt geplappert.

»Ich wünsche einen gelungenen Abend.« Der Schwarzbefrackte hielt Fritzi die Tür auf, und wie sie den eleganten Raum betrat, wie sie Ackermann von seinem Fenstertisch zu ihrer Begrüßung aufstehen sah, traf sie ihre bislang erfolgreich verdrängte Nervosität mit voller Wucht. Was würde dieser Abend bringen – vielleicht war heute der Anfang ihrer Karriere als Schauspielerin? Vielleicht würde sich heute ihr ganzes Leben ändern? Sie holte einige Male tief Luft, und dann schwebte sie auf ihren blauen Schnallenpumps durch den Raum, dem Aufnahmeleiter entgegen.

»Sie sind gekommen!«, stellte der mit erfreutem Lächeln fest. »Ich hätte Ihnen auch zugetraut, dass Sie mich versetzen.«

»Ich habe doch zugesagt.« Sie sah sich nach dem anderen Herrn um, dem Ackermann sie hatte vorstellen wollen. Von ihm fehlte jede Spur, auch der Tisch war nur für zwei Personen eingedeckt. Die Sache gefiel ihr ganz und gar nicht, und bevor sie noch überlegen konnte, ob sie eventuell unhöflich erschien, platzte sie heraus: »Wo ist denn Ihr Bekannter?«

»Er verspätet sich ein wenig. Das werden Sie noch lernen, beim Film ist keiner pünktlich, und je wichtiger, desto unpünktlicher.« Amüsiert schüttelte er den Kopf, verteilte dabei eine dampfige Wolke aus Rasierwasser- und Haarpomadendunst. »Der arme Herr Morgenstern hat aktuell auch einigen Kummer. Sein Bäumer ist wohl vollkommen hysterisch wegen der anstehenden Premiere des Comte le Juste. Neulich ist er bei einer Anprobe kotzend zusammengebrochen, und in der Maske brauchen sie jetzt immer endlos, weil er morgens so verquollen aussieht. Irgendetwas passt ihm mit dem Datum nicht.«

»Der Ärmste«, entgegnete Fritzi mit einigem Eifer. Sollte der sie tatsächlich dem großen Morgenstern vorstellen wollen? Plötzlich fielen ihr Inges dreiste Lügen wieder ein. Schon bei der bloßen Erinnerung daran schnürte es ihr vor Schreck den Magen zusammen. Der Morgenstern würde ihr Zeugnis von der angeblichen Schauspielschule sehen wollen oder zumindest eine Kostprobe ihrer letzten Rolle, einen kleinen Monolog oder so etwas. Und dann, dann würde sie ihm sagen müssen, dass sie noch nie Theater gespielt hatte, vom Rotkäppchen in der Schule mal abgesehen, aber dass sie unbedingt zum Film wollte, damit der blöde Gustav ihr Gesicht auf einem Kinoplakat ansehen musste. Und vielleicht auch ein bisschen, damit Hans stolz auf sie sein konnte?

Grauenhaft peinlich würde dieses Gespräch, und dafür kam der arme, von Kummer geplagte Mann extra abends spät noch hierher. Besser war es doch, ihm zumindest den Weg zu ersparen und die ganze Geschichte einfach mit Ackermann zu klären. Der war ihr eh unsympathisch, wenn der sie für eine Lügnerin hielt, war es nicht schlimm, und der konnte ja den Morgenstern dann anrufen, dass der daheim oder wo auch immer blieb. Und so gestand sie heftig errötend: »Ich fürchte, hier liegt ein Missverständnis vor. Meine Freundin hat Ihnen gegenüber ja behauptet, ich sei ausgebildete Schauspielerin. Das stimmt nicht. Ich bin Tippfräulein. Aber ich lerne sehr schnell.«

Ackermann schwieg. Eine Weile starrte er sein Bild in der dunklen, den Saal mit seinen Gästen widerspiegelnden Fensterscheibe an, dann sagte er dem herangetretenen Kellner: »Das gnädige Fräulein nimmt einen Cherry Cobbler, und ich nehme einen doppelten Whiskey on the rocks.«

»Nein, danke!«, entfuhr es Fritzi. Sie hasste es grundsätzlich, wenn man für sie bestellte, und wenn man es tat, ohne sie vorher wenigstens nach ihren Wünschen zu fragen, machte es sie wirklich wütend. So wütend, dass sie die weiteren, vermutlich wenig vielversprechenden Folgen für ihre sowieso aktuell wenig vielversprechende Karriere ignorierte. »Ich hätte gern ein Glas Wasser.«

Das war so ziemlich das Einzige, wovon sie sicher wusste, dass der Inhalt ihres Portemonnaies die Ausgabe decken würde.

»Mein reizendes Fräulein, Sie sind immer für eine Überraschung gut.« Ackermann betrachtete sie interessiert und nicht ohne Wohlwollen. »Jede Frau dieser Stadt liebt Cherry Cobbler, und selbst wenn sie es nicht tun sollte, würde sie es niemals vor ihrem Kavalier zugeben, wenn dieser für sie Cherry Cobbler zu bestellen wünscht.«

Sie nickte und verkniff sich die Bemerkung, dass er ja kaum ihr Kavalier sei.

»Und wissen Sie, was mich wirklich erschreckt – nicht, dass Sie bezüglich der Schauspielschule gelogen haben! Nein, dass Sie es einfach zugeben! Wo bleiben die Ausflüchte? Die Entschuldigungen? Was soll ich jetzt mit Ihnen machen?«

»Vielleicht sollten Sie Herrn Morgenstern anrufen, damit er nicht umsonst kommt?«, schlug sie vor. »Ich denke, das war's für mich, oder?«

»Aber nein, Kindchen! Du hast Klasse!« Er lächelte, und sie war sich nicht sicher, ob das Lächeln tatsächlich so schmierig war, wie es ihr vorkam. Sie konnte es wirklich nicht ab, wenn man über ihren Kopf weg entschied, und wenn sie darüber nachdachte, mochte sie es auch nicht, *Kindchen* genannt zu werden. »Du gefällst mir wirklich. Was würdest du sagen, wenn ich dir eine Rolle als Gruschenka besorgen würde? Natürlich weißt du jetzt nicht, wer die Gruschenka …«

»Doch, das ist eine der weiblichen Hauptfiguren aus den Brüdern Karamasow«, unterbrach sie ihn sanft lächelnd, und weil sie Zeit brauchte, um zu überlegen, wie sein Angebot und sein plötzliches Duzen einzuschätzen seien, ergänzte sie: »Mein Herr Papa hat vor dem Krieg in einer Bücherei gearbeitet. Ich habe ziemlich viel Dostojewski gelesen.«

»Na, dann brauch ich dir ja nichts mehr erklären.« Mit beleidigter Miene nippte er an seinem soeben servierten Whiskey. »Es ist jedenfalls eine große Produktion. Höfgens erste Regiearbeit, der Bäumer ist als einer der Brüder im Gespräch. Ich könnte mir vorstellen, dass du eine wunderbare Gruschenka abgibst.«

»Danke schön.« Sie lächelte und wusste nicht, ob sie sich freuen durfte. Das klang ein wenig zu gut, um wahr zu sein. Die Gruschenka war eine bemerkenswerte Frau, tapfer, schön, leidenschaftlich und doch von kindlicher Verletzlichkeit – eine Traumrolle. Die wollten vermutlich alle haben. Warum sollte man die gerade mit ihr besetzen? Hätte er gesagt, er hätte für sie eine Rolle als Hausmädchen, das der Gruschenka in einer Szene den Tee reicht, sie wäre vor Glück aufgesprungen und um den Tisch getanzt, aber so … Und wenn er sie als Gruschenka wollte, warum hatte er dann gemeint, sie solle einen Badeanzug mitbringen? Schwimmbadszenen gab es bei Dostojewski ganz bestimmt keine. Vorsichtig fragte sie: »Wo ist denn das Vorsprechen?«

»Das Vorsprechen?« Er ließ die Eiswürfel in seinem geleerten Glas klackern, er wirkte seltsam verärgert. »Also das offizielle Vorsprechen ist nächste Woche Donnerstag, aber wenn du dich an meine Anweisungen hältst, dann hast du die Rolle sicher. Ich habe schon viel mit Herrn Höfgen gearbeitet. Ich weiß, wie er sich seine Gruschenka vorstellt.«

Sie nickte und trank einen kleinen Schluck von ihrem lauwarmen Wasser. Das klang durchaus logisch. Nur warum gerade sie? Und vor allem, was wollte Ackermann als Gegenleistung für seine Hilfe?

Sie warf einen kurzen Blick auf sein rundes, vom Whiskey gerötetes Gesicht. Er lächelte ihr zu, und auf einmal hatte sie ganz schreckliche Sehnsucht nach Hans. Nach allem, aber vor allem nach seinen tannenhonigfarbenen Augen und der Aufrichtigkeit darin. Sehr zu Rosas Freude und Überraschung hatte er ein Telegramm geschickt, ihre gesunde Ankunft und den Erfolg ihrer bisherigen Arbeit gemeldet. Was Hans wohl gerade machte?

»Sollen wir vielleicht heute Abend gleich anfangen?

Du musst dich in die Rolle einleben.« Er winkte nach dem Ober, der ihm das Glas neu füllte. »Du musst mit jeder Faser deines Körpers Gruschenka werden. Komm, wir improvisieren jetzt einfach einen kleinen Dialog. Ich bin Dmitrij Karamasow, dein Liebhaber, und …«

»Ich hab die Figur nicht mehr ganz gegenwärtig. Es ist schon eine Weile her, dass ich das Buch gelesen habe. Ich glaube, es ist besser, ich schaue es mir vorher noch einmal an«, wandte sie schnell ein. »Wann kommt Herr Morgenstern denn? Nur so ungefähr? Verstehen Sie mich nicht falsch, ich plaudere gern mit Ihnen, aber ich muss morgen früh aufstehen. Mein Chef ist sehr streng und legt größten Wert auf Pünktlichkeit.«

»Er müsste eigentlich jeden Moment auftauchen. Das heißt, außer es ist etwas Unvorhersehbares eingetreten. Wenn man so viel mit Künstlern zusammenarbeitet, kann das schon mal passieren.« Bedauernd schüttelte er sein rundes Haupt, und abermals stiegen wahre Wolken von Rasierwasserduft auf. »Soll ich dich zur Taxe begleiten? Wir können uns morgen Abend wiedersehen? Und mit Herrn Morgenstern werde ich wegen seiner Unzuverlässigkeit ein Wörtchen reden.«

»Es tut mir leid, aber ich bin morgen Abend schon verabredet.« Sie winkte dem Ober und bestand gegen Ackermanns heftigen Protest darauf, ihr Glas Wasser selbst zu bezahlen. Während der Aufnahmeleiter ihr in den Mantel half, erklärte sie: »Vielleicht können wir uns ja am

Montag Nachmittag im *Café unter den Linden* treffen und die Rolle durchsprechen? Bis dahin habe ich dann auch das Buch noch mal gelesen.«

»Nein, da passt es mir nicht.«

Er half ihr sehr hingebungsvoll und mit viel Getätschel in den Mantel. Fritzi hielt die Luft an, seine Whiskeyfahne vermischte sich unangenehm mit der Rasierwasserhaarpomadeduftwolke.

»Ich habe die ganze kommende Woche eigentlich schon was vor.« Er klang nicht besonders unglücklich, dafür deutlich betrunkener als noch vor einigen Minuten. Und ihr die Tür zum Leipziger Platz aufhaltend, fuhr er fort: »Eigentlich ist mir das ganze Theater schon zu dumm. Komm, Kleines, hör auf, die Unschuld vom Lande zu spielen. Du weißt doch auch, wie das läuft. Die Welt ist schlecht, und für nichts gibt es nichts.«

Sie nickte vage, sah sich mit aufsteigender Panik nach einer leeren Taxe um. Zum Glück kam gerade eine um die Ecke. Heftig winkend sagte sie: »Gewiss, Herr Ackermann. Da haben Sie natürlich vollkommen recht, Herr Ackermann.«

»Natürlich habe ich recht. Ich kenn mich ja aus im Leben. Ich kenn mich aus in dieser Stadt, und deshalb kannst du auch aufhören, dumm zu tun. Das ist mal ganz nett, aber auf Dauer langweilt mich die Masche. Also, komm mit. Scheiß auf deinen Chef, wenn du erst mal die Gruschenka bist, tippst du dem seinen langweiligen

Müll eh nicht mehr.« Er beugte sich zum Fahrerfenster der Taxe, die nun vor ihnen hielt, und nuschelte eine Adresse in Schmargendorf. Dann hielt er die Wagentür auf, gab Fritzi einen Schubs, so dass sie auf das Leder der Sitze taumelte. Er schob sie ein Stück weiter in den Wagen, hockte sich daneben. »Jetzt hab dich nicht so, du kleines Fräulein Rührmichnichtan. Willst du zum Film oder nicht?«

Später, als sie schluchzend und zitternd auf dem Entenküken von Sofa saß, Gregor zu ihren Füßen, Rosas starken Arm um die Schultern und eine dampfende Tasse Tee mit ordentlich Schuss in den Händen, später konnte sie gar nicht mehr sagen, was danach passiert war. Genauso wenig wie sie sagen konnte, warum sie sich nicht sofort heftiger gewehrt hatte, warum sie sich überhaupt in diese Taxe hatte schubsen lassen. Vermutlich einfach aus Überrumplung? Vielleicht hatte sie auch gehofft, vor dem Fahrer würde Ackermann sich zusammenreißen?

Sie wusste es nicht mehr zu sagen, alles, was sie wusste, war, dass es plötzlich einen lauten Knall gegeben hatte. Sie erschrak selbst über die Heftigkeit ihrer Ohrfeige, und im nächsten Moment schon sprang, stürzte, schlitterte sie aus dem weiterfahrenden Wagen, schürfte sich durch den Mantel den Unterarm auf dem Pflaster auf, stand dann irgendwann am Münzfernsprecher eines verrauchten Nachtcafés, stammelte in Rosas Schweigen ihren Aufenthaltsort und die Bitte, er möge sie holen. Sofort!

Und dann konnte sie sich erinnern, an die Bedienung in ihrer tief ausgeschnittenen Bluse, die ihr einen steifen Grog gegen den Schock kochte, an eine dauerwellige Hure, die ihr mit Leukoplast und Schnaps die Schürfungen verarztete, und vor allem an Rosa. Wie er sie holte, stark, breit und ruhig, wie er sie einfach mitnahm. Nach Hause.

Und zu Hause, auf dem Sofa sitzend, da presste sie schließlich ihren Kopf gegen seine primelgelbe Brust, atmete seinen tröstlichen Waschpulvergeruch.

»Weißt du was?«, seufzte sie: »Wenn ich nicht schon schrecklich verliebt wäre, dann würde ich mich in dich verlieben.«

Er lachte leise, und sie in ihre Decke wickelnd, bestimmte er: »Du hast einen Schock und einen Schwips, aber wenn ich nicht schon schrecklich verliebt und schwul wäre, dann würde ich dich trotzdem heiraten. Versprochen!«

4 Kapitel

Sie hatte sich Gregor mitgenommen. Das war natürlich albern, zum einen wusste Ackermann ja gar nicht, wo sie arbeitete, zum anderen würde er sie kaum nüchtern und am helllichten Tag in ihrem Büro anfallen, aber mit diesem Monstrum von Hund fühlte sie sich trotzdem einfach besser – brauchte ja keiner zu wissen, dass Gregor etwaige Angreifer bestenfalls zu Tode schmuste, wenn er ihre Attacke nicht sowieso verschlief.

Sie kam gut vorwärts, den Großteil der Briefe hatte sie inzwischen bearbeitet, und nur ein kleiner Stapel bedurfte Hans' persönlicher Durchsicht. Da war beispielsweise ein bis zum gestrigen Tag nicht geöffneter Brief seiner Studenten, die sich gern für einen Widerruf seiner Kündigung wegen *für ein Mitglied des Lehrkörpers untragbaren Lebenswandels und fehlender Sittlichkeit* einsetzen wollten – allerdings war das inzwischen zwei Monate her. Des Weiteren ein Schreiben des Sowjetisch-Deutschen Kulturvereins Berlin, der Interesse an einem Druck von Hans' Promotion äußerte und sich bis zum 01.02. auf Antwort freute.

Die Promotion hatte Fritzi in all den Blättern auch gefunden. Diese Arbeit über die Rezeption des Frühkapitalismus in der Lyrik der Romantik hatte ihm nur ein *rite* eingebracht, dafür aber den auf das Deckblatt geschmierten Hinweis, unter Stalin hätte er für derart *hirnverbrannten Unsinn* ein *summa cum* bekommen. Des Weiteren hatte der Schreiber den Wunsch geäußert, Hans möge doch ganz nach Russland ziehen und seine *politische Wirrköpfigkeit* dort ausleben. Bemerkenswerterweise war es dieselbe Unterschrift wie unter dem Entlassungsschreiben.

Über diesen doch interessanten Zufall hatte Fritzi gerade leicht erbost nachgedacht und währenddessen mit Büroklammern die Antwortdurchschläge an den eingegangen Schreiben befestigt, als plötzlich die Tür aufging und ein junger Mann in einem reichlich befleckten Malerkittel hereinstürmte. »Wo ist Hans?«, rief er aus und sah sich dabei, wild mit den blutunterlaufenen Augen funkelnd, um. »Wo ist Hans? Ich muss ihn unbedingt sehen!«

»Herr von Keller ist auf Reisen«, entgegnete sie wahrheitsgemäß. »Er kommt erst heute Nachmittag wieder.«

»Und Rosa?«

»Er ist zu Besuch bei seiner alten Kinderfrau. Zum Haareschneiden.« Rosa hatte inzwischen schon mehrfach erklärt, er trüge den Schädel aus Solidarität mit den Insassen von Sträflingsanstalten und Irrenhäusern kahlrasiert, und obwohl Fritzi den Edelmut seiner Motive nicht anzweifeln wollte, war es doch eine Tatsache, dass es da nicht mehr viel abzurasiern gab. Bei Wlad verbat er sich derartige Solidaritätsbekundungen im Übrigen kategorisch, dafür seien die blauschwarzen Locken einfach zu schön. »Soll ich vielleicht was ausrichten?«

»Ja! Sagen Sie Hans: Es ist kein Kohlkopf!« Er strahlte sie an. »Endlich ist das Problem gelöst. Natürlich denkt man, es ist ein Kohlkopf, aber es ist doch nur das Abbild. Nichts ist so, wie es scheint, alles Täuschung und Illusion! Ich werde das Bild *Platon oder der Traum in der Höhle* nennen!«

»Das ist ein schöner Name«, stammelte sie etwas überfordert. Sie hatte keine Ahnung, wovon der sprach.

»Ein schöner Name? Finden Sie es zu gefällig? Na, egal, sagen Sie Hans: Es ist kein Kohlkopf. Es ist nur ein Traum, Wahn, Einbildung! Kein Kohlkopf, merken Sie sich das!« Und mit diesen Worten verschwand der Mann ebenso plötzlich, wie er gekommen war. Die Tür schlug er dabei mit solchem Schwung hinter sich zu, dass die Kognakflasche mit der Tulpe darin ein wenig zitterte. Eine ganze Weile starrte Fritzi die Blume an, freute sich daran, wie gut sie sich hielt, stellte sich vor, wie Hans sie an jenem Dienstag trotz fünf Aspirin und Flachmann morgens um elf, trotz Gespräch mit der grauenhaften Kinski die vertrocknende Pflanze gesehen und ihre Bedürftigkeit erkannt hatte.

Plötzliches Klopfen riss sie aus ihren Träumereien. Und in der Annahme, es wäre erneut der negierte Kohlkopf, rief sie leicht entnervt: »Was denn noch?«

»Sie mögen mich wirklich nicht das kleinste bisschen?«

Es war Gable.

»Warum? Was habe ich Ihnen getan?«

»Ich …, ich …«, stammelte sie. Er hatte zwar recht, aber sie konnte ihm ja kaum mal so eben erklären, dass sie die Gesamtheit seiner Persönlichkeit ekelhaft fand. Und so entschied sie sich für ein feiges: »Ich habe nichts gegen Sie. Ganz bestimmt nicht. Wir kennen uns ja kaum. Ich dachte nur, Sie wären jemand anderes.«

»Und wer?« Er setzte sich auf die Kante ihres Schreibtisches, ließ seine in Anzughosen steckenden Beine baumeln. »Hans wohl eher nicht.«

»Ich weiß nicht, wer es war. Irgend so ein Maler eben. Und natürlich nicht Herr von Keller.«

»Natürlich.« Süffisant zog er einen Mundwinkel empor, zündete sich an der Schuhsohle ein Streichholz an.

»Herr von Keller ist nicht da, deshalb *natürlich*.« Jetzt fing sie auch noch an, sich vor dem zu rechtfertigen, das war ja zum Wahnsinnigwerden. Und in Gedanken an Tante Huldas Rat *je wütender, desto höflicher* fragte sie sanft: »Womit kann ich Ihnen denn helfen? Wie gesagt, Herr von Keller ist nicht im Haus.«

»Das weiß ich, *natürlich*.« Er lachte leise. »Glauben Sie mir, wenn dem nicht so wäre, säße ich nicht so entspannt hier. Man hat Ihnen vermutlich inzwischen längst erzählt, dass es der infame Gable war, der dem armen Hänschen die Lebensliebe ausspannen musste. Und so was, wo

Goldlöckchen sich wegen der Liaison die Unikarriere versaut hat und tatsächlich glaubte, diese polnische Schlampe sei ihm treu. Ausgerechnet dem! Dass sich unser Sensibelchen nicht gleich erschossen hat, lag vermutlich nur daran, dass er in seinem ewigen Chaos die Pistole nicht finden konnte.«

»Bitte verzeihen Sie, aber ich muss mich jetzt doch entschuldigen. Ich habe vorhin die Unwahrheit gesagt.« Tante Hulda konnte wirklich stolz auf ihre Erziehung sein. Sanft wie warme Milch perlten die Worte über Fritzis Lippen. »Ich mag Sie in der Tat kein bisschen. Ich würde sogar so weit gehen, zu behaupten, dass ich Sie verabscheue. Ich ertrage es nicht, wie Sie über das Leid anderer Menschen lachen, und Ihr Zynismus ist mir von ganzem Herzen zuwider. Bitte tun Sie mir den Gefallen und verlassen Sie sofort diesen Raum.«

Aus seinen dunklen, feucht schimmernden Augen starrte er sie verblüfft an, machte aber keine Anstalten zu verschwinden.

»Bitte gehen Sie. Jetzt.«

Er nickte, glitt mit katzenhafter Eleganz von ihrem Schreibtisch, drehte sich jedoch noch einmal um, schien etwas sagen zu wollen, aber Fritzi kam ihm zuvor: »Leben Sie wohl.« Abermals nickte er, und ohne jedes weitere Wort schloss er die Tür mit einem leisen Klack.

Umgehend beugte Fritzi sich über ihre *Orga Privat*, drosch heftig auf die Tasten ein, und während die Wut langsam nachließ, fragte sie sich, ob in Gables Augen tatsächlich Tränen geglänzt hatten. Oder war es das Licht gewesen?

»Und dann hast du ihm wirklich einfach eine geschossen? Dem großen Ackermann? Du bist mir vielleicht 'ne Nummer!« Vor Vergnügen ließ Inge sich rücklings auf das Entenkükensofa fallen, wackelte mit ihren Seidenstrumpfbeinen, mit ihren rotlackierten Zehen wild in der Luft.

Sie war überraschend zu Besuch gekommen – erstens, weil sie unbedingt hören wollte, wie es im *Automobilclub von Deutschland* gelaufen war, zweitens, weil sie den Gedanken schlicht *nicht ertragen* konnte, dass Fritzi in diesem *silbernen Putzlumpen* auf die Vernissage ging. Sie hatte einen ganzen Wäschekorb voll Kleider angeschleppt, die Fritzi nun der Reihe nach anprobierte.

»Es war gar nicht besonders lustig«, gestand Fritzi und kämpfte mit dem Verschluss eines nur über eine Schulter gehenden Tanzkleides aus meerblauer Seide. Sich ungeschickt aus der seitlichen Schleppe befreiend, bekannte sie: »Ich hatte Angst. Richtig, richtig Angst.«

»Das ist aus dem Wiener Modehaus Max Becker. Hab ich zum Vorzugspreis gekriegt, weil ich doch Mannequin bin. Sonst hätte es mindestens zweihundert Mark gekostet. Die Schleppe kannst du über der Hüfte befestigen, da müsste ein verdecktes Knöpfchen sein. Und dazu gehört noch …« Sie beugte sich über den Wäschekorb, wühlte darin herum, zog dann triumphierend ein grauenhaftes Gefunkel hervor. »Dieses Stirnband. Ist es nicht top?«

»Absolut.« Fritzi lächelte bemüht und überlegte, wie lange die Höflichkeit wohl gebot, so zu tun, als erwöge sie, diesen Alptraum aus Strass zu dieser Wahnvorstellung aus gefältelter Seide zu tragen. »Wie war's in Babelsberg? Wolltest du heute nicht Statisterie machen?«

»Bin nicht besetzt worden«, entgegnete die Freundin knapp. »Probier jetzt mal das Anthrazitfarbene an. Das ist eigentlich ein Tea Gown, aber ich dachte mir, eine Vernissage ist ja so ein Zwischending, keine richtige Abendeinladung und auch kein Tanz. Ist vielleicht ein bisschen langweilig?«

Fritzi nickte und entfaltete den raschelnden Crêpe de Chine des Kleides. Es besaß eine tiefe Taille und war sehr schlicht, bis auf eine kleines silbernes Ornament am Saum der Trichterärmel und des gleichfarbigen, überlangen Gürtels. Sie betete inständig, es möge passen. Endlich mal ein vernünftiges Kleid. Sie konnte diese ganzen albernen Tülldinger nicht leiden, die zu sagen schienen, dass ihre Trägerin nichts anders zu tun hatte, als sich dreimal am Tag umzuziehen. Die Kinski, die mit Jeans zu einer Abendveranstaltung gegangen war, kam ihr plötzlich in den Sinn. Die mochte sie zwar grundsätzlich nicht, aber diese Chuzpe, die gefiel ihr. Sie konnte schon verstehen, dass man über so einer Frau halb wahnsinnig vor Verliebtheit wurde.

Hans und Wlad waren mit nur einer halben Stunde Verspätung gegen vier zurückgekommen, aber er war gar nicht ausgestiegen, hatte nur Wlad abgesetzt und war dann gleich weitergefahren, den Wagen zurückbringen. Wlad jedoch hatte sich mit strengem Blick jedes Nachfragen, jede Konversation mit den beiden Frauen verbeten. Er sah irgendwie ein wenig verwaschen aus, aber sie hätte nicht sagen können warum.

In ihm arbeitete ein Gedicht, und so hatte er nur rasch die Reisekleider gewechselt, war danach verschwunden. Ins Aquarium des Zoologischen Gartens, wie er auf Fritzis hartnäckiges Nachfragen mürrisch preisgab. Was er da wollte, hatte er nicht verraten, und sie hatte auch nicht weiter geforscht. Sie würde einfach Hans fragen. Beim Gedanken an das Wiedersehen verschluckte Fritzis Herz einen Schlag. Noch nicht mehr ganz zwei Stunden.

»Das ist Valentin Manheimer«, riss Inge sie aus ihren Gedanken und schloss ihr die Knopfleiste im Rücken. »Ist ein bisschen langweilig, aber steht dir!«

Fritzi lächelte ihrem Spiegelbild zu. Ja, das Kleid stand ihr. Man konnte sich fast einen schwachen Moment lang vorstellen, wie man in so einem Kleid zu einer Premiere ging. Nicht als Starlet, als Autorin des Films.

»Das ist eine geschickte Länge für dich, verdeckt deine dicken Waden«, holte Inge sie unsanft in die Wirklichkeit zurück. »Das Kleid wird's. Ich leih dir mein Gabardinecape, den Feh brauch ich leider heute Abend selbst. Reibetanz nimmt mich mit ins Cabaret.«

Die Tatsache, dem Toteeichhörnchenpelz kampflos entkommen zu sein, freute Fritzi derart, dass sie Inges Frechheit einfach überging. Sie setzte sich vor ihren, an einen Stapel Bücher gelehnten Handspiegel und begann, sich die Lippen zu schminken.

»Du solltest Hans bitten, dir Dauerwellen zu zahlen. Meine Mama macht dir einen richtig guten Preis.« Inge hob prüfend eines der Wellenklämmchen in Fritzis feuchtem Haar, schüttelte dann missbilligend den Kopf. »Es ist so mühsam ohne, da hält keine Frisur.«

»Ich glaube, Hans kann sich das nicht leisten«, gestand sie. »Er verdient nicht besonders, eigentlich ist schon ein Tippfräulein zu teuer für ihn.«

»Aber er ist doch ein Mann. Und adlig. Und er hat studiert! Natürlich kann er sich das leisten.« Sie machte einen entschlossenen Mund, doch dann fuhr sie Fritzi plötzlich sehr sanft mit den Fingerspitzen über ihren ausrasierten Nacken, und der Freundin im Spiegel in die Augen sehend, bat sie: »Hör mir zu, Unschuldslämmchen. Ich weiß, der gefällt dir, und er ist ja auch hübsch und schlau, nur wenn er wirklich kein Geld hat, dann verlieb dich nicht in ihn. Das darf man niemals tun, das macht dich nur unglücklich. Die Männer ohne Geld, die sind gefährlich für uns Frauen. Die machen uns ganz verrückt mit ihrem verdammten Idealismus und mit Broten ohne Belag und dafür im Bett gegessen. Man denkt immer, die sind ehrlich, sonst hätten sie ja Geld. Aber glaub mir, die sind noch mieser als die anderen. So richtig scheißmies sind die!« Inges Stimme war plötzlich voll Tränen, doch bevor Fritzi noch hätte fragen können, sprach die Freundin in ganz normalem Ton weiter: »Also mit deinen Haaren wird das ohne Dauerwelle nichts. Bis morgen Abend ist bestimmt wieder alles zusammengefallen. Kommst du jetzt mit mir und Reibetanz und Gable ins *Inferno* schwofen?«

Fritzi machte eine vage Geste mit dem Lippenstift und hoffte, die Freundin würde annehmen, sie müsse sich auf das Röten ihres Munds konzentrieren. Inges Reaktion auf die Ackermann-Geschichte hatte ihr keine Lust gemacht, von ihrem Erlebnis mit Gable zu erzählen. Inge würde es nicht verstehen.

»Ne, ne, du musst einfach mitkommen. Du musst! Gable ist vollkommen verrückt nach dir! Du hast ihm wohl wegen irgendwas den Kopf gewaschen. Er meinte, so eine wie du sei ihm seit ewigen Zeiten nicht mehr untergekommen. Und ich doofe Kuh, ich hätt's vor lauter Kleider beinahe vergessen. Jetzt darfst du wirklich mit mir schimpfen, jetzt wäre ich am Ende beinahe noch schuld am Scheitern deines Liebesglücks. Ne, ne, das wäre ja tragödisch. Ich war nämlich vorhin kurz im *Café unter den Linden*, nach dem blöden Morgen in Babelsberg brauchte ich einen Champagner zur Stärkung meiner doch arg strapazierten Nerven. Also, Berlin bringt mich noch ins Grab.« Mit einem melodramatischen Seufzen und weit ausgebreiteten Armen sank sie zurück auf das Sofa. Sie schien wieder ganz die Alte. »Also wie gesagt, ich war im *Café unter den Linden*, und Gable war da natürlich auch, und gleich bei der ersten Gelegenheit ist er auf mich zu und hat mir das hier für dich gegeben.« Den Tiefen ihrer Krokodilledertasche entnahm sie einen etwas angestoßen aussehenden Brief. »Los, mach ihn auf. Ich hab schon überlegt, ob ich ihn nicht vielleicht heimlich über Wasserdampf öffnen sollte, aber ne, ne, so manoli bin ich dann noch nicht. Komm, mach auf!«

Für Fritzi stand in kindlich ungelenken Buchstaben auf dem Kuvert. Innen lag ein Zehn-Mark-Schein – Gables Schulden! – und ein sehr klein zusammengefaltetes Stück Papier. Fritzi las, wobei sie sich bemühte, den Brief vor Inges neugierigen Blicken zu verbergen:

»Liebes Fräulein Lack, ich bin kein schlechter Mensch, nur einer mit einer schlechten Meinung über die Menschheit. Ich wollte Ihnen jedoch in keinster Weise zu nahe treten oder jemanden beleidigen, der das Glück hat, Ihnen am Herzen zu liegen. Übrigens bin ich auch ein grauenhaft gestelzter Briefeschreiber, wie Sie vermutlich schon gemerkt haben … Drum in aller Kürze: Bitte entschuldigen Sie mein

peinliches Betragen. Geben Sie mir noch eine Chance? Vielleicht am Samstag? Hoffnungsvoll, Ihr Kurt.«

»Was schreibt er?«, quietschte Inge aufgeregt. »Was will er? Sag, was will er?«

Fritzi zuckte die Schultern und fuhr mit dem Schminken fort. »Mir mein geliehenes Geld zurückgeben. Wurde auch Zeit. Sei ein Engel, zünd mir eine Zigarette an und dreh am Grammophon? Es müsste Jack Jackson drauf liegen.«

Toujour l'amour hauchte es nach einigem Knistern durch den kleinen Raum, und mitsummend, dachte Fritzi plötzlich an den Liebhaber des Grafen Sawicki, den jungen Mann, der versucht hatte sich umzubringen, und natürlich fiel ihr die Geschichte mit Hans' Exverlobter ein. Sie nickte ihrem Spiegelbild einige Male zu.

Ja, so war es. Gable wollte immer, was er nicht kriegen konnte, vor allem aber wollte er, was anderen gehörte.

»Mit diesen Wasserwellen siehst du ganz anders aus. Richtig hübsch. Also nein, ich meine, man sieht, dass du dir Mühe gegeben hast. Nein, also so mein ich das natürlich nicht! Verdammt, verdammt, verdammt.« Aus verzweifelten, leicht panischen Augen sah Hans sie flehend an. »Du verstehst, was ich sagen wollte, oder?«

»Ich glaube schon.« Sie lächelte etwas verlegen und setzte sich neben ihn auf die Rückbank. »Es war auch wirklich viel Mühe, die Haare so hinzubekommen. Die arme Inge hat bös geflucht. Man braucht wohl eigentlich Dauerwellen, damit die Frisur hält.«

»Jetzt tut es dir doch leid, dass du mein Angebot darauf ausgeschlagen hast. Keine Sorge, ich hab was viel Besseres. Aber es ist nicht als Bezahlung gedacht. Und es ist von rein ideellem Wert. Meine Exverlobte besaß die Freundlichkeit, mich darauf hinzuweisen, dass ich nicht das Geld habe, ohne Peinlichkeit materielle Dinge zu verschenken.«

»Was ist es denn?«, fragte Fritzi neugierig und beschloss, dass die Kinski eine wirklich dumme Kuh war – auch wenn sie mit den Jeans recht hatte.

»Ich hab dir drei Spalten mitgebracht.«

Der Wagen war angefahren, und Fritzi war sich nicht sicher, ob sie Hans richtig verstanden hatte.

»Du hast was? Drei Spatzen?«

»Nein, drei Spalten. In der Gesellschaftsbeilage der *Style*. Über die Vernissage. Eigentlich hat Style mich gefragt – warum auch immer …« Er zuckte die Schultern. »Im Herbst, vor dem ganzen Schlamassel, da hab ich eine Geschichte in der *Roten Fackel* veröffentlicht. In der unterhält sich eine Fabrikarbeiterin, Mutter von vier Kindern, mit ihrer Freundin, arbeitslose Fabrikarbeiterin, Mutter von sechs Kindern, darüber, welchen Pelz sie sich zur kommenden Theatersaison kaufen könnten. Eigentlich möchten sie einen Nerz, aber den trägt ja schon die

Frau des Fabrikbesitzers. Vielleicht ist den Redakteuren der *Style* die Ironie nicht aufgefallen?

Ich dachte mir jedenfalls, das wäre doch was für dich. Du hast so gute Ideen – denk an die Kriegsirren –, du hast Witz, und du schreibst sogar orthographisch korrekt. Versuch es einfach. Ich helf dir auch, aber drunter steht natürlich nur dein Name. Ich bin ganz sicher, dass du es kannst. Das ist doch ein Klacks für das Mädchen, das von einem vertrauensseligen Pfarrer mit einem kleinen Weihnachtsspiel beauftragt wurde und ein, ich zitiere, *kommunistisches Brandstück* verfasst hat.«

Fritzi schluckte. Das war ein bisschen viel auf einmal. Und ihre Gedanken ordnend, fragte sie: »Wer hat dir das denn erzählt?«

»Niemand. Du hast ja so ein Geheimnis drum gemacht, aber du sagtest, dass die Zeitung über dein Krippenspiel berichtet hat, und da hab ich mir sämtliche Dezemberausgaben des *Stuttgarter Neuen Tagblatts* kommen lassen.« Nun war es an ihm zu grinsen. »In Berlin hätten wir dir die Füße geküsst, eine Schwangere ohne Kindsvater und ein Kriegsgewinnler als hartherziger Herbergswirt. Und wer waren die *angesehenen Persönlichkeiten, die sich persönlich beleidigt und verleumdet fühlten?*«

»Ach, so ein Großbauer. Dabei weiß jeder, wirklich jeder, dass sein Horch mit in den Hungerwintern verkaufter gepanschter Milch läuft. Nur wenn man es auf der Bühne sagt, sind die plötzlich alle empört.

Na ja, und dann gab es irgendwann Drohbriefe gegen die Schauspieler und gegen mich und gegen meine Tante Hulda, und jemand hat mein Fahrrad …« Auch nach drei Monaten stiegen ihr bei der Erinnerung noch immer die Tränen in die Augen. Sie mit dem Handrücken fortwischend, erklärte Fritzi: »Egal. Sagen wir einfach, wir hatten beide einen blöden Dezember.«

»Einigen wir uns darauf, und bevor wir dieses Stück nie wieder erwähnen, eins noch: Ich finde, das war sehr mutig von dir.«

»Eher sehr dumm. Außer Ärger hat es mir nichts eingebracht.« »Ja, weil du nicht in die Provinz gehörst. In Berlin hätten sie dich für deine unverheiratete Muttergottes zwar auch durch den Schmutz gezogen, aber du hättest vor ausverkauftem Haus gespielt.« Er lächelte aufmunternd. »Schade, dass du es nicht mehr hast.«

»Nein, es war schlecht. Und dann hat mich mein Verlobter auch noch sitzen lassen. Jetzt nicht genau deshalb, aber es hat sicher eine Rolle gespielt.« Es war ja nicht einmal so, dass sie Gustav unbedingt hatte heiraten wollen, eigentlich hatte sie immer gehofft, er würde ihr einen allgemein verständlichen Grund geben, sich zu trennen. So einen Grund, den man vor der Tante und den Mädchen im Büro hätte sagen können, eine andere Frau, vergessene Geburtstage, heimliche Trunksucht, so etwas eben. Einen werdenden Herrn Apotheker verlässt man nicht, weil man ihn langweilig findet – zumindest nicht, wenn man selbst die Tochter eines kriegsversehrten Bibliothekars ist. Aber mehr oder weniger direkt nach dieser Theatergeschichte Schluss zu machen, das war einfach so mies von ihm gewesen. Mies und feige. Und schon deshalb verdiente er es, ihren Namen auf einem Kinoplakat zu sehen – damit er wusste, wem er da den Laufpass gegeben hatte. Andererseits schien ihr der Schauspielberuf nach dem Erlebnis mit Ackermann nicht mehr so erstrebenswert – wenn man sich da wie dort beschimpfen und mit dummen Menschen rumärgern musste, wäre es da nicht besser, sich doch noch mal an das Drehbuchschreiben zu wagen? Da wurde sie wenigstens für ihre eigenen Ideen und deren Umsetzung kritisiert. Als Schauspielerin, da musste sie die Rolle so interpretieren, wie jemand anders sich das vorstellte, sonst wurde sie gar nicht erst besetzt. Jedenfalls waren die drei Spalten ein herrliches Geschenk, und in die Gegenwart zurückfindend, sagte sie: »Wirklich Danke. Ich freu mich schon sehr darauf, den Artikel zu schreiben.«

»Gerne. Wenn's *Style* gefällt, kaufen sie bestimmt mal wieder was. Das kann ein ganz nettes Zubrot werden.«

Gerade bogen sie in eine mit weißem Kies bestreute, von uralten Bäumen gesäumte Auffahrt ein.

»Da wären wir also. Königsallee 56 bis 59. Die kurze Strecke hätte selbst ich problemlos laufen können, aber man darf ja bei solchen Veranstaltungen nicht zu Fuß aufkreuzen.

Ich setz dich noch kurz ins Bild. Unser Gastgeber ist Ludwig von Keller, mein älterer Bruder, und der vordergründige Anlass der Gesellschaft ist eine private Vernissage Viktor Klingenbergs. Der wahre Grund ist, dass mein Bruder ein Verhältnis mit der Köchin hat.« Da er das Unverständnis in Fritzis Gesicht sah, erklärte er weiter: »Das geht schon ewig, hat schon vor dem Krieg angefangen. Sie haben gemeinsam drei Kinder, zwei kleine Mädchen und jetzt seit ein paar Wochen einen Bub. Und weil die Frau meines Bruders wenig Verständnis hat, hat ihr mein Bruder aktuell den Gegenwert dreier Mietshäuser in Perlen um den Hals gelegt. Die muss sie jetzt natürlich vorführen, daher die Vernissage. Mein Bruder ist ein netter Kerl, ein typischer Landjunker. Er liebt Pferde, Hunde, Viehzucht.«

»Und Köchinnen. Warum hat er sie nicht geheiratet, wenn er ihr schon ein Kind nach dem anderen macht?«

»Sie ist natürlich nicht standesgemäß, und mein Bruder scheut jeden Skandal. Deshalb ist seine Gattin auch sehr standesgemäß. Gretchen von Keller, geborene von Stein, hasst Pferde, Hunde, Viehzucht und das Landleben im Generellen. Dafür kennt sie jeden und weiß immer, wer wen wann wo mit wem betrügt, zu betrügen plant oder betrogen hat. Mit wem Gretchen meinem Bruder Hörner aufsetzt, weiß ich persönlich nicht, aber ich gehe fest davon aus, dass sie es tut.«

Der Wagen hielt abrupt vor einem von innen heraus

leuchtenden Neubau. Die untere Etage dieses Flachdachwürfels schien vollständig aus Fenstern zu bestehen, so dass man die bereits angekommenen Gäste hinter Glas bestaunen konnte. Fritzi fühlte sich stark an ein riesenhaftes Aquarium voll sehr teurer, sehr exklusiver Zierfische erinnert.

Auf dem Vorhof standen überall Automobile, und all diesen glänzenden, funkelnden Gefährten entstiegen gleichsam glänzende und funkelnde Herrschaften. Wo man hinsah, verneigten sich Herren, hauchten sich Damen Luftküsse zu, reichte man sich förmlich die schwer beringten Hände.

»Und im Osten sterben immer noch Kinder an der Mangelernährung.« Hans kniff die Lippen zusammen, gab sich dann einen kleinen Ruck und stieg aus. Im Abendanzug sah er ungewohnt elegant aus, sogar seine Haare hatte er dank größerer Mengen Pomade an den Kopf frisiert gekriegt. Seine Hohlwangigkeit verlieh ihm nun etwas sehr Distinguiertes. »Wenn es zu schlimm wird, dann verschwinden wir einfach, in Ordnung? Ich bin diesen Jahrmarkt der Eitelkeiten nicht mehr gewohnt, ich hatte gerade zwei Tage nur Kontakt mit vernünftigen, klar denkenden Menschen.«

»Du musst mir nachher erzählen, wie es war. Warum seid ihr eigentlich zu einer privaten Nervenheilanstalt gefahren? Warum hast du keine staatliche genommen?« Eigentlich war es ihr vollkommen egal, sie redete sinnlos vor sich hin. Hans hatte ihr soeben die Hand gereicht, um ihr beim Aussteigen behilflich zu sein.

»Weil der Artikel für den Uhu ist und die Uhu-Käufer dem Mittelstand und der unteren Oberschicht angehören. Diese Leser stecken ihre Angehörigen normalerweise in private Anstalten, die haben lieber keine Butter auf dem Brot als einen Bruder im staatlichen Irrenhaus. Diese Metzgertochter doch auch.«

Bei deren Erwähnung fiel Fritzi schlagartig die unbezahlte Rechnung wieder ein – trotz Herzklopfen und Hans' Hand. Ganz offensichtlich hatte er vergessen, sie wieder loszulassen, so etwas konnte schon vorkommen. Sie lebten in hektischen Zeiten, man vergaß doch ständig was. Nur die Metzgerrechnung, die rief sich sehr drängend ins Gedächtnis.

»Das erinnert mich an etwas. Ich fürchte, die Metzgerrechnung ist seit Jahren nicht mehr beglichen worden. Sie beläuft sich inzwischen auf fast dreihundert Mark«, begann sie, aber plötzliches Grölen hinderte Hans an seiner Erwiderung. Außer ihnen schien sich keiner daran zu stören. Die prächtige Gesellschaft strömte unbeeindruckt in Richtung des Hauseingangs.

»Da hätten wir auch den ausstellenden Künstler.« Mit dem Kinn zeigte Hans auf einen schmalen, seltsam verlassen aussehenden Mann, dessen schwarzer Haarschopf im Laternenlicht pomadig glänzte. Trotz der abendlichen Kühle war der Mann ohne Mantel, schwankend stand er auf der steinernen Brüstung des beleuchteten Springbrunnens, eine Champagnerflasche in der Hand und den Blick starr auf die Wassersäulen gerichtet. »Das ist Herr Klingenberg. Komm, ich möchte ihm gern Guten Tag sagen. Er scheint ein bisschen Zuspruch gebrauchen zu können.«

Fritzi zögerte, ihr machten Betrunkene von jeher Angst, doch Hans zog sie hinter sich her.

»Viktor«, rief er und reichte dem schwankenden Mann die freie Hand. »Viktor, mein alter Freund, was machst du allein hier draußen? Du holst dir noch den Tod. Komm runter, ich will dir jemanden vorstellen.«

»Hans!« Das Gesicht des Mannes hellte sich einen Augenblick auf, dann verfinsterte es sich sofort wieder. Mit schwerer Zunge fragte er: »Bist du gekommen, mir meine Schande vor Augen zu halten?«

»Welche Schande, Viktor? Es ist dein Abend, dein Fest. In der Kolonie sind alle furchtbar stolz auf dich!«

Sie nickte, obwohl Rosas abschätziges *Wenn man sich so verkaufen muss* noch die freundlichste Bemerkung der Künstler dargestellt hatte. Ihr war das auch ganz egal, sie hielt noch immer Hans' warme, ziemlich schmale Hand.

»Wer ist das?«, fragte der Künstler plötzlich und zeigte auf Fritzi. »Sollte ich sie kennen?«

»Das ist Fräulein Lack, und sie ist … nun, also eigentlich ist sie … Sie ist mein Tippfräulein, meine Sekretärin.«

»Aha.« Ein amüsiertes Blitzen trat in seine Augen. »Das ist also dein *eigentliches Tippfräulein*. Sehr angenehm, Frau von Keller, ich meine natürlich Fräulein Lack.«

Sie spürte, wie ihr das Blut in die Wangen schoss, doch Hans' Hand umfasste auch weiterhin ihre Finger.

»Spar dir deine dummen Witze, Viktor. Was willst du überhaupt hier auf dem Springbrunnen?«

Der Künstler sah sich um, von seinem aktuellen Aufenthaltsort ganz offensichtlich überrascht. Leicht schwankend beugte er sich zu Fritzi und blies ihr seinen Schnapsatem ins Gesicht. »Ich bin auf der Flucht. Auf der Flucht vor denen da drin. Eine Fabrikerbin mit Haaren, gelber als Rosas Sofa, wollte meine Maria kaufen, stellen Sie sich das vor! Sie hat mir tausend Mark geboten, aber die Muttergottes im Salon einer Frau mit dottergelbem Haar! Und da habe ich das Bild einfach heimlich aus dem Rahmen genommen. Den Rahmen habe ich auf der Toilette versteckt, und das Bild, das habe ich hier.«

Er öffnete sein sehr elegantes, doch inzwischen leicht ramponiertes Smokingjackett und zeigte ihr einen zusammengerollten Bogen. Fritzi wollte eben anmerken, er hätte auch einfach sagen können, sein Bild sei unverkäuflich, doch dann entrollte er die Leinwand.

In grellen Farben, viel Giftgrün, viel Schwefelgelb, zeigte es eine Mutter mit Kind. Die Proportionen stimmten nicht, die übergroßen Köpfe schienen die abgemagerten, von Ekzemen entstellten Körper fast zu erdrücken, und im Hintergrund drohten ins Aberwitzige verzerrte Fabrikschlote. Nur eines war sehr real gestaltet, die grenzenlose Hingabe in den Augen der Mutter, das Vertrauen in den Augen des Säuglings.

»Ich verstehe Sie«, stammelte Fritzi. »Das ist kein Bild für einen feinen Salon. Das ist … ich muss gestehen, ich weiß nicht, was es ist …, aber es ist zu gut. Das ist wirklich beeindruckend. Es ist alles, was es zu Liebe zu sagen gibt.«

»Endlich!«, rief Viktor unvermittelt aus. »Endlich versteht einer, worum es in diesem Bild geht. Da faseln die Feuilletons von der Sozialkritik und den Einflüssen des Dada auf meine Kunst, und dabei ist es doch so simpel. Es ist die Liebe. Die Liebe und nichts weiter. Die Liebe der Mutter zu ihrem Kind, die Liebe des Kindes zu seiner Mutter. Kommen Sie mich am Montag in meinem Atelier besuchen. Ich will Ihnen meine Werke zeigen, die guten Sachen, nicht diesen gefälligen Müll, der hier herumhängt.« Er schüttelte sich, wobei er gefährlich ins Schwanken geriet und in den Brunnen zu fallen drohte. »Hans, du bist ein Glückskind. Dein eigentliches Tippfräulein, es ist so bezaubernd. Ich werde sie malen. Nicht wahr, Fräulein Lack, ich darf Sie doch porträtieren? Und dich gleich mit, Hans. Ich habe das Bild fix und fertig im Kopf. Ihr müsst nur noch zum Modellstehen kommen. Einmal genügt, ich arbeite am besten nach Fotografie. Am Montag gleich. Ich zahle euch dreihundert Mark.«

»Viktor, du bist betrunken! Und für dich als Freund

machen wir das natürlich umso…« »Umso lieber«, unterbrach sie Hans und dachte an die Metzgerrechnung. »Einverstanden, wir kommen am Montag. Aber wir brauchen das Geld gleich zum Mitnehmen.«

»Selbstverständlich!« Viktor nickte, und dann fuhr er ihr mit seiner kleinen Hand über die Wange: »Du sündschönes Luder, du bist ein wunderbares Geschöpf. Du hast erkannt, Kunst und Kapitalismus sind verfeindete Geschwister. Schau dir nur mich an. Schau, wie ich mein Talent verkaufe. Für einen Maßanzug und ein Paar glänzende Lackschuhe. Und dann sieh dir Hans an. Seinen schlecht sitzenden Stangensmoking.« »Also so schlecht sitzt er …«, doch der Künstler ließ sich nicht bremsen. »Er hat keinen müden Groschen, aber seine Gedichte hängen zumindest nicht bei dotterhaarigen Fabrikerbinnen und fetten Bankdirektoren. Wenn Hans einen schlechten Reim macht, kräht kein Hahn danach. Doch bei mir! Bei mir stürzen sich die Hyänen nur so auf mich. Sie zerfleischen mich, sie hassen mich, weil ich besser bin als sie alle. Herrlicher! Schöner! Begabter!«

Schwankend richtete er sich auf. Einen Moment schien er schon die Balance zu verlieren, schien schon ins eisige Wasser zu stürzen, doch im letzten Moment hielt er sich an Hans' ausgestreckter Hand fest.

»Erfolg! Ruhm! Die Anbetung der Massen«, brüllte er, als sei nichts geschehen, und sich losreißend, fuhr er fort: »Sie haben einen dressierten Pudel aus mir gemacht. Ein

Schoßhündchen ihres gewöhnlichen Geschmacks. Meine Kunst zum Hintergrund ihres Geprotzes!«

»Unsinn, so ein Unsinn«, begütigte Hans, während Fritzi sich nach allen Seiten umsah, doch die feine Gesellschaft ignorierte das Schauspiel geflissentlich. Nur hier und da schüttelte man indigniert die schön frisierten Köpfe. »Komm, Viktor, du bist nur betrunken. Aber wenn dir diese feinen Pinkel so zuwider sind, dann komm. Wir nehmen unseren Wagen und fahren zu dir heim. Ich koch dir einen Kaffee, und dann erklärst du uns in Ruhe ein paar deiner neusten Werke. Ich brenne darauf, zu erfahren, wie du das Problem mit der dritten Ebene gelöst hast!«

Fritzi dachte an das undichte Dach. Sie fürchtete, dass Ludwig von Keller seinem Bruder für diese Stippvisite kaum das Geld für die Reparatur geben würde. Doch der Künstler ging gar nicht auf Hans' Vorschlag ein.

»Zerstören muss man!«, brüllte der Maler, die Champagnerflasche schwenkend. »Vernichten und aus den Trümmern Neues bauen! Niederbrennen! Töten! Töten muss man. Der Expressionismus hatte eben doch recht!«

Fritzi war etwas unheimlich zumute. Sie wusste nicht, ob sie vor diesem schreienden Kerl oder um ihn Angst hatte.

»Hans!«, lallte der Künstler indessen. »Hans, die Zeit bei euch … bei euch in der Kolonie … die beste Zeit meines Lebens! Meines Lebens! Danach war alles Abstieg! Alles Abstieg, sag ich!«

»Unsinn, Viktor! Und wenn du so empfindest, dann komm einfach wieder zu uns. Für dich finden wir immer ein Plätzchen.« Er lächelte aufmunternd. »Komm, wir gehen in die Kolonie. Vielleicht reicht ja schon eine Nacht, und du fühlst dich wie neugeboren?«

»Soll ich vielleicht schon mal unseren Chauffeur holen?«, flüsterte Fritzi, und Hans erwiderte: »Lauf schnell, ja. In dem Zustand kann man ihn den kunstsinnigen Berlinern nicht präsentieren. Da brüskiert er nur jemand, und morgen tut es ihm leid.«

»Töten muss man!«, brüllte der Maler, und sie wandte sich mit einigem Eifer zum Gehen, doch Hans rief ihr nach: »Fritzi, wenn ich bis zu deiner Rückkehr ertrunken sein sollte, denk bitte daran: *Viktor Klingenberg geht baden*, das wäre ein guter Titel für deinen Artikel gewesen.«

Sie lächelte, doch bevor sie noch etwas entgegnen konnte, begann der Maler, die Art Worte zu grölen, die man sonst nur von betrunkenen Arbeitern am 1. Mai zu hören bekam, und so entschied sie sich, zunächst lieber schnell den Wagen zu suchen.

Bedauerlicherweise fand sie ihn in dem elektrischen Dämmerlicht nicht sofort, und als sie ihn endlich auf dem Parkplatz entdeckt hatte, musste sie auch noch warten. Ihr Fahrer spielte gerade Siebzehnundvier mit dem Fahrer eines Horchs und sah nicht recht ein, seine Glückssträhne zu unterbrechen. Erst als er seinen Gewinn komplett wieder verloren hatte, war er bereit, Fritzi zum Springbrunnen zu folgen. Er hatte es allerdings nicht besonders eilig, denn von der Wasserfontäne drangen inzwischen beängstigende Platschgeräusche.

»Wenn der mich den Wagen nass macht, dann zahlen Se mir extra«, drohte der Chauffeur, während Fritzi ihn am Ärmel durch die bemerkenswert desinteressierten Gäste zerrte. Als sie schließlich ankamen, saßen die beiden Männer schon wieder am Rand des Brunnens, teilten sich einträchtig tropfend eine Zigarette.

»Ich habe noch nie in einem Springbrunnen gebadet«, erklärte Hans, so würdevoll es einem nassen Mann im nassen Stangensmoking nur möglich war. »Ich fühle mich unerhört erfrischt.«

»Ich will tot sein«, schluchzte Viktor Klingenberg. »Warum hast du nicht zugelassen, dass ich mich umbringe? Warum? Warum, Hans, warum bloß?«

»Besoffene kosten extra«, bemerkte der Fahrer und streckte Hans auffordernd die Hand entgegen. »Und wenn der mich die Sitze verkotzt, kriegen Se die Rechnung von die Reinigung.«

»Sollen wir nicht auch heimfahren?«, fragte Fritzi und sah sehnsüchtig ihrem sich entfernenden Chauffeur hinterher. Der triefende Hans tat ihr furchtbar leid, der hatte ganz blaue Lippen vor Kälte. »Du holst dir noch die Grippe, oder es geht auf die Lunge. Bitte, Hans, lass uns heimfahren.«

»Nein! Wir gehen da jetzt rein und sind charmant.

Danke.« Letzteres galt dem von Fritzi gereichten Taschentuch, mit dem er sich das Gesicht zumindest in Ansätzen trocknete. »Komm schon, du *sündschön Luder.* Ich bin hochmotiviert. Ich kann mir aktuell sehr gut vorstellen, wie ich mich im Winter fühle, wenn es mir ins Schlafzimmer regnet.«

»Oh, Hans!«, seufzte Fritzi, und nach seiner nassen Hand greifend, fragte sie kokett: »Was krieg ich, falls er das Bild morgen an die Dottergelbe verkauft?«

Schon an der halb geöffneten Flügeltür schlug ihnen eine warme Welle aus Tabak- und Parfumdünsten entgegen. Sie liefen wie gegen eine Mauer aus menschlichen Stimmen und Orchestermusik. Die riesige Eingangshalle bestand zu drei Seiten komplett aus Fenstern, was in Verbindung mit dem grauen Marmorboden und dem vollkommenen Mangel an Möbeln trotz des Gedränges ein beunruhigendes Gefühl von Leere schuf. Ein monströs großer Kronleuchter hing mittig von der Decke, warf bunte Lichtfetzen auf die matt gepuderten Schultern der Damen, die blasse Überheblichkeit der Herren.

»Hans, Darling! Du bist gekommen! Du bist tatsächlich gekommen!« Eine junge Dame stürzte auf ihn zu, fiel ihm mit kleinen, schrillen Schreien der Begeisterung um den Hals, nur um im nächsten Moment von ihm abzulassen und in beleidigtem Ton zu erklären: »Du bist ja ganz nass!«

Und die Brust ihres hellblauen Kleids war es nun gleichfalls, wie Fritzi mit boshafter Genugtuung feststellte. Die junge Dame, ganz offensichtlich Hans' Schwägerin, Gretchen von Keller, gehörte zu der Sorte Frauen, von denen man nicht sagen konnte, ob sie hübsch oder gar schön waren. Sie war Geld. Ihr kinnlang-gebobtes Haar schimmerte in allen Nuancen von Platin bis Weißgold, ihre von Höhensonne und Nährcreme verwöhnte Haut hatte einen sanften Bronzeton, und selbst der Klang ihrer Stimme ließ an klimpernde Münzen denken.

»Warum bist du nass?«, fragte der herangetretene Ludwig von Keller und maß Hans dabei mit einem wenig freundlichen Blick. Sein Smoking saß deutlich besser als der seines kleinen Bruders, wenn er Fritzi auch über dem Bauch etwas stramm schien. »Wie hast du es geschafft, dermaßen nass zu werden? Es hat doch nicht mal geregnet!«

»Herr Klingenberg und ich haben gemeinsam gebadet. Unter Künstlern macht man das so.« Durch überhebliches Hochziehen seiner linken Augenbraue deutete Hans an, dass nur ein kompletter Vollidiot nicht über diese einfache Grundregel des künstlerischen Anstandes Bescheid wusste. »Aber Herr Klingenberg ist danach nach Hause gefahren. Er hatte seinen Bademantel vergessen.«

»Du ja wohl ganz offensichtlich auch!« Ludwig von Keller gab einem Diener ein Zeichen, ein Handtuch zu bringen, wandte sich dann an Fritzi. »Und Sie, Sie sind die bemitleidenswerte Begleitung dieses Spinners?«

»Ich habe Seife und Schwamm gereicht«, erläuterte Fritzi mit einem sanften Lächeln. »Und natürlich auch Herrn Klingenbergs Badekappe. Herr Klingenberg setzt sich niemals die Badekappe selbst auf, das würde sich höchst negativ auf seine Kreativität auswirken.«

Die Blicke des Ehepaars von Keller wanderten abwechselnd von Fritzi zu Hans und wieder zurück. Sie schienen im Unklaren, ob Künstler so etwas nicht vielleicht tatsächlich taten.

»Manchmal trägt er auch eine Kapitänsmütze, aber nur an hohen Feiertagen und zu Lenins Geburtstag.« Nach der Behandlung mit dem Handtuch standen Hans' Haare wieder in alle Himmelsrichtungen ab. »Wo sind denn die Exponate?«

»Die Exponate?«, echote Gretchen von Keller und starrte noch immer mit leicht offenem Mund ihren Schwager an. Sich nur langsam ihrer sicherlich sehr teuren Erziehung erinnernd, stammelte sie: »Also ja, die Bilder, die sind im Teesalon, aber da habe ich die Tür zumachen lassen. Darling, versteh mich nicht falsch. Ich bete Viktor Klingenberg förmlich an, nur seine Gemälde …, sie sind …« Nachdenklich wickelte sie sich ihre drei Mietshäuser in Form einer Perlenkette um den Zeigefinger. »Seine Bilder sind eben so bedrückend, trotz der hübschen Farben. Die Farben, die sind wirklich sehr nett, nur wie soll man mit derart grauenhaften Dingern an der Wand einen gelungenen Abend haben? Wir wollen uns doch amüsieren.«

Wie zum Beweis ihrer Aussage drang mit neuem Schwung der Jazz aus dem Nachbarzimmer, und von einem vorbeischwebenden Tablett reichte sie ihnen je eine Champagnerschale. »Komm, Darling, schenke deiner alten Frau Schwägerin den ersten Tanz. Und dann muss ich dich unbedingt meiner Freundin, dem entzückenden Fräulein Hauser, vorstellen. Ich habe ihr schon so viel von dir erzählt. Ich wette, ihr werdet euch auf Anhieb verlieben, sie liest auch schrecklich viel. Deshalb ist sie auch noch nicht verlobt, obwohl sie doch so hübsch ist. Habe ich erwähnt, dass ihrem Vater die Landmaschinenfabrik Hauser gehört? Leider ist sie das einzige Kind, die Brüder beide gefallen. Eine Tragödie! Und dann habe ich noch eine Überraschung für dich, Ludwig, du kümmerst dich um Hans' kleine Freundin. Zeig ihr doch die Kakteen.«

»Aber, liebstes Gretchen, ich bin ein grauenhafter Tänzer. Mein Bein … und außerdem kann ich doch Fräulein Lack nicht einfach …« Es half nichts. Mit gierigen Fingern hatte sie sich schon an seinem Arm festgekrallt, zerrte sie ihn in Richtung der Musik. Fritzi starrte ihnen sprachlos hinterher.

»Meine Frau ist sehr temperamentvoll«, bemerkte der Bruder trocken und verneigte sich dann. »Ludwig von Keller, angenehm. Mit wem habe ich die Ehre?«

»Elfriede Lack. Ich bin das Tippfräulein Ihres Herrn Bruders.«

»Ah, sein Tippfräulein. Das ist wirklich reizend von Ihnen, dass Sie unseren Hans hier heute Abend unterstützen.« Er musterte sie abschätzig, doch nicht unbedingt unfreundlich, reichte ihr dann den Arm, wohl um sie in besagtes Kakteenzimmer zu begleiten. Nach allen Seiten freundlich lächelnd, führte er sie durch die Festgesellschaft und erklärte währenddessen: »Ich freue mich wirklich, dass Sie hier sind. Es sieht immer so schäbig aus, wenn ein Mann allein auf einer Veranstaltung erscheint, das gibt ihm so etwas Hungriges. Wissen Sie, es ist doch mit den Fräulein wie mit den Bienen. Hat erst einmal ein Bienchen ein Blümlein der Mühe für wert befunden, wollen plötzlich all die anderen Bienchen dasselbe.«

»Ich glaube, ich verstehe nicht recht?«

»Was gibt es da nicht zu verstehen?« Sein Blick verriet einen Mann, der es gewohnt war, dass Frauen seinen Ausführungen stumm und hingerissen lauschten. In gereiztem Ton fuhr er fort: »Mein Herr Bruder wird nächsten Monat fünfunddreißig, er hat außer diesem Monstrum von Villa, das zu verkaufen er sich weigert, keinen Pfennig. Was an Möbeln da rumsteht, gehört mir beziehungsweise verdient die Bezeichnung nicht länger, so abgenutzt ist es. Er weiß jedes Jahr kaum, wovon die Steuer zahlen, von Reparaturen ganz zu schweigen. Das, was er da als Abendanzug trägt, ist eine Beleidigung für jedes sehende Auge, und mit seiner restlichen Garderobe verhält es sich ähnlich. Hans ist ein talentierter Autor, das will ich nicht in Abrede stellen. Ich bin überzeugt, er könnte einen großen Roman schreiben, aber solang er kein Geld hat, wird er ewig diese albernen kleinen Porträts in Zeitungen fabrizieren und sich noch dafür bedanken müssen. Und in dieser Situation gibt es für einen Mann von Adel nur einen einzigen Ausweg: die Ehe mit einer Bürgerlichen. Einer schwerreichen, wohlgemerkt. Ach, es ist wirklich ein Jammer, dass Hans die Kinski-Sache so versemmelt hat. Ich darf gar nicht an ihr Vermögen denken.«

»Aber sie hat ihn doch betrogen«, wandte Fritzi entschieden ein. »Sie können doch nicht erwarten, dass Ihr Herr Bruder eine Frau heiratet, die ihm untreu ist?«

»Warum denn nicht? Wir leben in den zwanziger Jahren, es ist nicht mehr wie vor dem Krieg, man muss mit der Zeit gehen. Und hätte Hans nicht so ein Theater gemacht, keiner hätte sich länger dafür interessiert. Nach Ihnen, bitte.« Er hielt ihr eine weißlackierte Tür auf, ließ sie eintreten.

Tatsächlich, der ganze Raum war voller Kakteen, sie standen auf dem im Schachbrettmuster gefliesten Boden, sie hingen von hochbeinigen Ständern herab, und in der Vertiefung des Fensters war eine ganze Wüstenlandschaft hinter Glas aufgebaut. Ein mausartiges Tier rannte über den gepflegt aussehenden Sand, doch Fritzi hatte jetzt keinen Sinn für Derartiges. Sie kochte innerlich vor Wut, doch bevor sie etwas sagen konnte, erklärte von Keller weiter: »Ich sehe wohl, dass Sie meinen Ausführungen nicht zustimmen möchten. Das kann ich von Ihrem leider unerheblichen Standpunkt aus vollkommen nachvollziehen. Sie haben vielleicht eine kleine Schwäche für Hans, nur glauben Sie mir, eine Ehe wäre auch in Ihrem Sinne.«

»O ja, das glaube ich gleich«, fauchte Fritzi. »Ihre feine Köchin kocht vermutlich auch nicht mehr selber. Der haben Sie eine Wohnung gekauft, in einer guten, aber nicht sehr guten Gegend, und da darf sie jetzt hocken und darauf warten, dass Sie die Zeit für einen Besuch finden. Und wenn Sie sich hinbequemen, dann hat sie heiter und fröhlich zu sein, bloß keine Vorwürfe, keine Kritik, und das kann sich das arme Geschöpf auch gar nicht erlauben, sonst sitzt sie nämlich schneller auf der Straße, als sie *Alimentenklage* sagen kann. Und deshalb ist sie lieb und dankbar, und falls sie schlau ist, zweigt sie jeden Monat was von Ihren sicherlich sehr großzügigen Zahlungen ab, für in ein paar Jahren.«

»Also das ist …«, weiter kam er jedoch nicht, Hans stürmte plötzlich in den Raum, packte Fritzi am Arm, brüllte: »Wir gehen, aber sofort. Und du, Ludwig, denk an den Scheck für die Dachreparatur. Du hast ihn mir versprochen, und ich möchte dich trotz deiner charakterlichen und moralischen Fehler für einen Ehrenmann halten. Schick ihn am besten per Boten, es ist nicht nötig, dass du ihn bringst. Los jetzt, Fritzi. Was trödelst du, wir könnten längst weg sein.«

Erst als sie das Eingangstor zum Anwesen Königsallee 56–59 hinter sich gelassen hatten, blieben sie stehen, sogen die kühle Nachtluft tief in ihre Lungen.

»Was war denn los?«, fragte Fritzi und schloss nun erst die Knöpfe ihres Mantels. »Nicht, dass ich noch hätte bleiben wollen, dein Herr Bruder ist, bitte entschuldige die Wortwahl, ein wirklich ausgemachtes Arschloch. Er hat einen ernsthaften Versuch unternommen, Gable Platz eins auf meiner persönlichen Liste der Widerlinge streitig zu machen.«

»Dieses Fräulein Hauser ging noch. Sie ist vermutlich ein nettes Ding, wenn man Debütantinnen mag, und wenn man die Lektüre von Courts-Mahler und Karl May als *Lesen* bezeichnen möchte, dann liest sie tatsächlich viel.« Hans schüttelte einige Male den Kopf, obwohl er sich noch schwer auf seinen Stock stützte, wirkte er fast schon wieder amüsiert. »Sie hat mir mit bemerkenswerter Offenheit erzählt, dass sie ihre fünfzigtausend Reichsmark Mitgift nur in die Ehe mit einem Grafen oder einem Künstler oder einem Räuberhauptmann einbringen möchte. Ich habe dann zu bedenken gegeben, dass es heutzutage keine Räuberhauptmänner mehr gibt. Die Ringvereinbosse, Muskel-Adolf und Konsorten, das sind vielleicht ihre modernen Pendants, und wir hätten uns über diesen Punkt bestimmt noch zwei Minuten halbwegs angeregt unterhalten können, doch dann kam Gretchen mit ihrer Überraschung.«

Sie begannen langsam in Richtung der Villa zu laufen, wobei Fritzi fast schon gewohnheitsmäßig nach Hans' Rechter griff.

»Es war keine Geringere als die Kinski, herausgeputzt wie der Christbaum im *KaDeWe* zwei Tage vor Heiligabend.« Hans schüttelte sich. »Wie es mir denn ginge und ob ich ihr noch böse sei. *Böse sei*, das waren ihre Worte. *Böse sei*, wie man jemandem böse ist, der vergessen hat, die Milch rechtzeitig vom Herd zu nehmen, oder zehn Minuten zu spät zu einer Verabredung erscheint. Sie hat überhaupt nicht verstanden, was damals passiert ist. Was das für mich bedeutet hat – Gable, diese Hundepeitsche und all das. Gable und ich waren Freunde. Ich hab ihn immer gern gemocht. Er ist so bodenständig.«

»Findest du? Auf mich wirkt er immer schrecklich arrogant!«

»Ach, das ist nur seine Masche. In Wahrheit ist er sehr unsicher.« Hans klopfte seinen Mantel nach der Tabatiere ab, und nachdem er sich eine Zigarette angezündet hatte, fuhr er fort: »Eigentlich ist Gable ein feiner Kerl und ein sehr begabter Sänger. Als wir uns kennengelernt haben, da war er allerdings mal wieder ohne Anstellung. Er hat es schwer, weil er so jüdisch aussieht, das wollen sie in den besseren Häusern nicht. Und da kam Rosa die

Idee mit dem amerikanischen Künstlernamen, für diese Snobs sind doch eh alle Amerikaner Juden, aber Amerikaner sind en vogue. Und dann haben wir ihn getauft, letztes Jahr im Frühjahr, mit Champagner und Weihwasser, das Wlad noch von einer Pilgerfahrt seiner Mutter hatte. War ein denkwürdiger Abend. Dass er danach was mit meiner Verlobten anfängt, also das hätte ich wirklich nicht gedacht, hat mich mehr getroffen als die Untreue der Kinski.« Sie waren stehen geblieben, atmeten den süßen Duft der Kirschblüten, lauschten der in Berlin so seltenen Stille. »Aber weißt du«, sprach Hans weiter, »weißt du, inzwischen denke ich, das mit mir und der, das wäre eh nicht gut gegangen – auch ohne Gable. Sie ist viel zu viel Gesellschaftsdame für einen wie mich, außerdem liest die höchstens mal die Klatschbeilage. Möchtest du den letzten Zug?«

Er hielt ihr die Zigarette entgegen, und nachdem Fritzi eingeatmet hatte, schnipste er den glühenden Stummel in die Nacht. »Und jetzt stell dir bloß mal vor, ich hätte die Kinski tatsächlich geheiratet, das wäre doch grauenhaft.« Er trat einen Schritt auf Fritzi zu. »Dann müsste ich mich ja jetzt von ihr scheiden lassen.« »Ach, nicht zwangsläufig«, sie machte ein übertrieben abgeklärtes Gesicht. »Dein Herr Bruder zum Beispiel meinte, eine Ehe mit der Kinski wäre durchaus auch in meinem Sinne. Ich würde dann bestimmt Dauerwellen und vielleicht sogar eine nette kleine Wohnung kriegen.« »In der Leipziger Straße, direkt über seiner Köchin«, lachte Hans und fuhr ernst fort: »Nein, das kann ich nicht. Da bin ich zu altmodisch oder zu modern oder was auch immer. Mit der Liebe ist es wie mit der Kunst, wenn man es halbherzig macht, dann sollte man es besser lassen.«

»So wie Abel, der Freund aus Joseph Roths *April*? Ich meine, der, der gebrochen aus New York zurückreist, weil er da die Frau seines Lebens aus den Augen verloren hat?« Sie sah mit klopfendem Herzen zu ihm auf, und plötzlich prustete Hans los: »Genau so! Und das mag jetzt etwas überraschend kommen, aber bitte bleib bei mir. Für immer. Für unser ganzes Leben. Ich möchte nicht wie Abel meine Chance verpassen, und ich finde nie wieder eine Frau, die in so einem Moment über Joseph Roth sprechen will.« Und ihm die Arme um den Hals legend, zitierte Fritzi flüsternd Roths letzten Satz: »*Das Leben ist sehr wichtig, sehr wichtig,* lachte ich und fuhr nach New York.«

»Einen Langschläfer und einen Nachtschwärmer haben wir hier, wenn ich je einen gesehen habe«, neckte Rosa sie, als sie sich herzhaft gähnend aus ihren Decken wickelte. Die Uhr über der Spüle zeigte halb zwölf Uhr mittags. Für den restlichen Heimweg hatten sie ziemlich lange gebraucht. Der Milchmann war auf dem Hinweg und nach Beendigung seiner Runde an ihnen vorbeigekommen, wobei er ihnen beim zweiten Mal zurief, sie sollten sich besser ein Zimmer nehmen. Der war ihnen reichlich egal gewesen, aber als ein älterer, übellauniger Frühaufsteher ihnen mit der Sittenpolizei drohte, da hatte Hans Fritzi schließlich vor dem Schuppen abgesetzt.

»Magst du einen Kaffee?«

Sie strahlte, nickte eifrig. Es hatte sie nicht die geringste Mühe gekostet, sich an Rosas Kaffee zu gewöhnen – echter Bohnenkaffee mit einer Spur von irgendetwas Geheimnisvollem, mit dem sich ihr Freund sehr wichtig hatte. Angeblich lag der Wohlgeschmack allein an der Zugabe dieser Messerspitze Wasauchimmer. Fritzi persönlich glaubte das Geheimnis des Wohlgeschmacks eher in der fehlenden Zugabe von Karlsbader Kaffeegewürz, Zichorie und gemahlenen Rüben, doch das behielt sie wohlweislich für sich. Warum Rosa den Spaß verderben?

»Stell dir vor, was passiert ist«, setzte er in einem für ihn eher untypischen Anfall von Klatschlust an. »Wlad war heute Morgen drüben in der Waschküche und hat gebadet, da kommt plötzlich Gable rein und fragt, ob er heute zum Kleinen von Brunnen geht. Du weißt schon, der schöne Liebhaber des Grafen Sawicki, der sich die Pulsadern aufgeschnitten hat. Wlad jedenfalls hat das bestätigt, und weißt du, was dann passiert ist? Gable hat gemeint, er wäre auch gerade auf dem Weg zu ihm, er wollte sich eigentlich nur noch frische Wäsche aus dem Trockenkeller holen und ob er auf Wlad warten solle. Ist das zu fassen? Es ist ihm also doch nicht egal, wie es dem Kleinen von Brunnen geht.«

Rosa sah sie zufrieden an, doch sie nippte nur an ihrem Kaffee. Heute würde ihr nicht einmal der dumme Gable das Glücklichsein austreiben können: »Rosa, ich weiß, du bist Kommunist und du willst an das Gute in jedem Menschen glauben, und ich mag dich deshalb ja auch so gern, aber ich fürchte, Gable ist einfach nur hinter dem Grafen Sawicki her.«

Die Gesichtszüge ihres Gegenübers verloren merklich an Spannkraft, weshalb Fritzi tröstend ergänzte: »Ist doch egal, warum er mitgeht. Hauptsache, Herr von Brunnen freut sich.«

»Ach, ich weiß nicht. Natürlich ist Gable ein Topschwein, aber er hat manchmal nette Anwandlungen.« Rosa setzte sich zu ihr auf das Entenkükensofa, hob sich Gregors riesigen Kopf auf die Knie. »Er kann sehr hilfsbereit sein – zum Beispiel hat er Hans heimlich das Interview mit der Berber verschafft, und das war nach der Geschichte mit der Hundepeitsche. Aber verrat es bloß nicht unserem Blondschopf, der wäre viel zu stolz, von Gable noch mal irgendwas anzunehmen. Ist auch irgendwie albern, ich hab's heute Morgen erst zu Hans gesagt – da schreibt er seitenweise für die Völkerverständigung, und Gable verzeihen kann er nicht. Dabei hat er vorhin selbst gesagt, wie froh er inzwischen ist, sie los zu sein.«

»Und was sagt Hans noch so?«, erkundigte sie sich. Das

wäre typisch Rosa, wenn er das mit ihr und Hans längst wüsste und nur nichts gesagt hätte. Sie hätte vor lauter Glück platzen können. »Wie geht es ihm? Wir sind von Ludwig heimgelaufen, was macht sein Bein?«

»Er hat nichts gesagt, ist ja eh gerade ganz gut. Aber nachdem ich gegangen bin, hatte er Besuch von seinem Herrn Bruder, und jetzt aktuell ist die Kinski da. Ich hab zumindest ihren dämlichen Bonzenschlitten hochfahren sehen. Das dürfte seine Stimmung ziemlich dämpfen.«

»Die Kinski!« In ihrem Kopf schrillten sämtliche Alarmglocken. Was, wenn sie sich wiederversöhnten? Womöglich hatte Hans diese Person nur eifersüchtig machen wollen? Gut, die Theorie hinkte, aber trotzdem hatte die nichts bei Hans verloren. Und sein abscheulicher Bruder auch nicht. Den hatte Hans doch gestern sogar in aller Form ausgeladen. »Was wollen die bloß?«

»Ludwig hat den Scheck gebracht.« Rosa lächelte zufrieden. »Davon zahlt Hans am Montag erst mal den Arzt, dann den Gemüseladen und das Gas. Beim Kohlemenschen ist die Rechnung auch seit Monaten offen. Vielleicht reicht es ihm für neue Sommerschuhe?«

»Ich dachte, das Geld ist für die Dachreparatur?«, fragte sie geistesabwesend. Warum nur war die Kinski plötzlich so aufdringlich?

»Ja, klar. Wenn noch was übrig bleibt, dann kaufen wir davon Ziegel. Einer der Maler, so ein Großer, Narbe auf der Stirn, der kennt einen, der würde uns helfen, die

Dinger raufzukriegen. Nur glaub ich nicht, dass das Geld reicht.« Er seufzte und trank seinen echten Bohnenkaffee in kleinen, sehr genüsslichen Schlucken. »Schau mal, da kommt ja Frau Kinskis Wagen.«

Fritzi rang sich ein Lächeln ab, ihr war plötzlich sehr kalt. »Hans hat den Artikel über die Kriegsirren fertig. Ich geh dann mal hoch. Vielleicht braucht er mich? Ich meine, sein Tippfräulein.«

Hans erwartete sie schon. Er saß auf der Freitreppe vor der Villa, rauchte und schob mit den Füßen eine leere, nach einem Fest vergessene Champagnerflasche herum. Er sah müde und noch hohlwangiger aus als gewöhnlich, sogar seine Locken hingen nur erschöpft herunter.

»Hallo, Fritzi.« Er bemühte sich um ein Lächeln, aber es gelang ihm kaum besser als ihr vorhin bei Rosa. »Ich glaube, wir müssen reden.«

»Müssen wir? Ich habe keinen Redebedarf, für mich ist alles bestens«, haspelte sie. »Hans, ich bin sehr glücklich, so wie es ist.«

»Dann tut es mir umso mehr leid, was ich dir zu sagen habe. Komm, setz dich.« Er deutete auf die Stufe unter seiner, zündete erst ihr, dann sich selbst eine Zigarette am glühenden Stummel der letzten an. Eine Weile saßen sie so, schweigend, ihr Kopf an sein Knie gelehnt, beobachteten sie eine magere Katze, die zwischen den an den Vorhof angrenzenden Bäumen auf Beute lauerte. Fritzi war fast fertig mit ihrer Zigarette, als Hans von neuem zu reden begann: »Wir, du und ich, wir haben keine Zukunft. Unterbrich mich nicht, hör erst mal nur zu. Es tut mir wahnsinnig leid, was gestern Abend passiert ist – oder nein, es tut mir nicht leid. Irgendein Autor, ich glaube, Wilde war es, der hat gesagt, man dürfe nie etwas bereuen, das einen einmal glücklich gemacht hat. Es tut mir also nicht leid, was passiert ist, aber es tut mir wahnsinnig leid, dass es passiert ist, weil es zu nichts führt. Ich habe kaum genug Geld für mich, ich kann dich nicht heiraten. Ich weiß ja aktuell noch nicht mal, wovon nächste Woche dein Gehalt zahlen.«

»Aber Hans, wir waren erst einmal zusammen aus«, wandte sie ein und griff nach seiner Hand. »Wir müssen doch noch gar nicht heiraten.«

»Natürlich müssen wir nicht Montag aufs Standesamt, aber irgendwann müssten wir es. Ich liebe dich. Ich habe mich in dem Moment in dich verliebt, in dem du Montagabend ins Klavierzimmer gekommen bist, ungeschminkt, mit deinen dicken Strümpfen und dem Blick so voll Hoffnung und Neugier. Und dann zitierst du auch noch Else Lasker-Schüler.

Was glaubst du denn, warum ich dich loshaben wollte? Und warum mich deine offensichtliche Begeisterung für Gables Gesang derart geärgert hat?«

Sie nickte, presste ihren Kopf, so fest sie konnte, an sein Bein, umklammerte seine Hand. Doch dann hob sie hoffnungsvoll den Blick: »Hans, ich liebe dich auch, das weißt du – aber wir leben in den zwanziger Jahren, wir müssen nicht heiraten. Wir können doch auch einfach zusammen ausgehen.«

»Und was bringt das? Was nützt es, wenn wir zusammen ausgehen, ohne zu heiraten?«

»Na ja, also wir sind dann eben nicht verheiratet.« Sein Einwurf brachte sie ziemlich aus dem Konzept. »Das ist juristisch schon ein Unterschied.«

»Juristisch ja, aber ansonsten nicht. Ich will für immer mit dir zusammen sein, und deshalb ist es vollkommen egal, ob wir ein gemeinsames Stammbuch haben oder nicht. Aber ich kann dich eben weder heiraten noch dauerhaft mit dir ausgehen, weil ich kein Geld habe. Ich kann mir ja noch nicht mal ein Tippfräulein leisten.«

»Wenn du mich heiratest, dann sparst du dir ja zumindest die Ausgabe«, versuchte Fritzi ihn zum Lächeln zu bringen. »Komm, Hans, was machst du dir denn für Sorgen? Ich kann mir eine andere Stellung suchen. Ich bin gut, ich kriege problemlos was in einem Büro, und für abends nehm ich Schreibarbeiten an. Ich komm bestimmt auf 120 Mark im Monat. Und du könntest dich wieder an der Universität bewerben oder eben woanders, wo sie schlaue Leute brauchen, oder du fragst mal in einer Buchhandlung nach, vielleicht zahlen die gut? Wir schaffen das. Zusammen.«

»Fritzi, das geht nicht. Ich will dir eine Geschichte erzählen. Von einem Freund von mir, Walter. Er war an der Kampfbühne der Kunstgewerbeschule Lerchenfeld und dort hat er seine spätere Frau Lavinia kennengelernt. Sie war eine großartige, großartige Tänzerin, ihr Auftritt als Sancta Susanna in Stramms gleichnamigem Stück brachte an nur einem einzigen Abend jeden konservativen Berliner gegen sie auf. Die beiden haben zusammengearbeitet, sie waren genial zusammen, wenn auch nicht immer harmonisch. Einmal bin ich dazugekommen, da hat sie ihn gerade an den Haaren durch den Saal geschleift. Aber sie haben sich wahnsinnig geliebt und auch inspiriert. Gemeinsam haben sie den Maskentanz erst nach Deutschland gebracht. Und sie haben alles selbst gemacht, die Kostüme, die Tänze. Sie waren ihr eigener Agent, ihr eigener Kassier – wobei sie das Geld nur für die Materialien verwendeten. Sie haben von Tee und Zwieback gelebt, sie hatten nichts außer ihrer Liebe und viel, viel Idealismus, und irgendwann, da ist Lavinia schwanger geworden. Das war im Herbst 23, und im Juni 24 ist Walter abends wie jeden Tag nach Hause gekommen, er hatte gerade Arbeit in einer Jazzkapelle, er ist also heimgekommen, und seine Frau, die hat ihn schon erwartet. Mit der geladenen Pistole. Sie konnte einfach nicht mehr, sie war so erschöpft. Der ständige Hunger, die Sorgen, die Geldnot, das hat ihre ganze Liebe gefressen. Sie hat erst ihn und dann sich selbst erschossen. Das ist es, was passiert, wenn man glaubt, nur von Liebe leben zu können.«

»Uns würde das aber nicht passieren. Wir sind anders.«

»Fritzi, das denken alle von sich.« Mit dem Fingerknöchel fuhr er ihr die Augenbrauenlinie nach, lächelte. »Du bist so hübsch.«

»Dann verkauf doch das Haus? Wir ziehen in irgendeine kleine Wohnung, in Pankow soll es billig sein. Ich brauch nicht viel. Nur dich.«

»Ich kann das Haus aber nicht verkaufen.« Er schüttelte bedauernd den Kopf. »Mein Bruder hat testamentarisch das Vorkaufsrecht zum halben Marktpreis zugesichert bekommen, und er würde es abreißen, so einen Glasbaukasten hinsetzen. Aber selbst wenn es nicht um 500 Jahre Baugeschichte schade wäre, der Verkauf würde uns kaum helfen. Ich habe wegen der Erbschaftssteuer eine Hypothek darauf aufnehmen müssen, wenn die gezahlt ist, bleibt vom Verkaufserlös nicht mehr viel übrig. Vermutlich gerade genug, um die Steuern des Verkaufs zu decken. Ich habe das Ganze heute Morgen schon mit Ludwig durchgesprochen. Mein einziger Ausweg aus dieser Finanzmisere wäre die Ehe mit einem Fräulein Hauser. Oder mit der Kinski. Deshalb hat die mich heute Morgen auch beehrt.«

»Aber, das machst du nicht?« Vor Panik wurde ihre Stimme schrill. »Nicht wahr, das machst du nicht?«

»Natürlich nicht.« Ein trotziger Zug lag nun um seine Augen, und entschieden ergänzte er: »Ich heirate dich oder überhaupt nicht. Ich will keine an …«

»Oh, wie schön!« Herr Schmitt war vermutlich wegen seiner auch heute wieder nackten Füße vollkommen lautlos hinter ihnen aus dem Haus getreten. Verteilte nun großzügig zwischen ihnen beiden ein väterliches Lächeln. »Darf man gratulieren?«

»Ja, und zwar uns allen dafür, dass wir den Krieg überlebt haben, und zu sonst gar nichts.« Hans konnte wirklich bemerkenswert arrogant klingen. »Sie möchten vermutlich in den Garten, dann äußern Sie das doch in Zukunft bitte gleich, damit wir Ihnen Platz machen.« Er rutschte ein wenig zur Seite, so dass Herr Schmitt mit seinen pedikürten Zehen gerade so auf dem Stufenrand an ihnen vorbeibalancieren konnte. »Und nun einen schönen Tag.«

Herr Schmitt maß ihn mit einem vernichtenden Blick, und im Weitergehen murmelte er sehr gut hörbar: »Hoffentlich sagt sie nein.«

»Hans, das war wirklich nicht nötig. Er kann doch auch nichts dafür.« Aber sie griff dabei erneut nach seiner Hand, bat: »Wenn ich arbeite und du arbeitest, dann haben wir mehr als jetzt, weil du ja dann kein Tippfräulein mehr brauchst und das Geld sparst. Du könntest deinen Roman fertigstellen. Vielleicht wird er verfilmt?«

»Nein, Fritzi, er wird nicht verfilmt werden. Es ist nicht die Sorte Buch. Es ist hässlich, traurig und brutal. Ich kann von Glück reden, wenn es überhaupt gedruckt wird. Es ist nicht die Sorte Kriegsbuch, die belegt, warum unsere glorreichen Soldaten trotz überragender Leistungen und allgemeiner Herrlichkeit verloren haben, weil jüdische Sozialisten putschten.« Er schüttelte den Kopf: »Mit so etwas ist nichts verdient, und selbst wenn, dann könnte ich es doch nicht genießen. Ich müsste irgendetwas Sinnvolles damit machen, es den Invaliden spenden oder so? Ich könnte doch nicht noch von Geld leben, das ich mir mit der Schilderung ihres Leidens erschlichen habe. Verstehst du jetzt, was ich dir zu erklären versuche? Ich habe kein Geld, und ich werde auch nie welches haben, und deshalb möchte ich dir keine weiteren Hoffnungen machen. Du bist zu wundervoll, für einfach nur so. Es hat keinen Sinn, mit dir herumzuküssen, wenn ich dir keine Zukunft bieten kann.«

»Mein Gott, Hans«, entfuhr es Fritzi. Langsam wurde sie wütend. »Wenn du sowieso überzeugt davon bist, dass du von deiner Autorentätigkeit nie leben können wirst, dann solltest du dir vielleicht einfach eine gut bezahlte Stelle suchen und das Schreiben als schönes Steckenpferd betrachten. Oder warum schreibst du nicht einfach was, das sich gut verkauft. Einen Krimi zum Beispiel?«

»Ganz sicher nicht!« Vor Ärger wurde er ganz blass. »Damit es mir geht wie dem armen Viktor Klingenberg? Lieber hab ich Hunger, als dass ich das Schreiben aufgebe oder, schlimmer noch, mich verkaufe. Ich denk nicht im Traum daran, einen Krimi zu schreiben. Krimis sind für Idioten. Bevor ich mich für so was hergebe, stell ich mich noch lieber an die Münzigerstraße. Da verkaufen sie nur ihren Körper, aber wenigstens nicht die Seele.«

Fritzi nickte. Sie musste an Rosas Worte denken, dass für Hans immer die Kunst an erster Stelle kam und danach erst mal eine gute Weile nichts.

Nachdem sie einige Mal tief eingeatmet hatte, fragte sie mit beherrschter Stimme: »Nachdem du deinen Standpunkt so klargemacht hast, würde es mich interessieren, wie du dir unser weiteres Zusammenleben vorstellst?«

»Ich weiß es nicht.« In den Tannenhonigaugen stand Hilflosigkeit. »Ich weiß es doch wirklich nicht. Ich hatte noch nie ein besseres Tippfräulein, wenn du dir allerdings lieber eine neue Stelle suchen willst, dann werde ich dir ein großartiges Zeugnis schreiben.« Er lächelte schief. »Vielleicht können wir ja Freunde bleiben?«

Sie nickte, Rosas Worte kamen ihr in den Sinn. *Mit der Zeit sind wir dann gute Freunde geworden. So habe ich am Ende trotzdem einen Platz in Hans' Leben bekommen.*

»Ja«, sagte sie mühsam gefasst. Es war zu viel auf einmal. Es war wie im letzten Herbst, als sie kurz in die Bibliothek gegangen war, dem Papa »Der Zauberberg« ausgeliehen hatte, und als sie wiederkam, da war er einfach tot, einfach gestorben. Auch da hatte sie faktisch begriffen, was passiert war, und es doch nicht fühlen können. Ihr Herz war wie taub gewesen. »Ja, das ergibt alles wunderbaren Sinn«, wiederholte sie und dachte dabei an die Worte ihrer Tante Hulda: *Eine Dame widerspricht einem*

Kavalier niemals. Ein drittes Mal sagte sie: »Ja, das ist alles sehr sinnvoll.« Und dann holte sie aus und verpasste Hans eine schallende Ohrfeige, und während er sie noch anstarrte, erklärte sie: »Die war, weil du so gottverdammt feige bist. Ich kann dir gar nicht sagen, wie mich deine Ausflüchte anwidern, du hast doch einfach nur Angst. Aber ich bin froh, dass wir das geklärt haben, wenn ich mir vorstelle, ich hätte erst nach fünf Jahren Ehe begriffen, wie du dich hinter diesem ganzen Kunstgetue versteckst, also dann wird mir regelrecht körperlich schlecht. Und jetzt lass uns reingehen. Es wird kalt, und ich muss noch deinen kompletten *Uhu*-Artikel tippen. Die Überstunden werde ich aber aufschreiben.«

Als Erstes nahm Fritzi die verblühte Tulpe aus der Kognakflasche, warf sie in den Papierkorb, dann schloss sie die Bürotür. In Ermangelung eines Schlüssels schob sie den Besucherstuhl unter die Klinke und zog schließlich auch noch die dicken, furchtbar staubigen Samtportieren vor die Fenster. Das Gaslicht ließ sie aus – und so in fast vollkommener Dunkelheit, sank sie von trockenem Schluchzen geschüttelt über ihre *Orga Privat* und blieb einfach liegen. Sie hätte gerne geweint, erlösende Tränen für die Erkenntnis, dass der Graf nur ein Feigling war, erlösende Tränen für die Erkenntnis, dass Inge recht behalten hatte – auch die armen Männer waren Schweine. Der einzige Unterschied zu den reichen war, dass die reichen einem Dauerwellen zahlten, bevor sie einen küssten, und da hatte ein Mädchen wenigstens hinterher noch was Reelles. Aber ihr, ihr blieb gar nichts.

Fritzi zögerte, sann dem Gedanken nach. Sie hatte ihren Vater verloren, ihre Verlobung war geplatzt, ihr Theaterstück ein Skandal geworden, Hans hatte sie für die Kunst verlassen, und da stand sie nun, ohne nennenswerte Familie, ohne Geld und ohne Liebe. Sie besaß nichts, nichts, nichts. *Hinter meinen Augen stehen Wasser*, dachte Friedi, aber dann dachte sie, dass der Satz von Else Lasker-Schüler stammte, und selbst die hatte Hans ihr nun verdorben.

Sie konnte nicht sagen, wie lange sie so gelegen hatte, mit trockenen Augen in das Dämmerlicht gestarrt hatte, irgendwann jedenfalls klopft es, doch Fritzi reagierte nicht. Wenn das jetzt Hans war, der fragte, wie weit sie schon mit seinem Artikel sei, dann würde sie vermutlich aus dem Fenster springen.

Es klopfte hartnäckig.

»Fritzi, komm, mach auf. Ich weiß, dass du da drin bist.«

Sie konnte nicht recht sagen, wem die Stimme gehörte. Rosa? Wlad? Jedenfalls nicht Hans. Aber Rosa wollte sie auch nicht sehen. Der war Hans' bester Freund, der würde tausendundeinen Grund finden, warum Hans doch kein Scheißkerl war. Und Wlad war noch schlimmer, der würde alles brühwarm dem Rest der Kolonie erzählen.

»Dann bleib drin, aber ich stell dir eine Schüssel mit

Vanillepudding vor die Tür. Er ist noch warm, und du musst die Schokolade, die daneben liegt, in kleine Stückchen brechen und dann die Stückchen im Pudding versenken, in Ordnung? Das hat meine Mutter mir immer gemacht, wenn ich Kummer hatte. Es hilft, versuch es«, sagte die Stimme, und Fritzi kam zu dem Schluss, dass es nicht Rosa sein konnte. Rosa hatte seine Kinderfrau, der schnitt er seine Artikel aus, aber eine Mutter hatte er nur mal in Bezug auf den Wagen erwähnt. Vermutlich doch Wlad? Oder jemand ganz anderes, dem Herr Schmitt die Geschichte erzählt hatte?

»Ich bin dann weg, du kannst also rauskommen.«

Das Geräusch sich entfernender Schritte auf dem quietschenden Parkett bestätigte diese Aussage, und sich ein wenig albern vorkommend, stand Fritzi auf und öffnete die Tür. Da stand tatsächlich ein hübsch angerichtetes Tablett mit einem Glasschälchen voll dampfendem Pudding, einer Tafel Sarotti-Schokolade und einem Briefchen. Erst als sie den Vanilleduft einatmete, merkte Fritzi, was für einen schrecklichen Hunger sie hatte, und noch auf dem Weg zum Schreibtisch tauchte sie das Löffelchen in die helle Masse, es schmeckte nach Sahne, Vanille und tatsächlich auch ein wenig nach Trost. Wie hatte schon Tante Hulda immer gesagt: *Hunger reimt sich auf Kummer* – das stimmte zwar aus Poetensicht nicht wirklich, aber es war doch etwas Wahres dran. Und als sie mit der Zunge auch den letzten Rest Pudding aus dem Schüsselchen geschleckt hatte, rutschte Fritzi etwas die Lehne ihres Stuhls hinunter und griff nach dem Briefumschlag. Sie riss ihn auf und entnahm einen Papierbogen. Die Schrift, die rührend ungelenken Buchstaben kamen ihr bekannt vor – natürlich, Gable!

»Herr Schmitt hat mir erzählt, was passiert ist. Es tut mir sehr leid. Wir Männer sind grundsätzlich alle Schweine, aber ich glaube, dass Hans Sie wirklich gerne mag und einfach große Angst hat, erneut verletzt zu werden. Sie haben es nicht erlebt, es ging ihm wirklich topschlecht, als die Kinski-Affäre auseinanderfiel. Wenn ich irgendetwas außer Pudding für Sie tun kann, dann lassen Sie es mich bitte wissen, und bis dahin vertrauen Sie mir in dem folgenden Punkt: Wenn man alles verloren hat, dann kann man auch gefahrlos alles riskieren. Das ist manchmal sogar ein ganz schönes Gefühl.

Ihr Kurt.«

»Sehr erfreut, Sie kennenzulernen, Herr Reibetanz«, log Fritzi und bemühte sich um ein halbwegs höfliches Lächeln. Er war ihr auf den ersten Blick sehr unsympathisch, was vielleicht an der Art lag, wie er ihre halbfertig geschnittenen Haare musterte, vielleicht aber auch nur daran, dass sie grundsätzlich lieber daheim gewesen wäre als hier in dieser übervollen Küche. Nur daheim saß Hans auf ihrem Schlafsofa, ließ sich von Rosa gerade das Tippen beibringen, Fritzis Auftauchen war den beiden sichtlich sehr unangenehm gewesen, und so hatte sie nur schnell ihr silbernes Empirekleid und den Lippenstift geschnappt und war wieder rausgestürmt. Vor lauter Wut hatte sie die Tür hinter sich so fest zugeworfen, sie hatte die Gläser klirren hören.

Sie konnte gar nicht sagen, was sie mehr ärgerte, dass Hans' Artikel über die Kriegsirren so eindeutig brillant war oder dass er sich von Rosa die Bedienung einer Schreibmaschine zeigen ließ, also ganz offensichtlich plante, sie zu entlassen. Es war ja nicht mal so, dass sie bleiben wollte, sie hatte sich schon überlegt, Gable heute Abend nach einer Stelle zu fragen, der kannte doch so viele Leute, aber die Tatsache, dass der so ganz ungeniert und offen ihre Abschaffung plante, die machte sie rasend. Und auch noch mit Rosas Hilfe. Das würde sie Rosa nie verzeihen, das war einfach nur mies. Es stimmte wirklich, die Männer waren alle Schweine – auch die schwulen!

Sie war dann zu Inge gefahren, die wohnte mit ihrer Mutter und einem Untermieter in einem Zimmer nicht weit vom Alexanderplatz. Zum Glück war ihre Mutter nicht da, und der Untermieter schnarchte rasselnd hinter seiner Abtrennung aus verwaschenem geblümtem Stoff, so dass sie Inge alles in Ruhe erzählen konnte.

Die Freundin hatte nur bestätigend genickt, dann Wasser aufgesetzt und gesagt: *Ich mach dir jetzt einen Eton Cut. Da sind die Haare so kurz, da brauchst du keine Dauer-*

welle. Und eine Tönungswäsche schenk ich dir dazu. Fritzi hatte nur ein bisschen trocken geschluchzt. Sie kam sich so dumm vor, wegen einem Kerl dermaßen die Haltung zu verlieren, und dann noch wegen einem, den sie erst so kurz kannte.

Sei froh, dass es jetzt passiert ist, hatte Inge erklärt, während sie stinkige Flüssigkeiten in einer Emailletasse zusammenpanschte. *Erstens hast du es dann hinter dir, und zweitens bist du noch neu in der Stadt, dein Gesicht ist noch unverbraucht. Vielleicht schaffst du's jetzt wirklich zum Film. Männer bremsen einen nur. Schau doch mich an. Wenn kein Wunder passiert, komm ich nie mehr über die Statisterie raus, aber ich hatte mal ein Angebot, vor fünf Jahren war das schon, da hätte ich nach Köln auf die Schauspielschule gekonnt, so richtig als Stipendiatin. Wer weiß, vielleicht wäre was aus mir geworden?* Und schulterzuckend hatte sie begonnen den müffelnden Brei auf Fritzis Haaren zu verteilen. Sie hatte die Freundin gerade fragen wollen, warum sie damals nicht nach Köln gegangen war, doch da hatte jemand energisch die Tür aufgerissen, und ein kleiner, molliger Mann war hereingeplatzt. Reibetanz, Helmut Reibetanz.

»Mein Gott, ich habe gedacht, wenn du sagst, ich soll auf fünf kommen, und ich komme auf sechs, dann wärst du wenigstens fertig!« Mit einem gleichermaßen wurstigen wie anklagenden Finger zeigte er auf Inges leicht verschossenen Kunstseide-Morgenrock. »Ich dachte, wir wollten ins Kino. Du wolltest doch unbedingt diesen Bäumer-Streifen noch mal sehen, dabei waren wir da schon drei Mal drin.«

»Ach, Häschen, das war gestern. Ne, ne, heute kann mir dieser blonde Bubi mit Schmolllippen gestohlen bleiben«, kicherte Inge, plötzlich wieder bester Laune. »Stell dir vor, Fritzi kann jetzt doch mit uns und Gable schwofen gehen. Komm, hör auf, eine Schnute zu ziehen wie Totensonntag und Kapitulation zusammen. Sei lieber ein Engel und geh runter zum Feinkostladen, kauf uns ein Fläschchen Blubberwasser, und bis du wieder da bist, sind wir hier präsentabel. Überhaupt, was fällt dir ein, so reinzuplatzen? Mein lieber Herr Gesangverein, wir hätten am Ende unbekleidet sein können.«

Bei dieser Vorstellung breitete sich ein Lächeln über Reibetanz' Zügen aus, doch er ging tatsächlich ohne weiteren Widerstand. Kaum war die Tür hinter ihm ins Schloss gefallen, seufzte Inge auf: »Sag selbst, ist er nicht ganz und gar schrecklich? Regelrecht topgrauenhaft! Diese Glatze und die Art, wie er seine Füße voreinander setzt. Wie ein Rabe sieht das aus!«

»Ja, der ist topgrauenhaft«, stellte Fritzi fest, und nachdem sie sich die Haare ausgespült hatte, fragte sie: »Warum gehst du mit ihm aus, wenn du ihn nicht magst?«

»Ein bisschen aus Mitleid und ein bisschen auch, weil es mir egal ist, mit wem ich ausgehe, solange er die Getränke und den Eintritt zahlt. Und nach Möglichkeit sollte er nicht saufen und keine Prügelei anfangen, und wenn er sie schon anfangen muss, dann sollte er sie wenigstens gewinnen.« Sie seufzte und schlüpfte aus dem vanillefarbenen Kimono. »Den Traumprinzen, den gibt's doch eh nicht. Der Bäumer, der ist im wirklichen Leben sicher auch ganz grauenhaft. Vermutlich rennt er zu Hause den halben Tag in dreckigen Socken und sonst gar nichts rum, oder er futtert Mettbrötchen mit Zwiebeln ...«

»Ich weiß ganz genau, wenn ich einen Mann finde, so einen wie den bei Joseph Roth, der die Strohhalme vor dem Ertrinken rettet, wenn ich den finde, dann heirate ich. Bei dem bleib ich, ob er will oder nicht.« Sie nahm sich eine Zigarette aus Inges Tabatiere, machte ein paar tiefe Züge, reichte sie nachdenklich an die Freundin weiter. »Ich hab echt gedacht, Hans wär der Eine, aber der ist nur feige und schiebt sein blödes Geschreibe vor. Aber küssen kann er, muss man ihm lassen.«

»Ich war mal fünf Abende mit einem aus, der war richtig süß, hat nie gedrängelt, und irgendwann rückt er mit der Sprache raus: Kriegsverletzung! Da bin ich gerannt, obwohl, war vielleicht dumm? Der wär wenigstens nicht fremdgegangen, aber ne, ne, ein bisschen Schlafzimmer muss schon immer dabei sein.« Sie blies kokett Rauchringe über die nackte Schulter, seufzte dann tief: »Aber mal im Ernst, was bleibt einem als Frau denn? Von dem wenigen Gehalt kann kein Mensch leben, und irgendwo muss man doch auch mal hingehören, oder? Also heiratet man den am wenigsten scheußlichen oder halt den, der gerade da ist, und wenn er keine Kriegsverletzung hat, darf man ihm jedes Jahr einen zukünftigen Soldaten schenken und muss noch dankbar sein, wenn er einen am Zahltag nicht besoffen verdrischt. Hab ich bei meinem Erzeuger erlebt, zum Glück haben den die Froschfresser erwischt, wenigstens mal den Richtigen getroffen.«

»Ach, Ingi, red doch nicht so. Du bist wunderhübsch, ganz bestimmt klappt es bei dir mit dem Film!« Sie lächelte aufmunternd. »Warum bewirbst du dich nicht auch um die Gruschenka-Rolle? Da ist am Donnerstag das Vorsprechen. Komm, ich hol uns das Buch am Montag aus der Leihbücherei, und dann proben wir gemeinsam.«

»Mal sehen. Weißt du, ich hab mich schon um so viele Rollen beworben, und so oft ist es eine geworden, die wusste nicht mal, worum es in dem Film eigentlich geht. Die große Karriere beim Film? Ne, ne, du, ich bemüh mich doch wirklich. Es gab 'ne Zeit, da bin ich jeden Tag nach Babelsberg rausgefahren, hab für absolut alles vorgesprochen, aber mehr als Statisterie ist nie bei rumgekommen. Da braucht man Beziehungen oder Geld oder beides. Ich aber hab nichts.« Mit erschöpften Bewegungen kämmte sie ihren weißblonden Bob, und Fritzi spürte auf einmal wilden Zorn, wilde Lebensgier in sich aufsteigen. Gable hatte recht, wenn man nichts hatte, dann konnte man auch alles riskieren. »Blödsinn!«, sagte sie. »Totaler Blödsinn, Inge. Wenn man etwas will, wirklich will, dann darf man nicht aufgeben. Das können wir von den Männern lernen. Sieh dir Hans an, der macht mit seinem schlecht bezahlten Geschreibe weiter bis in alle Ewigkeit. Und die, die Erfolg haben, auf die schaut er noch runter, weil sie sich verkaufen. Du darfst dich nicht unterkriegen lassen. Erst wenn du aufgibst, gibst du den ganzen Arschlöchern recht. Erst dann hast du versagt.« Fritzi schluckte, sie lauschte ihren Worten nach, selbst beeindruckt von deren Wahrheit. Und ehe sie noch den Mut verlieren konnte, ergänzte sie: »Ich werde dir ein Drehbuch schreiben. Ich schreibe dir eine Rolle auf den Leib, und dann werden wir beide berühmt.«

Ja, so würde sie es machen. Sie würde ein Drehbuch schreiben, und alle, die darüber spotteten, die würde sie verachten und für dumm erklären. Sie würde es machen wie Hans, die Kunst an erster und vielleicht sogar einziger Stelle. Sie würde sich von diesen Provinzlern nicht ihren Traum nehmen lassen, und sie würde sich auch von dem feigen Hans nicht den Glauben an die Liebe zerstören lassen. Sie nicht. Wenn sie das gewollt hätte, hätte sie auch in der Provinz bleiben können.

»Aber du weißt doch gar nicht, wie das geht«, wandte Inge zögernd ein.

»Doch, ich hab schon mal ein Krippenspiel inszeniert. Gut, das war Theater, aber so groß wird der Unterschied ja nicht sein. Und das Krippenspiel, das war ein ziemliches Ereignis. Da sind sogar Leute aus der nächsten Kreisstadt angereist, und in allen Blättern wurde darüber berichtet.«

»Mein lieber Herr Gesangverein, das wusste ich ja gar nicht.« Bewundernd musterte die Freundin sie. »Aber ich glaub, das wird trotzdem nichts. Weißt du, du musst das Drehbuch ja erst schreiben, und dann wird es abgelehnt werden, und dann musst du es neu schreiben, und es wird wieder abgelehnt, und so kann das über Jahre gehen. Bis das fertig ist, bin ich alt und grau. Und vermutlich klappt es eh nicht. Trotzdem danke.« Sie gab ihr einen raschen Kuss auf die feuchten Haare und summte einen melancholischen Schlager, Fritzi aber betrachtete entschlossen ihr Spiegelbild. Nein, sie würde sich nicht unterkriegen lassen. Sie nicht.

»*Das Leben ist sehr wichtig, sehr wichtig!*«, flüsterte sie leise, und die Frau im Spiegel nickte bestätigend.

5 Kapitel

Sie tat sich ein bisschen schwer zu sagen, wie sie und Gable wieder in den Grunewald gekommen waren, aber es war schön. Der Frühnebel, der Gesang der erwachenden Vögel und Gables warmer Arm, tröstlich dicht an ihrem.

Es hatte damit angefangen, dass Reibetanz mit dem Sekt wiedergekommen war und Inge Cocktails gemixt hatte – ein Schnapsglas Kirschlikör, ein Schnapsglas Korn, die restliche Flöte mit Sekt aufgefüllt. Es schmeckte köstlich, und bis sie schließlich im *Café unter den Linden* ankamen, um dort erst ein wenig zu schwofen und Gable nach Ende seiner Schicht abzuholen, da war Reibetanz Fritzi schon deutlich sympathischer geworden. Und nach dem zweiten Cherry Cobble hätte sie gar nicht mehr sagen können, was sie an diesem herzensguten und auch so amüsanten Menschen jemals auszusetzen gehabt hatte. Es war ein herrlicher Abend geworden, die unterschiedlichsten Herren hatten sie zum Schwofen aufgefordert, hatten mal ihr Kleid, mal ihre frisch rot gefärbten Haare bewundert, hatten sie abwechselnd geistreich und köstlich gefunden, und wann immer sie von all dem Herumwirbeln, von all dem Gedränge und Geschiebe erschöpft und durstig an ihren Tisch zurückgekehrt war, hatte eine frische, mit Wassertröpfchen beschlagene Champagnerflasche dort gestanden. So köstlich, und wie leicht einem davon wurde. Der Jazz, das Schwofen und der Sekt hatten eine herrliche, herrliche Glocke um sie gebildet, ganz egal war ihr der dumme Hans mit seinen dummen Küssen jetzt, und irgendwann waren sie in einem anderen Club gewesen, da hatte es viel roten Plüsch gegeben, und da hatte sie dann mit Gable getanzt, dann nur noch mit Gable, und Inge hatte Schluckauf gehabt, und sie hatten alle sehr darüber lachen müssen, und jemand hatte gesagt, Eierlikör würde helfen, das sei ein altes Hausmittel, und dann hatten sie alle Eierlikör getrunken, und davon war Fritzi ganz wattig im Kopf geworden und so schrecklich müde, und sie wusste noch, dass sie sich an Gables Schulter gelehnt hatte, und diese Schulter war so viel breiter, so viel muskulöser als die von Hans gewesen, dass sie hatte heulen müssen. Und dann hatten sie auf der Straße gestanden, und die Leuchtreklame hatte die Gesichter der anderen bunt gefärbt, und sie hatte gefroren und Gable ihr seinen Mantel gegeben, und der Mantel hatte nach Tabak und herrlich tröstlich und grauenhaft fremd zugleich gerochen, und dann waren sie plötzlich wieder im Grunewald. Der halb zugewachsene Kies der Auffahrt knirschte unter ihren Schritten, und die Luft war so frisch gewaschen, frisch, als wäre man auf dem Land.

»Ich lass dir den Mantel, du kannst ihn mir heute

Nachmittag rüberbringen, aber wenn du meinen Schichtanfang verschläfst, ist auch nicht schlimm. Ich hab noch eine Jacke«, erklärte ihr Gable gerade, und Fritzi nickte matt. »Geht's dir gut? Hattest du trotz allem einen halbwegs netten Abend?«

Abermals nickte sie, wie hätte sie ihm auch erklären sollen, was in ihr vorging. Bei Hans wäre es ganz einfach gewesen, dem hätte sie gesagt, der ganze Abend wäre wie Gottfried Benns *Nachtcafé* gewesen, und Hans hätte sie verstanden. Hans fehlte ihr, ganz furchtbar fehlte er ihr.

Sie war plötzlich sehr müde. Und traurig, all die ausgelassene Fröhlichkeit des Abends, der Nacht war verschwunden.

Die Sinnlosigkeit der vergangenen Stunden, die Sinnlosigkeit aller zukünftigen Stunden traf sie unvermittelt und mit voller Wucht.

»Schaffst du's allein ins Bett?«, fragte Gable, und wieder nickte sie nur. Sie würde es für den Rest ihres ganzen verdammten Lebens allein ins Bett schaffen müssen. »Träum was Schönes. Und mein Angebot für den Zoologischen Garten steht, ich würde schrecklich gern mit dir hingehen.«

Er drückte ihr die Tür zum Geräteschuppen auf, doch dann hielt er sie plötzlich am Ärmel fest: »Fritzi, eins noch. Ich wollte mich bedanken. Es war echt nett von dir, dass du mir noch mal eine Chance gegeben hast. Es ist nicht immer so einfach. Ich weiß doch auch, was die Leute reden und manchmal …, ach egal, du bist müde, und es ist auch nicht so wichtig. Träum was Schönes, wir sehen uns morgen.«

Und mit diesen Worten drehte er sich abrupt um und ließ sie einfach stehen.

Um ihre drei Spalten zu schreiben, ging Fritzi lieber in ihr Büro – auch auf die Gefahr hin, Hans zu begegnen. Zu Hause war es kaum möglich, einen klaren Gedanken zu fassen, ihre beiden Mitbewohner stritten sehr lautstark über den italienischen Faschismus, den Wlad wegen des Futurismus nicht nur schlecht fand, während Rosa sich für eine an sich vollkommen unpolitische Kunst aussprach, die jedoch durch neutrale Schilderung der Wirklichkeit am Ende die Gesellschaft für die Demokratie begeistern sollte. Das wiederum ärgerte Wlad, der ihm daraufhin vorwarf, aus Feigheit den Expressionismus verraten zu haben, und seine These: *Diese ganze Neusachlichkeit ist eine weichgespülte Scheiße* mit einem zerschmetterten Marmeladenglas unterstrich.

Aus lauter Sorge, im nächsten Moment auch mit irgendetwas beworfen zu werden, war Fritzi ohne Kaffee und ohne Aspirin aus dem Haus geflohen, was ihr nun, wie sie mit schmerzendem Kopf und ausgiebig gähnend über ihrer *Orga Privat* saß, ziemlich leidtat.

Gretchen von Keller lädt zum Bade hatte sie den Artikel nun genannt, aber weiter war er noch nicht gediehen. Sie musste die ganze Zeit an ihr Drehbuch denken, trotz Inges Skepsis hatte der Gedanke sie nicht wieder losgelassen. Was hatte sie schon zu verlieren? Ein noch schlimmerer Reinfall als das Krippenspiel konnte es kaum werden. Nur worüber sollte sie schreiben? Über etwas, das sie kannte, nur was?

Auf die hundertste Liebesgeschichte eines tapferen Tippfräuleins hatte sie ebenso wenig Lust wie auf einen Krimi, aber sonst kam ja fast nichts in die Kinos. Seit *Das Cabinett des Dr. Caligari* hatte Fritzi keinen Film mehr gesehen, von dem sie sich wünschte, ihn gemacht zu haben.

Und als sie gerade beschlossen hatte, in der Küche mal nach einer Kopfschmerztablette zu sehen, ging die Tür auf, und Hans kam rein.

Der hatte ihr gerade noch gefehlt.

Sehr sonntäglich mit gestricktem Pullunder und Tweedhose sah er aus, und im Übrigen kein bisschen leidend.

Einen Moment herrschte ungemütliches Schweigen, dann sagte Hans statt einer Begrüßung: »Ich dachte mir schon, dass du hier bist«, und Fritzi verbiss sich die Bemerkung, was er dann auch hier wollte. »Ich dachte mir, du könntest vielleicht ein Aspirin brauchen?« Mit einer kindlichen Geste hielt er ihr eine Tablettenpackung entgegen. »Ich dachte mir, du bist doch erst so spät heimgekommen, und da …«

»Nein, mir geht es bestens.« Sie hätte vor Wut platzen können. Das war doch wohl der Frechheit Gipfelpunkt, jetzt verdarb der ihr auch noch das Aspirin-Nehmen. Und überhaupt, was ging es den an, wann sie heimkam? »Hans, ich sitze an meinem Artikel. Du weißt schon, meine drei Spalten.«

»Natürlich.« Er nickte einige Male, wobei seine wie üblich ungekämmten Locken eifrig mitwippten. Es sah zugegebenermaßen sehr niedlich aus. »Ich dachte nur …«

Das Denken hätte der auch besser mal früher angefangen, schien ihm ja neuerdings sehr leichtzufallen.

»Was?«

»Ach nichts, ich hab mir nur gedacht, ich schau mal, wie's dir geht und so.« Er drehte die Tablettenpackung zwischen den Fingern herum. »Ich wollte einfach hören, wie's gestern war.«

»Sehr nett, danke der Nachfrage«, schnappte Fritzi. »Sonst noch was?«

»Nein, nein. Das freut mich zu hören. Du warst mit Inge weg, oder? Nur ihr zwei Mädchen?«

»Nein, Inges Kavalier war auch dabei.« Und durchaus mit boshafter Genugtuung ergänzte sie: »Gable ist dann später noch zu uns gestoßen. Es war wirklich ein Topabend. Ich weiß gar nicht, wann ich heimgekommen bin.«

»Das freut mich wirklich für dich.« Er klang allerdings keineswegs erfreut. »Schön, dass ihr es gut hattet. Und Gable, der ist danach noch zu Sawicki?«

»Nein. Nicht, dass es dich etwas angeht, aber er hat mich heimgebracht, und nun lass mich bitte arbeiten, ich möchte meinen Artikel schreiben.« Umständlich spannte sie einen neuen Bogen Papier ein und tippte noch einmal die Überschrift.

»Na, dann lass ich dich mal.« Er machte einen unschlüssigen Schritt, blieb dann stehen, drehte die Tablettenschachtel erneut zwischen den Fingern. »Oder soll ich dir vielleicht einen Kaffee bringen? Es arbeitet sich viel leichter, wenn man …«

»Nein, danke! Lass mich einfach schreiben.«

Sie machte eine auffordernde Geste in Richtung Tür. Sie wollte sich nicht mit ihm unterhalten, sie wollte ihn nicht einmal sehen müssen. Er sollte einfach nur verschwinden, wenn er weg war, konnte sie sich auf andere Dinge konzentrieren, dann tat es nicht so schlimm weh.

»Ja, natürlich. Ich versteh schon, du musst arbeiten. Nur weißt du, eigentlich bin ich wegen was anderem gekommen. Ich hab mir halt gedacht, weil du doch so gern zum Film willst, und da hab ich mir gedacht, wo doch die beste Freundin meiner Schwägerin diese Urte von Withamstahl ist, und ihr Bruder ist wiederum der Bäumer, und na ja, da habe ich mir eben gedacht …« Nun legte er die Tablettenpackung auf Fritzis Schreibtisch und holte seine Tabatiere aus der Hosentasche.

»… vielleicht kann ich den ja mal anrufen.«

»Geht's noch!« Es stimmte wohl, dass Tante Hulda gesagt hatte, *je wütender desto höflicher*, doch irgendwann war auch hier eine Grenze erreicht. »Wovon zum Teufel träumst du nachts? Glaubst du wirklich, dass ich das möchte? Dass du für mich jemanden anrufst? Gerade du mit deinen ach so topidealen künstlerischen Idealen. Und was möchtest du dem Bäumer dann sagen? *Hallo, Carleken, wir kennen uns kaum, weil ich deine Schwester eigentlich verachte, aber jetzt kommst du mir grade günstig. Ich hab nämlich mit so einer kleinen Schickse rumgemacht, so einem Mäuschen, das will zum Film. Kannst du der nicht was verschaffen? Weißt du, ich habe ein schlechtes Gewissen, andere schenken für solche Eskapaden Dauerwellen, aber ich bin ja so idealistisch, deshalb kann ich mir die nicht leisten*. Das war's doch so ungefähr, das du Herrn von Bäumer sagen wolltest, oder.«

»Nein, war es nicht. Und nur zu deiner Information, kenne ich ihn ganz gut. Er war nämlich mal sehr eng mit Rosas Bruder befreundet. Und außerdem brauchst du mir gar nicht so zu kommen. Ich versuche die ganze Zeit, mich hier freundschaftlich mit dir zu unterhalten, aber erst bist du einsilbig, und jetzt brüllst du rum. Wir sind doch beides erwachsene Menschen, und wir sind eben gestern zu dem Schluss gekommen, dass wir nur befreundet sein können.«

»Nein, Hans! Da irrst du dich gewaltig. Du bist zu dem Schluss gekommen. Du ganz allein.«

»Dann bin ich also jetzt der Böse, weil ich dir keine falschen Hoffnungen machen will? Ich habe nur versucht, mich dir gegenüber ehrlich zu verhalten.« Hans klang auch nicht, als beabsichtige er, Tante Huldas Rat zu befolgen, und mit zunehmender Lautstärke fuhr er fort: »Und wo wir schon bei ehrlich sind, wenn ich ehrlich sein soll, dann finde ich es zum Kotzen, wenn du dich bis morgens früh mit diesem Gable rumtreibst!«

»Das ist bedauerlich, aber es geht dich mal rein gar nichts an.« Sie war aufgesprungen und funkelte ihn zornig an. »Und weißt du, was ich heute Nachmittag mache? Heute Nachmittag gehe ich mit ihm im Zoologischen Garten spazieren.«

Zwar hatte sie gestern auf Gables Einladung hin noch gezögert, aber jetzt war es so eine herrliche Gelegenheit, Hans eins auszuwischen. Der wurde vor Ärger ganz weiß, seine Sommersprossen leuchteten richtig auf der hellen Haut.

»Wie schön für dich! Da kann man dir ja nur zu deinem schnellen Trost gratulieren. Aber pass auf, dass du dir bei ihm nichts holst, was juckt. Und wenn er dir seine Hundepeitsche zeigen will, dann bitte ihn besser, sie vorher zu desinfizieren, man weiß ja nie, wer die seit Anfang des Jahres noch alles sehen durfte.«

»Wie kannst du es wagen, einer Dame gegenüber …« Jetzt war es an Fritzi, vor Wut blass zu werden. Sie war so zornig, ihr fiel überhaupt nichts mehr ein. Am liebsten hätte sie ihm die Schreibmaschine an den Kopf geworfen, aber an der hing sie dann doch zu sehr, und für eine

Ohrfeige stand er zu weit weg, und mit dem Fuss stampfen war kindisch, und auf einmal lief es ihr feucht über die Wangen, und sie konnte vor lauter Schluchzen gar nichts mehr sagen.

»Fritzi, nicht. Fritzi, es tut mir leid.«

Jetzt nahm der Arsch sie auch noch in den Arm, aber sie heulte derart, sie konnte sich nicht richtig wehren, und eigentlich war sie furchtbar glücklich, so den Kopf in das wollige Kratzen seines Pullunders gepresst und seine warme Hand im Nacken. »Ich war gemein. Bitte entschuldige. Ich hab's nicht so gemeint, also doch, aber du weißt, wie ich es meine. Es tut mir alles so furchtbar leid.«

Sie nickte und schniefte und nickte, und schließlich bat sie: »Entschuldige du. Ich hab ja angefangen. Lass mich einfach in Ruhe. Lass mich einfach meinen Artikel schreiben. Ich kann das noch nicht, dieses Befreundetsein. Ich will es lernen und werde es lernen, aber im Moment kann ich es noch nicht. Ich war so verliebt in dich, so grauenhaft verliebt.«

»Es tut mir leid, Fritzi. Ich kann dir gar nicht sagen … ach, Schwamm drüber. Komm, schreib deinen Artikel von Hand, das geht schneller, und dann leg ihn mir hin.« Bemüht aufmunternd lächelte er ihr zu, machte sich dabei von ihr frei. »Ich lern doch jetzt tippen, weil du es bestimmt nicht mehr lang mit mir aushalten wirst, und ein anders Tippfräulein ertrag ich nicht.«

»Andere Mädchen verderben ihre Männer für die

Frauenwelt und ich für die Tippfräulein.« Auch sie rang sich ein Lächeln ab. »Ich bin mir nicht sicher, ob das ein Kompliment ist.«

»Ist es, nur du weißt ja, ich hab's nicht so mit den Komplimenten. Deine neuen Haare finde ich zum Beispiel sehr hübsch, und mir fällt trotzdem nichts charmant Geistreiches zu ein. Aber dein Artikel, das ist eine gute Übung für mich, und du hast ein bisschen mehr Zeit für den Park oder was auch immer du mit deinem Sonntagnachmittag vorhast.«

»Danke, das ist … nett«, entgegnete sie, und während sie noch überlegte, ob sie ihm sagen sollte, dass sie gar keine Lust auf den Park hatte, dass sie viel lieber mit ihm über seinen Artikel oder ihren Artikel oder über Joseph Roth diskutiert hätte und dass sie nun ein Drehbuch schreiben wollte, aber keine Ahnung hatte, worum es gehen sollte, währenddessen hatte er schon die Tür hinter sich geschlossen. Aber auf dem Schreibtisch lag plötzlich ein Kärtchen, ein ziemlich altes, reichlich angeschmutztes Visitenkärtchen. In eleganten, leicht verblichenen Buchstaben stand da *Carl von Bäumer* und darunter eine Telefonnummer.

»Ich muss die Uhr im Auge behalten, Inge und ich möchten nachher noch ins Kino. Sie meint, sie hat Sehnsucht nach ihrem Carleken«, erzählte Fritzi, während sie eine wollene Picknickdecke ausbreitete. Sie und Gable waren mit ihrem Spaziergang nicht sehr weit gekommen, es war so schrecklich voll.

Das milde Frühlingswetter schien ganz Berlin ins Grüne gelockt zu haben – Männer in Hemdsärmeln liefen, heftig mit Männern in Hosenträgern debattierend, vor kinderwagenschiebenden Frauen her, ihnen wiederum folgten bezopfte Mädchen mit frisch gestärkten Kleidchen und Puppe im Wagen. Kleine Buben tobten trotz beständiger Ermahnung um die *jute Hose* mit Reifen, Bällen oder anderen Buben über die pastellgrünen Wiesen, störten mit ihrem von Gebrüll begleiteten Gerenne die sich an den Händen haltenden Paare ebenso wie die gesetzten Brunnentrinker. Von irgendwo drangen Tanzmusik und fernes Lachen, der Duft nach Kaffee, Gugelhupf und Schinkenbrot vermischte sich mit dem scharfen Gestank der Tiere und dem kühlen Geruch des Sees, an dessen schilfbewachsenem Ufer sich Fritzi und Gable nun auf ihre Decke setzten.

»Ich kann auch nicht ewig. Sonntags hab ich im *Café unter den Linden* den Abend frei, da tret ich im *Wintergarten Varieté* auf. Ist schon eine verdammte Schinderei, und das alles für die lächerlichen paar Kröten.« Gable seufzte und legte sich auf den Rücken. »Versteh mich nicht falsch, ich sing topgern, aber die Leute hören gar nicht zu. Denen ist es gleich, wer da trällert. Ich bin nur der Hintergrund für ihr Gezanke und Geflirte.«

»*Spritzt nicht das Blut von Chopin in den Saal, damit das Pack drauf rumlatscht!*«, zitierte Fritzi Benn, aber da Gable sie daraufhin nur überrascht ansah, nickte sie einfach vage.

Sie war im Kopf sowieso noch halb bei ihrem Artikel. Sie fand, dass er ihr ziemlich gut gelungen war – natürlich kein Vergleich zu Hans' wirklich brillantem Beitrag über die Kriegsirren, aber zu verstecken brauchte sie sich damit nicht. Wenn sie nur schon einen Stoff für das Drehbuch hätte. Einen wirklich guten Stoff, nicht so einen langweiligen Schund, wie man ihn aktuell überall fand.

»Dem kleinen von Brunnen, dem geht es besser, hast du das mitbekommen?«, wechselte Gable unvermittelt das Thema. »Der Graf Sawicki nimmt ihn jetzt mit nach Paris. Deshalb hat er sich doch versucht umzubringen.«

Fritzi machte ein fragendes Gesicht. Soweit sie das wusste, hatte der junge Mann sich mehr aus allgemeiner Verzweiflung, gepaart mit quälender Eifersucht, die Pulsadern geöffnet.

»Weißt du, Sawicki fährt kommende Woche wieder nach Paris. Geschäftlich, er ist Juwelier«, erzählte er ihr. »Und eigentlich wollte er seinen schönen Liebhaber zu Hause lassen. In Begleitung nach Paris reisen, das ist, als würde man sich eine Schmalzbemme zum Büfett mitnehmen. Aber ich glaube, er hat gemerkt, was er an dem Jungen hat. Irgendwie freut mich das, auch wenn es für mich persönlich natürlich einen tragischen Verlust darstellt.

Jetzt werde ich wohl nie erfahren, ob die Gerüchte stimmen und der Pole wirklich so ein bemerkenswerter Liebhaber ist. Na, vielleicht bring ich sie noch auseinander. Ich hab Zeit, bis ich arm, alt und hässlich bin, ist ja noch ein bisschen.« »Mach dich nicht immer selbst schlecht.« Kopfschüttelnd betrachtete Fritzi sein schönes Gesicht. »Warum kannst du nicht einfach zugeben, dass du dich für ihn freust?«

»Weil es mir sowieso keiner glauben würde. Und weil man hart sein muss in dieser Dreckswelt.« Gähnend schloss er die Augen, und einen Moment glaubte sie, er wolle schlafen, doch dann sprach er weiter: »Es ist verdammt schwer für einen entlaufenen Fürsorgezögling, mit Vorstrafenregister und ohne Schulzeugnis durchzukommen. Und irgendwann, da merkst du, dass du zwar ein Dreck bist, dass du auf der Straße verhungern könntest, ohne dass sich einer drum schert, aber du siehst gut aus, und dieses Aussehen, das ermöglicht dir den Sprung vom Berliner Osten in den schnieken Westen.« Ohne die Augen zu öffnen, tastete er nach seinen Zigaretten. »Dieses Aussehen ist deine Chance auf ein fettes Stück von der Sahnetorte des Lebens. Endlich satt und mal ein richtiges Bett. Manchmal sogar frische Wäsche. Und keine Ratten, vor allem keine Ratten. Wie ich diese Viecher hasse! Nur irgendwann hat einer gemerkt, dass ich singen kann. Das war mies, weil am Singen, da lag mir was dran. Das Singen, das war das Einzige, das mir gehört hat, und er hat es mir weggenommen. Du musst wissen, meine Mama hat immer mit mir gesungen. Sie war Sängerin, so richtig mit Ausbildung am Konservatorium und Anstellung an der Oper. Manchmal hat sie mir die Programmhefte gezeigt, es muss wunderbar gewesen sein. Aber dann hat mein Vater sie nicht geheiratet, weil sie Jüdin war und ihn das plötzlich anekelte, und dann ist sie krank geworden und … ach, sie war eine wunderbare Mutter. Die beste, die sich ein Sohn nur wünschen konnte. Von der hab ich auch das Puddingrezept. Möchtest du sie sehen?« Er richtete sich auf und entnahm seiner Geldbörse ein fleckiges, zerknittertes Bild. Es zeigte eine junge Frau, die in Jahrhundertwendemode an einer brusthohen Säule lehnte und mit schöner, arroganter Miene am Betrachter vorbeistarrte. Bevor Fritzi jedoch noch etwas angemessen Bewunderndes hätte sagen können, packte er die Fotografie wieder weg. »Na ja, das war meine Mama. Wenn ich ehrlich sein soll, erinnerst du mich ein bisschen an sie, nicht vom Gesicht her, aber sie hat auch so genau gewusst, was sie wollte. Und wenn ihr was nicht gepasst hat, dann hat sie es geradeheraus gesagt, wie du. Wenn ich der die Kinski vorgestellt hätte, also die hätte mir den Kopf gewaschen. Die ist aber auch echt ein Flittchen. Hast du dir schon mal überlegt, was ich Hans mit der Hundepeitsche für einen Dienst erwiesen hab? Ohne mich hätte er die echt geheiratet und ganz sicher nicht aus Liebe. Als das Ganze passiert ist, da hat er doch längst gemerkt, in was für eine Scheiße er sich da geritten hat. Klar, er hätt's durchgezogen aus Pflichtgefühl und weil er den Kopf voll mit kruder Vorkriegsmoral hat, aber geliebt hat er sie da längst nicht mehr, wenn er es je getan hat. Wenn die ihre Liaison nicht als die Liebesgeschichte des Jahrhunderts in alle Zeitungen gebracht hätte, er wäre nach zwei Wochen weg gewesen.

Der war doch nur froh, dass ich ihm endlich einen guten Grund geliefert hab und er nicht als der Buhmann dasteht, der erst ihre Verlobung mit diesem Stahlmenschen hat platzen lassen und es sich dann anders überlegt. Die haben auch so was von gar nicht zusammengepasst, sie war nur scharf auf seinen Titel, und er, er hat vermutlich einfach noch nie eine wie sie getroffen gehabt. Sie kann einen echt umhauen.« Und ihren neugierigen Blick richtig deutend, erklärte er: »Sie ist sehr schön und wahnsinnig gebildet. Sie hat mindestens drei Zeitschriften abonniert. Dazu ist sie verdorben bis ins Mark, aber als Hans das durchschaut hat, da war er schon verlobt. Mit der Verlobung hatte sie es sehr eilig. Auftritt: Johnny Gable. Also, eigentlich war das Ganze von mir doch nur nett, der reinste Akt der Menschenfreundlichkeit.«

»Ach, Kurt!« Gegen ihren Willen musste sie lachen. »So ein Blödsinn. Wenn du recht hättest, dann wäre es Hans doch nicht so schlecht gegangen. Oder leugnest du das auch?«

»Nein, ihm ging es topbeschissen, aber nicht wegen des Verlusts der Kinski. Er war einfach fertig, weil er altmodisch ist. Er glaubt an so Vorkriegsideale wie Treue oder Loyalität oder Freundschaft. Dass ein guter Freund was mit seiner Verlobten anfängt, das war für ihn das wirklich Erschütternde. Hans ist vermutlich der anständigste Mensch, den ich kenne, er käme nicht mal auf so einen Gedanken, für ihn muss eine Welt zusammengebrochen sein. Und, na ja, dass er über der ganzen Geschichte den Lehrstuhl verloren hat, das war gemein. Er war ein brillanter Dozent, und die haben nur auf eine Gelegenheit gewartet, ihn rauszuwerfen, denen hat sein Parteibuch von Anfang an nicht gepasst. Aber auch egal, das Leben ist kein Wunschkonzert, und vorbei ist vorbei und kommt nicht wieder.« Mit dem Zeigefinger schnipste er ihr gegen die Nasenspitze. »Wann ist das Vorsprechen für diese Russenrolle?«

Fritzi zögerte einen Moment, sie hätte ihn gerne gefragt, warum um alles in der Welt er bloß die Affäre mit der Kinski angefangen hatte, wenn er Hans doch ganz offensichtlich schätzte. Gerade er, der mit seinem Aussehen eigentlich jede haben konnte. Doch Gable blickte sie auffordernd an, für ihn schien das Thema Hans abgeschlossen, er wiederholte: »Wann musst du jetzt nach Babelsberg raus?«

»Das Vorsprechen ist Donnerstag, aber ich weiß nicht, ob ich hingehe. Nach der Geschichte mit Ackermann? Der ist da immerhin der Aufnahmeleiter, und der mag mich sicher genauso wenig wie ich ihn.« Sie schüttelte sich, allein der Gedanke an ihn machte ihr Angst. »Ich bin mir auch gar nicht mehr so sicher, mit dem Filmen, meine ich. Ich wollte nur immer meinen Namen auf einem Kinoplakat sehen, damit mein blöder Exfreund sich ärgert, aber ob mir das Drehen wirklich so Spaß machen würde? Ich steh nicht besonders gern im Mittelpunkt. Außerdem würde ich viel lieber Drehbücher schreiben.«

»Drehbücher schreiben? Ach komm, das ist doch Blödsinn, das sagst du jetzt nur, weil du dich vor dem Ackermann fürchtest.« Er sah sie ernst an, und sich aufrichtend, erklärte er: »Wenn du aus Angst etwas nicht tust, das du dir wünschst, dann kannst du dich auch gleich aufhängen. Dann bist du nämlich tot. Innerlich. Los jetzt, erklär mir mal, wie du diese Gruschenka interpretieren würdest. Ich kenn zwar das Stück nicht, aber ich kenn den Höfgen, und wenn der Regie führt, dann ist sein Geschmack ausschlaggebend. Wenn du den überzeugst, ist Ackermanns Meinung vollkommen gleich. Also, was ist? Schieß los!«

6 Kapitel

Sie warteten. Sie saßen auf einer sehr modernen, von der Bequemlichkeit her jedoch an eine Eisenbahnfahrt dritter Klasse erinnernden Bank und warteten. Seit ihrem Streit im Büro herrschte zwischen Hans und ihr eine angespannte Höflichkeit, so dass Fritzi es nicht gewagt hatte, seinen Vorschlag auszuschlagen, ihre Artikel gemeinsam im ehrfurchtgebietenden Ullstein-Verlagshaus abzugeben. Die gesamte Fahrt mit der Elektrischen über hatte Hans wie aufgezogen von einer im Juni geplanten großen Mannheimer Kunstausstellung erzählt, und Fritzi hatte es bei einsilbigen Einwürfen belassen. Erst als er beim Anblick der krallenartigen, spitzgefeilten Nägel einer der Ullstein-Empfangsdamen flüsterte: *Warum bloß muss ich jetzt an Murnaus Nosferatu denken*, konnte sie ihren Zorn nicht aufrechterhalten und musste loskichern. Vielleicht würden sie das mit dem Freunde-Sein ja irgendwie hinkriegen, trotzdem war sie sehr erleichtert gewesen, als sie ihre Artikel endlich los waren und sie nur noch das mit Klingenberg vereinbarte Treffen vor einem guten Ende ihres ersten gemeinsamen Tages nach der Vernissage trennte. Doch dann hatte die Empfangsdame Hans' Namen gelesen und irgendetwas auf einen Formzettel geschrieben. Mit diesem hatte sie einen kaugummikauenden Boy losgeschickt, und ihnen hatte sie nahegelegt, kurz zu warten.

Fritzi hatte den Eindruck, dass diese Empfangsdame sie nach dem Erkennen unfreundlicher behandelte als zuvor. Dieser Formbrief, der verhieß bestimmt nichts Gutes. Hin und wieder wechselten Hans und sie einen raschen Blick, seine Gedanken schienen in eine ähnliche Richtung zu gehen.

Außerdem warteten sie jetzt schon ziemlich lange, um sie herum tobte ein Gedränge wie auf dem Kurfürstendamm. Es war ein ständiges *Hallo* und *Hastduschonjehört*, ältere Frauen mit kräftigen Beinen und gesunden Schuhen eilten an ihnen vorbei, hübsche Fräulein trippelten mit überquellenden Mappen umher. Männer in nicht mehr ganz tadellosen Anzügen, in zu dünnen Mänteln oder gleich nur im Sakko kamen und gingen, manche nickten Hans zu, das waren die anderen Freien. Einer, ein Magerer mit Glasauge, der gab Hans eine Zigarette und hatte sogar ein Lächeln für sie – sehr mittleidig kam es Fritzi vor, so als wüsste der schon, warum sie hier saßen.

Diese Arikelserie *Menschen von heute*, das war Hans' einziges regelmäßiges Einkommen, Fritzi betete inbrünstig und wollte vor lauter Angst nicht mal ihren Teil von der Zigarette ab.

Eigentlich rauchten hier alle, sogar Pfeifen und Zigarren konnte man sehen, doch die mit den Zigarren, die grüßten nicht, die hatten nur Augen für den Liftboy im Gang, dass der bloß nicht ohne sie losfuhr und sie am Ende noch warten mussten.

»Wie war's gestern im Kino«, fragte Hans plötzlich und vermutlich, um mal überhaupt etwas zu sagen. »Was habt ihr euch noch mal angesehen?«

»Den Bäumer. War ganz top. Mir hat das Ende am besten gefallen, der Heiratsantrag im Rupinskis. Wenn ich mal heirate, dann möchte ich auch im Rupinskis gefragt werden, so mit Ring neben den Himbeeren mit Sahne. Die Himbeeren mit Sahne, also die sind Pflicht«, plapperte sie darauflos, eigentlich redete sie nur gegen die nagende Angst an, doch noch während des Sprechens merkte sie, in was für ein verfängliches Thema sie da gerade schlitterte. Schnell, fast panisch haspelte sie weiter: »Also der Bäumer ist ein wirklich guter Schauspieler. Es gibt ja viele, die ihn nur auf seinen Schmollmund reduzieren, aber er kann was.«

»Ich hab noch keinen Film mit ihm gesehen«, entgegnete Hans, und darauf fiel ihnen beiden nichts mehr ein.

Wieder schwiegen sie, lauschten dem unregelmäßigen Knallen, mit dem die Büchsen der Rohrpost in das dafür vorgesehene Körbchen am Tisch der Empfangsdame fielen.

»Du musst nicht mit mir warten. Geh doch was essen? Du hast doch bestimmt Hunger. Wir können uns ja im *Café unter den Linden* wiedertreffen, da kommt der Klingenberg doch auch hin«, schlug Hans vor, und Fritzi nickte. Ein wenig Abstand war vermutlich für sie beide ganz gut.

»Dann treffen wir uns da.« Sie stand auf, strich ihren Mantel glatt und rückte an ihrem Barett herum. Sie war schon ein paar Schritte gegangen, da rief Hans ihr nach: »Warte, Fritzi. Sag, hast du was zum Lesen für mich? Ich weiß, topalbern. Ich sitze im größten Verlagshaus der Republik und hab kein Buch. Ist so langweilig, ohne zu warten.« Sie sah ihn einen Moment verblüfft an, dann schüttelte sie den Kopf. Plötzlich tat er ihr leid. Etwas in seiner Stimme hatte sie gerührt, fast glaubte sie, Furcht darin gehört zu haben. Ja, vermutlich hatte sogar der große Hans von Keller, selbstverliebter Literat und Künstler, Vertreter des ganz großen Idealismus, ein wenig Angst, wenn er so allein auf eine ungewisse Unterredung warten musste. Sie hätte ihm gern den Hut aus der Stirn geschoben, hätte ihm mit der Hand über die Wange gestrichen, aber das ging natürlich nicht, und so sagte sie: »Weißt du was, ich hab's mir überlegt. Im *Café unter den Linden* ist es allein schrecklich öde. Ich bleib doch lieber hier.«

In Hans' Zügen zeichnete sich unverhohlene Erleichterung ab. »Danke«, nuschelte er. »Ist für dich ja vielleicht sogar ganz interessant hier. Die ganzen Zeitungsleute. Ich könnte mir wirklich vorstellen, dass du jetzt öfters was zum Schreiben kriegst. Dein Artikel ist klasse, ich war beim Abtippen ganz beeindruckt. Aber sag ehrlich, wie fandest du meinen ersten auf der Maschine geschriebenen Text? Ich hab nur knapp zwei Stunden dafür gebraucht.«

»Sehr gut«, log sie und starrte auf ihre Schuhe. Sein Lob ihres Artikels freute sie maßlos. Sie hoffte nur, er war damit ehrlicher als sie mit dem Lob seiner Bemühungen an der Schreibmaschine. Sie hatte beim Anblick ihres getippten Textes nicht gewusst, ob lachen oder weinen. So ungleichmäßige Anschläge hatte sie noch nie gesehen, und dann war das Kohlepapier falsch eingespannt gewesen, und der Zeilenabstand stimmte nicht und … ach, es war einfach unerträglich. So unerträglich, dass sie sich schnell hingesetzt und das Ganze heimlich neu in die Maschine gehackt hatte – innerhalb von fünf Minuten. »Ich könnte dir vielleicht noch ein paar kleine Tricks zeigen. Nicht falsch verstehen, nur dann geht es leichter.«

»Ja, mir ist auch aufgefallen, dass da irgendwas mit der Buchstabenfarbe nicht gleichmäßig war. Ich dachte halt, das liegt an deiner uralten Maschine.«

Fritzi holte tief Luft, auf ihre treue *Orga Privat* ließ sie nur sehr ungern etwas kommen, aber bevor sie zu deren Verteidigung schreiten konnte, entstieg eine Frau in einem violetten Trainingsanzug dem Lift. Über der Schulter baumelten, ein Paar zusammengebundene Ballettschläppchen, und in der rechten Hand hielt sie ein Springseil. Fritzi bemühte sich, nicht allzu offensichtlich zu glotzen, aber sie hatte noch nie eine Frau in einem solchen Aufzug gesehen, und dann auch noch hier, zwischen all diesen akkuraten Bürodamen. Und überhaupt, ein Trainingsanzug in Lila – dass es so was gab.

»Guten Mittag, Hans!«, rief die Vorbeieilende und warf ihm einen Luftkuss zu. »Wir müssen mal wieder zusammen lunchen, oder besser noch, wir laden ein. Ich spiel Harfe, du Klavier und dieser, dieser … ach du weißt schon, der Hübsche eben, der singt. Ruf mich an. Unter der Grunewalder Nummer. Ruf mich an, versprochen?«

Und schon war sie hinter einer der Türen in den Tiefen des Verlagsgebäudes verschwunden.

»Das war die große Vicki Baum. Sie trainiert hier im Fitnessraum für die Verlagsmitarbeiter«, flüsterte er Fritzi zu. »Ich glaube, sie boxt.«

»Gibt es da denn keine Umkleiden?«

Doch bevor Hans etwas entgegnen konnte, rief die Empfangsdame mit falls möglich noch grimmigerem Gesichtsausdruck: »Herr von Keller? Ihre Geduld wird nicht weiter benötigt. Herr Hermann Ullstein ist jetzt in einer Konferenz. Er möchte Sie bitten, sich am Mittwoch zwischen acht und neun in sein Büro durchstellen zu lassen.«

Hans nickte. »Können Sie mir vielleicht sagen, worum es geht?« »Nein, kann ich nicht.« Etwas in ihrem Ton legte nahe, dass sie die Frage als Zumutung empfand, doch auch sie konnte sich nicht komplett dem Charme der tannenhonigfarbenen Augen entziehen, und so ergänzte sie: »Mir wurde nur gesagt, ich solle bei Ihrem Auftauchen Herrn Ullstein informieren. Machen Sie sich keine Sorgen, für Kündigungen braucht man normalerweise nicht den Verlagschef. Haben Sie vielleicht mal ein Manuskript eingereicht?«

—

»Wenn Sie mich irgendwo außerhalb des *Cafés unter den Linden* liegen sehen, dann wissen Sie, ich wurde dort gestohlen!« So stand es oben, akkurat in die Ecke des *Roten Teppichs* gestempelt, den sich Fritzi aus dem Zeitungsständer neben der Tür des Cafés genommen hatte. Sie warteten. Mal wieder, diesmal jedoch auf Viktor Klingenberg und das vereinbarte Modellstehen. Der Künstler hatte verlangt, dass sie sich draußen einen Tisch nehmen sollten, und so saßen sie leicht fröstelnd neben den glühenden Kohlebecken. Sie schwiegen, ihr Vorrat an unverfänglichen Themen war aufgebraucht, und nach der Heiratsantrag-im-Rupinskis-Peinlichkeit traute sich Fritzi auch nicht mehr, einfach drauflloszuplaudern. Hans schien es ähnlich zu gehen, er hatte sich an einem der Bücherkarren auf dem Alexanderplatz für fünf Pfennig eine gebrauchte Ausgabe von Fritz Brehmers »Nebel der Andromeda« gekauft und las diese nun mit großem Interesse.

Fritzi hatte versucht, sich gleichfalls in ihre Lektüre zu vertiefen, aber obwohl die Titelseite ihr *schockierendste Enthüllungen* versprochen hatte, vermochte der Inhalt des Blattes sie nicht zu fesseln.

Am liebsten hätte sie einfach Hans beim Lesen zugesehen. Wenn ihm etwas besonders gut gefiel, hatte er die drollige Angewohnheit, seine Nase amüsiert zu kräuseln. Man hätte ihn dabei fotografieren sollen und das Bild an sämtliche Autoren der Republik schicken müssen, als Ansporn, möglichst viele hervorragende Sätze zu schreiben. Man konnte gar nicht aufhören, ihm dabei zuzusehen – vermutlich hatte sie ihn etwas zu offensichtlich betrachtet, denn plötzlich klappte er sein Buch zu und sah ihr geradeaus ins Gesicht. »Jetzt hör mal, Fritzi«, sagte er unvermittelt. »Mir tut das mit uns auch weh, aber glaub mir, ich versuche nur das Richtige zu tun.«

»Für wen?«, fragte sie spitz. »Für dich oder für deine Kunst?«

»Für uns. Für dich und für mich – aber eigentlich vor allem für dich. Ich könnte dir doch überhaupt nichts bieten. Ich kann kaum deinen Kaffee bezahlen.« Mit dem Kinn deutete er auf Fritzis halbgeleerte Tasse.

»Wer hat dir bloß eingeredet, dass du mir irgendetwas zahlen musst? Mit welcher Begründung denn?« Sie schüttelte einige Male den Kopf. »Hans, wir leben nicht mehr im 19. Jahrhundert. Ich verdiene selbst Geld, nicht viel, aber das tust du auch nicht. Schau doch, meine Haare sind fast kürzer als deine, und wenn du ein bisschen übst, wirst du auch tippen können. Vermutlich fehlerfreier als Inge. Warum also solltest du für mich zahlen?«

Er schwieg einen Moment, dann lächelte er. »Also zumindest heute sollte ich wirklich für dich zahlen, schließlich ist heute ein besonderer Tag. Du hast deinen ersten Artikel abgegeben. Das ist ein Grund zum Feiern.« »Du fandest ihn gut?« Und als er einige Male bestätigend nickte, fuhr sie etwas zaghaft fort: »Weißt du, ich hab mir überlegt, ob ich nicht vielleicht noch einmal ein Drehbuch versuchen sollte.« »Natürlich solltest du das! Das ist ein großartiger Gedanke. Du könntest es damit erst mal in Babelsberg versuchen, das brächte Geld, und es gibt sowieso zu wenig gute Filme, aber wenn's nicht klappt, machen wir ein Theaterstück draus und führen es bei uns auf dem Vorhof auf. Das wäre dann wie in einem Amphitheater, die Gäste sollen auf der Freitreppe sitzen, und die Schauspieler sind im Hof. Das wird großartig! Erzähl mir, worum geht es?« »Ehrlich gesagt, ich weiß es noch gar nicht.« Sie hob entschuldigend die Schultern. »Nach dem grauenhaften Krippenspiel denke ich man sollte nur über Dinge schreiben, die man persönlich kennt und erlebt hat. Aber im Kino wimmelt es ja aktuell nur so von kleinen Tippfräulein, die am Ende ihren Chef kriegen.« Fritzi spürte, wie ihr das Blut heiß in die Wangen schoss, sie sollte einfach nicht drauflosreden! Hans überging es galant, stattdessen sagte er: »Warum schreibst du nicht darüber, wie es ist, einen Kriegsinvaliden zu pflegen? So einen Film gab es meines Wissens noch nie.« Sie nickte vage, der Gedanke war nicht schlecht. »Du könntest es erst mal als Kurzgeschichte schreiben, dann hast du schon mal die Handlung durchdacht und kriegst ein bisschen Geld. Ich kann dich mit Herwarth, dem Herausgeber des *Sturm*, bekannt machen. Der wird bestimmt Interesse daran haben. Die suchen immer gute neue Autoren. Vielleicht verlegen die dir auch das Drehbuch.«

Abermals nickte Fritzi vage, sie freute sich riesig über seine Begeisterung, aber es ging ihr zu schnell. Sie hatte sich ja selbst noch kaum an die Idee gewöhnt, es noch einmal versuchen zu wollen. Das Thema wechselnd, bat sie: »Erzähl mir von deinem Roman. Dem, für den *Ullstein* sich interessiert.«

»Vielleicht interessiert, wenn sie mir am Mittwoch nicht auf freundliche Weise mitteilen, dass sie meine Dienste nicht länger benötigen. Die Ullsteins verkehren in denselben Salons wie mein feiner Herr Bruder, es kann auch reine Höflichkeit sein, mir die Kündigung so zu verpacken.« Er zündete sich eine Zigarette an, spielte eine Weile unschlüssig mit dem abgebrannten Streichholz. »Es wäre zu schön, wenn das klappt. Mit dem Geld könnte ich nach Paris reisen und die Serie über die Surrealisten machen, und von dem Geld für die Surrealisten könnte ich dann dort eine Weile leben und den anderen, den richtig guten Roman fertigstellen. Sag mal, du sprichst Französisch, oder? Das hast du doch mal erzählt.«

Fritzi nickte, und obwohl sie sich innerlich streng ermahnte, dass seine Frage rein gar nichts bedeutete, klopfte ihr Herz wie wild. Zur Beruhigung griff sie nach seiner Zigarette, nahm ein paar tiefe Züge.

»Für den Alltagsgebrauch und für's Tippen reicht es. Ich war bei Berlitz. Aber jetzt erzähl mir doch endlich, worum es in dem Manuskript geht.«

»Wenn du unbedingt willst … Ich glaube, es wird dir nicht gefallen, und du musst dir vor Augen halten, dass ich das geschrieben habe, bevor ich dich kannte, ja?« Und nachdem sie Bestätigung signalisiert hatte, holte er sich die Zigarette von ihr zurück und begann: »Es handelt von einem jungen Mann, einem Künstler, einem Maler, und er verliebt sich und …« Er zögerte, haspelte dann eilig. »Sie wird schwanger und zwingt ihn, seine Leidenschaft aufzugeben und in einer Galerie zu arbeiten und die Bilder anderer, teilweise weniger begabter Künstler zu verkaufen. Das Grauenhafte daran aber ist, am Ende ist er ganz zufrieden. Er ist gebrochen und merkt es nicht mal mehr selbst. Es ist ein sehr trauriger Roman.«

»Du hattest recht, es gefällt mir nicht.« Innerlich fröstelnd, erinnerte sie sich daran, ihm eine Stelle in einer Buchhandlung vorgeschlagen zu haben. »Aber ich würde nicht schwanger werden, nicht, wenn du es nicht auch wolltest.«

»Ich weiß«, er hielt ihr die Zigarette für einen letzten Zug entgegen, drückte sie dann aus. »Ich hab das ja auch geschrieben, bevor ich dich getroffen habe.«

Einen Moment lang wussten sie beide nichts mehr zu

sagen. Die nachmittäglichen Flaneure strömten plappernd und lachend an ihnen vorbei, doch Fritzi starrte die schmutzige Tischdecke an, kratzte an einem alten Wachsfleck herum.

»Gable sagt, du warst froh, die Kinski los zu sein. Stimmt das?«

»Ja, vermutlich schon. Sie war einfach grauenhaft oberflächlich, weh tat es aber trotzdem. Und er wäre genauso mit ihr ins Bett gestiegen, wenn es mich umgebracht hätte. Denk doch an Sawickis schönen Liebhaber.«

»Gable sagt, das war wegen der Parisreise Sawickis.«

»Vielleicht. Ich glaube trotzdem nicht, dass sein Geflirte mit Sawicki dem kleinen Brunnen gefallen hat. Vielleicht gab es mehrere Gründe, vielleicht hat er einfach nicht mehr weitergewusst? Da kommt er übrigens, ich meine Gable, nicht von Brunnen.« Hans machte ein Gesicht, als hätte er auf einen Stein gebissen, winkte dann jedoch höflich. »Salut, Kurt. Auf dem Weg zur Arbeit?«

»Ja«, entgegnete Gable knapp und warf Fritzi einen seltsam unfreundlichen Blick zu. »Was macht ihr zwei Schönes?«

»Wir warten auf Herrn Klingenberg. Nur ich fürchte fast, er hat es vergessen.« Aus dem diffusen Gefühl heraus, sich rechtfertigen zu müssen, ergänzte sie: »Es ist geschäftlich. Wir sollen ihm Modell sitzen.«

»Holt euch keine Erkältung.« Irgendetwas schien ihm ganz und gar nicht zu passen, aber vielleicht war ihm auch nur Hans' Gegenwart unangenehm, denn er lief fast augenblicklich weiter. »Ich muss rein. Bin spät dran, wir müssen noch stimmen.«

»Wo nur der Klingenberg bleibt? Am Ende versetzt er uns, und dann hab ich keine Ahnung, wovon die Metzgerrechnung zahlen.«

Fritzi nickte bestätigend, doch dann sah sie ihn plötzlich auf ihren Tisch zukommen. In einem viktorianisch anmutenden Mantel und einem kompliziert gebundenen gelben Seidenschal eindeutig als Künstler zu erkennen.

»Hier«, sagte er statt einer Begrüßung und warf ihnen lässig einen Umschlag zwischen ihre Teller. »Eure 300 Mark. Ich muss gleich weiter. Ich hab auf fünf Massage.«

»Aber wolltest du nicht Fotos machen?« Hans klang ratlos. »Dafür war doch das Geld.«

»Hab ich längst. Habt ihr nur gar nicht gemerkt. Die neue Leica macht's möglich, wenn man ein bisschen Ahnung hat. Das gibt ein viel natürlicheres Ergebnis, als wenn ihr Modell gesessen hättet.« Er lächelte wie ein Kater vor dem Schlagrahmkrug, winkte herrisch einer vorbeifahrenden Taxe. »In ein paar Wochen, zeig ich euch dann das fertige Gemälde. Es wird *Die Zigarette* heißen. Es geht doch nichts über junge Liebe.«

Und mit diesen Worten stieg er in den haltenden Wagen und brauste davon.

7 Kapitel

Fritzi saß an ihrer Schreibmaschine und freute sich an ihrem regelmäßigen Schriftbild. Richtig schön sah das aus, so ein fehlerfreier und akkurater Schrieb. Zufrieden lächelnd legte sie das Papier in das Metallkörbchen für die spätere Unterschrift, als es sanft klopfte.

Für Gable war es noch zu früh am Morgen, Hans' Bruder war sicher kein so höflicher Klopfer, und Hans selbst würde einfach die Tür aufreißen. Durchaus gespannt auf ihren Besucher, rief Fritzi: »Herein«, und ein Vampir betrat den Raum.

Natürlich war es kein echter Blutsauger, doch die fast milchweiße Haut des Gastes legte gerade in Verbindung mit seinen nachtschwarzen, wie Rabengefieder glänzenden Haaren diese Assoziation durchaus nahe. Der schwarze Wollmantel mit dem Vatermörderkragen und dem elegant geschlungenen, roten Seidentuch tat ein Übriges dazu.

»Guten Morgen, Fräulein Lack«, sagte der Gast, und seine Stimme ähnelte dem Klopfen. Sie war sehr sanft, sehr höflich und doch von unterschwelliger Arroganz. »Ich würde gerne Herrn von Keller sprechen.«

»Ich bedaure, aber Herr von Keller ist noch nicht im Büro. Ich weiß leider auch nicht, wann er heute kommt.« Sie überlegte einen Moment, dann ergänzte sie: »Er hat gestern Abend gearbeitet. Es ist möglicherweise spät geworden.«

»Ich hätte sowieso keine Zeit zu warten.« Einen Moment lang spielte der Mann nachdenklich mit seinem Spazierstöckchen, betrachtete den pudelkopfförmigen Silberknauf und bat schließlich: »Sagen Sie doch Hans einfach, dass ich da gewesen bin. Marian Sawicki ist mein Name, und dann richten Sie ihm bitte aus, dass ich erst am kommenden Montag aus Paris zurückkehren werde. Wir fahren jetzt erst Donnerstagabend.«

Fritzi nickte und notierte und betrachtete ihren Besucher neugierig. Das war also der Graf Sawicki, der es Gable so angetan hatte. Auf den ersten Blick wirkte der eher ziemlich unterkühlt, den sagenhaften Liebhaber sah man ihm jedenfalls so im Mantel nicht an.

»Und wenn Hans nach dem Grund fragt, können Sie ihm sagen, Herr von Brunnen sei noch rekonvaleszent und habe außerdem einen Nervenzusammenbruch erlitten, weil man in Paris jetzt angeblich fliederfarbene Hemden trägt und er den Gedanken an Flieder nicht aushält.« Seine Mundwinkel schlängelten sich zu einem kleinen Lächeln empor. »Des Weiteren gab es Schwierigkeiten mit dem Schlafwagen, und dann war unsere Suite im *Hilton* schon belegt. Alles sehr unerfreulich und zusammengenommen eben der Grund, weshalb Hans nun etwas länger auf seine Macarons warten muss.«

»Ich werde es gerade so ausrichten«, versprach sie, und um ihn noch ein wenig länger bestaunen zu können, ergänzte sie: »Ich wusste gar nicht, dass Herr von Keller gerne nascht.«

»Ach, das mit den Macarons, das ist eine lange Geschichte. Wir waren einmal zusammen in Paris, er, ich und Rosa. Das war noch vor dem Krieg, wir waren alle noch so schrecklich jung und so lebensmüde, wie man es nur sein kann, wenn man den Tod noch fern weiß. Ich war in Rosa verliebt, und Rosa war in Hans verliebt, und Hans, Hans war in die Idee verliebt, Autor zu werden. Jeden Tag hat er einen Satz geschrieben, nur einen einzigen, und manchmal war dieser Satz von einer solchen Schönheit, einer solchen Klarheit, man wollte weinen. Und einmal, eines Morgens, wir hatten die ganze Nacht getanzt und getrunken, im ersten Licht des Tages also, da saßen wir auf einer Brücke an der Seine, aus der stieg der Frühnebel, und um uns herum, da erwachte die Stadt, und gerade vor unserer Nase öffnete eine *Boulangerie*. Diesen Geruch nach backendem Baguette und dem Wasser des Flusses, den werde ich nie vergessen. Und jedenfalls ist Hans da aufgestanden, hat den Bäcker gefragt, wie viele Macarons wir für sein restliches Geld kriegten. Der Mann sagte es ihm, und Hans sagte: *Dann geben Sie mir bitte alle, die ich zahlen kann. Wer weiß, ob ich morgen noch glück-*

lich bin, und wenn ich traurig bin, dann kann ich keine Macarons essen.«

Ein träumerischer Ausdruck hatte sich über das hohlwangige Gesicht gelegt, aber er verschwand ebenso plötzlich, wie er gekommen war: »Und letzte Woche hat Hans eben gemeint, ich soll ihm welche mitbringen. Er sei glücklich. Vermutlich hat er es da schon gewusst?«

»Was gewusst?«, fragte Fritzi.

»Das mit der Kinski und ihrer Verlobung«, erklärte Sawicki knapp, und nach einem seltsam langen Blick auf Fritzis Hände drehte er sich zum Gehen. »Meine Verehrung. Salut.«

Und schon war er weg.

Was für eine Verlobung? Das konnte doch nicht sein. Oder doch?

Das Telefon schrillte, und mit zitternden Fingern griff sie danach: »Büro des Grafen von Keller, Sie sprechen mit Fräulein Lack. Wie kann ich Ihnen …«

»Verlobt! Verlobt! Verlobt!«, brüllte eine weibliche Stimme, die Fritzi nach einigem Nachdenken als Inges erkannte. »Ich weiß«, entgegnete sie knapp.

»Woher weißt du es?« Unglauben und unterdrückter Ärger drangen durch die Leitung. »Es weiß doch noch gar keine Menschenseele.«

»Sawicki hat es mir erzählt«, erklärte sie wahrheitsgemäß, woraufhin Inge fragte: »Aber woher weiß der es? Du bist die Erste, der ich es erzähle.«

»Ich glaube, wir sprechen aneinander vorbei. Wer hat sich verlobt?«

»Na ich! Ich und Reibetanz.« Vor Begeisterung näherte sich Inges Stimme dem Mezzosopran, und Fritzi hielt sich den Hörer etwas vom Ohr. »Ich habe einen Ring!«

»Aber ich dachte, du magst ihn ni…«, wandte sie ein, wurde jedoch unterbrochen: »Meine Telefongroschen sind gleich alle. Komm heute Abend ins *Café unter den Linden*, so gegen sieben. Wir stoßen an! Kannst ruhig jemanden mitbringen. Mein lieber Herr Gesangverein, was bin ich glücklich!« »Das freut mich sehr für dich«, stammelte Fritzi, doch die Verbindung war schon unterbrochen worden.

»Was freut dich?«, auf einmal stand Wlad in der Tür. In der einen Hand einen Roman von de Nora und in der anderen eine halbgegessene Wurst. Letzere ein Geschenk von der überglücklichen Metzgerfamilie.

»Sag bloß, du weißt schon, dass sie sich verlobt hat! Das ist doch nicht zum Aushalten. Wer hat es dir erzählt?«

»Inge«, erklärte sie wahrheitsgemäß und ergänzte: »Inge hat sich verlobt.«

»Inge? Inge? Wen interessiert denn die? Niemand, überhaupt gar niemand interessiert Inge! Was bitte schön ist die denn schon? Eine Statisteriemaus und ein Paar Beine, die sie ein paar Mal zu oft gezeigt hat. Inge, also wirklich!« Angewidert verdrehte Wlad die Augen, und ihren zum Widerspruch schon geöffneten Mund einfach ignorierend, plapperte er weiter: »Ich rede von der Kinski! Die Kinski, die Kinski hat sich verlobt, und rate mal, mit wem?«

»Ich weiß nicht?« Ihre Stimme klang ziemlich zittrig. Wenn es nur nicht Hans war, jeder andere, aber nicht Hans. Wlad bemerkte ihre Sorgen gar nicht, er war ganz in seinem Element. Schwungvoll vor ihrem Schreibtisch auf und ab tigernd, rief er triumphierend aus: »Mit Meetenkamp! Dem Stahlmenschen, mit dem sie schon mal verlobt war, bevor Hans kam. Aber das ist noch nicht alles, heute Nacht, also nur ein paar Stunden vor der offiziellen Bekanntgabe der Verlobung, da hat sie mit Hans telefoniert und ihn angefleht, sie zu heiraten. Ich weiß es ganz sicher, weil Herr Schmitt es nämlich auf dem Nebenanschluss alles mitgehört hat und …«

»Wie nett von Herrn Schmitt, sein Wissen derart großzügig zu teilen.« Auf seinen Stock gelehnt, stand Hans mit zwei dampfenden Tassen in der Tür und machte ein Gesicht, als wisse er nicht, ob er sich ärgern oder lachen sollte. »Kann ich noch was ergänzen? Sind Fragen offengeblieben? Die Verbindung auf dem Nebenanschluss ist ja oft schlecht.«

»Mmmh, also wenn es dir nichts ausmacht?« Ironie war an Wlad ganz offensichtlich verschwendet. »Herr Schmitt hat nämlich erst ab da mitgehört, wo sie zu dir gesagt hat, das mit Gable ginge nicht gegen dich, und du gesagt hast, du hättest dich wegen ihr dauernd bis zur Besinnungslosigkeit betrinken müssen, damit du es koordinatorisch nicht mehr schaffst, dich zu erschießen, und Gable wäre dein Freund gewesen und …«

»Wlad, es macht mir durchaus etwas aus. Wenn ich gewollt hätte, dass die ganze Kolonie weiß, wie es mir gegangen ist, hätte ich einen Anschlag in der Küche gemacht, und deshalb wäre ich dir äußerst verbunden, wenn du es unterlassen würdest, derartigen Unsinn weiterzuverzapfen, weil ich mich sonst gezwungen sehe, Rosa davon zu unterrichten, was du treibst, wenn du sagst, du wärst im Zoologischen Garten, die Fische ansehen.« Hans' Stimme war bedrohlich ruhig geworden und seine Sätze gefährlich verschachtelt. »Und nun wäre mir sehr daran gelegen, wenn du mein Büro verlassen würdest. Einen schönen Tag noch, Wlad.«

Wlad sah ihn finster an, verschwand jedoch klaglos, wenn auch türknallend.

»Was macht er denn, wenn er behauptet, die Fische anzusehen?«

»Kann dir egal sein. Mir geht dieser dauernde Klatsch hier unerträglich auf den Geist.« Er reichte Fritzi eine Tasse Kaffee, und weil sie immer noch sehr erleichtert war, ließ sie seine patzige Antwort unkommentiert. Außerdem tat Hans ihr leid, sie durfte sich gar nicht vorstellen, wie es war, bei so einem Gespräch belauscht zu werden, und um ihn auf andere Gedanken zu bringen, wechselte sie das Thema: »Inge hat sich auch verlobt. Sie feiert heute

Abend. Ich bin mir aber nicht sicher, ob ich hinwill. Ich freu mich eigentlich nicht für sie. Sie ist kein bisschen in diesen Reibetanz verliebt. Sie mag ihn nicht mal.«

»Aber das ist doch toll. Andere brauchen für diese Erkenntnis sieben Jahre Ehe und zwei Kinder, Inge weiß es schon bei der Verlobung.« Er lachte sein Schuljungenlachen, und in seine eigene Kaffeetasse pustend, fuhr er fort: »Nein, im Ernst, sie ist wirklich schlau. Sie hat in Babelsberg inzwischen einen ziemlichen Ruf und nicht gerade den besten, deshalb hab ich sie doch überhaupt eingestellt. Ich dachte, das wäre vielleicht eine Möglichkeit für sie, da rauszukommen. Aber ihre Orthographie ist eine Katastrophe. Das Tragische ist, sie wäre keine schlechte Schauspielerin, nur inzwischen ..., inzwischen ist die Ehe mit einem soliden Langweiler vermutlich tatsächlich das Sicherste für sie. Dann ist sie versorgt und wird nicht weiter abrutschen.«

»Aber sie kann den Kerl nicht leiden. Und ich auch nicht«, wiederholte Fritzi hartnäckig und nahm einen vorsichtigen Schluck von dem heißen Gebräu. »Wow, der schmeckt heute aber anders als sonst. Fast so gut wie der von Rosa. Was hast du gemacht?«

»Gable in der Küche getroffen. Er hat mir was von seinen Bohnen abgegeben. Als Friedensangebot, jetzt, wo die Kinski sich verlobt hat.«

»Siehst du, er ist kein schlechter Kerl.« Zufrieden spannte sie einen neuen Bogen Papier ein, fragte dann: »Wenn ihr euch wieder vertragt, kannst du doch heute Abend mit mir ins *Café unter den Linden* gehen, auf die zukünftige Frau Reibetanz anstoßen. Jetzt macht es doch nichts mehr, dass Gable da singt.«

»Nein.« Hans schüttelte den Lockenkopf. »Ich hab keine Zeit.«

»Ach, komm schon. Ich zahl dir auch Dauerwellen und ein hübsches Kleid. Komm, du hast gesagt, wir wollen wenigstens Freunde bleiben.«

»Natürlich, Fritzi, aber ich hab einfach keine Zeit, ich muss arbeiten.« Und schon in der Tür, ergänzte er: »Tut mir wirklich leid.«

»Ich bin ganz schrecklich beschwipst«, gestand Fritzi Gable und ließ ihren Kopf an seine breite Brust sinken. Ihr war ein bisschen schwindlig, das lag vielleicht am Herumgewirbel beim Schwofen, ganz sicher aber an den Cocktails, die Reibetanz zur Feier der Verlobung zahlte. »Und das ist deine Schuld.«

»Meine Schuld«, echote er, und seine schwarzen, ewig feucht schimmernden Augen blickten ungläubig. Sie an ihren Tisch zurückbegleitend, fuhr er fort: »Ich bin ja bekanntlich an sehr vielem schuld, und das auch mit großem Vergnügen und noch größerer Bereitschaft, aber was habe ich damit zu tun, dass du zu viele von diesen ekelhaft klebrigen Cocktails getrunken hast?«

Über seine Worte musste Fritzi erst einmal so kichern, dass sie eine Weile nichts erwidern konnte, dann erklärte sie: »Du schaust immer so ärgerlich, wenn ich mit anderen Männern tanze und du auch noch dazu singen sollst. Und weil ich ein freundliches Mädchen bin, lass ich es dann lieber gleich. Aber du, du kannst ja nur alle zwei Stunden mal pausieren, um mit mir zu schwofen, und es ist auch kein Gewinn, wenn das Saxophon dann deinen Part übernimmt, also muss ich die meiste Zeit mit Inge und ihrem grauenhaften Reibetanz am Tisch bleiben. Und den Reibetanz, den ertrag ich nur arg beschwipst.«

Eigentlich ertrug sie gerade die Männer grundsätzlich nur arg beschwipst. Es fing mit Hans an, der sie einfach nicht hatte begleiten wollen, ging über Wlad und Rosa weiter, die einen *topunverschiebbaren* Termin für einen Kurs zur Partnermassage hatten, und endete direkt bei ihrem Exverlobten Gustav. Der hatte die Dreistigkeit besessen, ihr zu schreiben und *ein Freundschaftsbesüchle* anzukündigen.

Und dann auch noch Reibetanz. Der blähte sich wie ein Ochsenfrosch vor seinen Kollegen bei der Kreditbank mit seiner hübschen Braut.

Inge nervte sie im Moment aber auch, Inge, die allen ständig ihren Verlobungsring mit echtem, lupenreinem Diamanten vorführen musste. »0,2 Karat«, ließ sie auch jetzt wieder vernehmen, und eine Dicke mit Grübchen am Kinn quietschte vor Begeisterung. Die Dicke war eigentlich ganz nett, die wohnte auch halbhalb in der Künstlerkolonie und wollte gleichfalls für die Gruschenka vorsprechen, genau wie eine elegante Blondine mit armlanger Zigarettenspitze.

»0,2 Karat«, wiederholte Inge indessen, und Gable schenkte Fritzi ein schiefes Lächeln, flüsterte ihr zu: »In einer halben Stunde ist Mitternacht, da schließt der Laden hier. Ich bin noch müde vom Wochenende, ich geh heute direkt heim, wenn du willst, nehm ich dich dann mit. Ich hab aktuell einen Wagen. Leihgabe von einem Bewunderer.«

Fritzi überlegte einen Moment, eigentlich tat ein vernünftiges junges Fräulein so etwas nicht. Allein mit einem Herrn ins Auto steigen. Vor allem nicht, wenn der Herr einen solchen Ruf hatte und das junge Fräulein einen Schwips – aber andererseits hatte er so seelenvolle Augen und sie eben einen Schwips.

»Ich überleg es mir«, flüsterte sie zurück und trat an ihren Tisch, wo sie sofort wieder mit großem Hallo in Empfang genommen wurde. Einer von Reibetanz' Kreditbankkollegen, der ihr einen besonders betrunkenen Eindruck machte, wollte wissen, ob sie mit dem *glücklichen Herrn Sänger* verlobt sei, und Inge, die schon wieder Schluckauf hatte, erklärte ziemlich undeutlich, dass Fritzi Gables Mädchen sei, und Reibetanz lachte schallend über irgendetwas, das die Mollige gesagt hatte, und die elegante Blonde sah gar nicht mehr sehr elegant aus und wiederholte ständig, ihr sei schwindlig und bestimmt habe sie eine Lebensmittelvergiftung, und einer vom Film nickte zu jedem ihrer Sätze, tätschelte ihr den Hals, aber als sie erklärte, ihr sei übel, da rückte er weg, und Fritzi dachte an Hans, der vermutlich jetzt gerade in der nächtlichblauen Ruhe seines Zimmers saß und beim leisen Zischen des Gaslichtes irgendetwas sehr Wichtiges, sehr Schönes schrieb.

Dann begann die elegante Blonde sich würgend zu übergeben, und Inge heulte vor Glück oder Wut, und Fritzi bestellte noch einen Cherry Cobbler, der es ihr ermöglichte, auch die letzte halbe Stunde dieses Abends mit Anstand hinter sich zu bringen. Wie sie dann zu Gable in den Wagen gekommen war, hätte sie aber später nicht mehr zu sagen gewusst, erst als sie schon in Richtung Grunewald einbogen und er konstatierte: »Scheiße, du bist echt blau wie ein Walfisch«, wurde sie wieder etwas klarer.

»Anders war's nicht zu ertragen«, gestand sie. »Inge tut mir so leid. Sie liebt den Kerl doch gar nicht.«

»Inge muss dir nicht leidtun. Die weiß ganz genau, was sie da kriegt. Ein geregeltes Einkommen nämlich, und im Gegensatz zu jetzt braucht sie dafür nur mit einem einzigen Kerl ins Bett zu gehen. In Babelsberg ist sie tot, und das weiß sie auch. Da müsste schon ein Wunder passieren, dass sie noch mal für eine größere Rolle besetzt wird.« Einen Moment kämpfte er mit der Schaltung, dann fuhr er fort: »Außerdem ist er doch so hässlich nicht. Natürlich ist er kein Graf Sawicki, aber manchmal muss man sich eben begnügen. Wir leben ja nicht in einer Schmonzette.«

Fritzi nickte einige Male, allerdings mehr aus Höflichkeit denn aus Überzeugung.

»Manchmal muss man im Leben einfach realistisch sein.«

Das Licht der vorbeiziehenden Laternen warf seltsame Schatten auf sein schönes, männlich klar geschnittenes Gesicht, und wieder nickte Fritzi. Vielleicht musste man manchmal wirklich realistisch sein, und die Realität sah leider so aus, dass Hans ihr den Laufpass gegeben hatte. Aber nicht nur das, die Realität sah ganz einfach so aus, dass für Hans die Literatur immer an erster Stelle kommen würde. Wie hatte Sawicki so treffend gesagt: *Und Hans, Hans war in die Idee verliebt, Schriftsteller zu werden.* Die Realität sah so aus, dass Hans lieber abends arbeitete, als sie zu begleiten, und dass sich daran niemals etwas ändern würde.

Sie seufzte tief, und Gable lachte sie mit seinen blitzend weißen Raubtierzähnen an. »So viel Realität auf nüchternen Magen. Kein Wunder, dass man da was trinken muss.«

Er sah einfach umwerfend aus – natürlich, er war nicht Hans, aber vielleicht war das auch ganz gut? Und in dem Moment, in dem der Wagen knirschend auf dem Weg zur Villa einfuhr, griff sie seine Hand am Lenkrad. »Danke, dass du mich verstehst«, flüsterte sie.

»Bitte«, lachte er und entzog ihr seine Hand. Sie waren jetzt fast vor dem Geräteschuppen. »Fritzi, du bist betrunken.«

Sie nickte. Das war sicher wahr, aber las man nicht immer wieder von Männern, die derartige Situationen schamlos ausnutzten? Sie sah in seine dunklen Augen und betete, er möge seinem schlechten Ruf gerecht werden. Er war nicht Hans, aber sie lebten ja tatsächlich nicht in einem Liebesroman, wo die tapfere kleine Heldin am Ende ihren geliebten Chef abkriegte. Und überhaupt, das war doch nicht mehr zeitgemäß.

»Da wären wir«, sagte er, wobei er auf die Bremse trat. »Ich wart noch, bis du drin bist.«

»Ich könnte auch …« Sie ließ den Satz in der Luft hängen, doch Gable schüttelte ärgerlich den Kopf: »Fritzi, du bist sternhagelvoll, und du bist wütend, weil Inge einen Kerl heiratet, den sie nicht ausstehen kann, und weil Hans lieber an seinem Roman hockt, als mit dir auszugehen. Das versteh ich alles, aber ich bin auch ein Mensch. Das mag für viele Leute immer wieder eine Überraschung sein, aber ich bin durchaus ein menschliches Wesen. Und mitunter habe ich sogar Gefühle, auch wenn ich sie – im Gegensatz zu beispielsweise Hans – nicht mit jedem teilen muss. Hat sich irgendeiner mal gefragt, wie es mir bei der Geschichte mit der Hundepeitsche ging? Ist vielleicht mal irgendeiner auf die Idee gekommen, dass diese miese Kuh für mich hätte mehr sein können als nur meine Aktuelle? Nein, weil ich nämlich der Böse bin. Ich bin der Arsch. Das ist okay, damit kann ich leben. Hab ich mich dran gewöhnt. Aber den Lückenfüller muss ich nicht auch noch geben. Also bitte steig einfach aus. Bitte.«

Trotzig wischte er sich über die Augen. »Verdammt, du bist ja immer noch da. Bitte geh doch einfach. Die Vorstellung ist beendet. Worauf wartest du noch? Willst du deinen tollen Freunden Rosa und Wlad nachher ganz genau erzählen können, wie es war, als der infame Gable die Fassung verloren hat?« Er weinte nun ganz offen, und einen kurzen, ratlosen Moment zögerte Fritzi, dann presste sie seinen Kopf fest gegen ihr Schlüsselbein, fuhr ihm tröstend über das pomadenstarre Haar. »Schsch, ganz ruhig. Schsch.«

»Ich hab's so satt. Ich hab's so satt.« Der dünne Stoff ihres Abendkleides begann feucht auf der Haut zu kleben, und sie bemerkte, dass sie sich plötzlich wieder ziemlich nüchtern fühlte. Nüchtern, aber sehr verzweifelt. »Kurt, es tut mir so leid. Ich wollte dich nicht verletzen.«

»Ist schon in Ordnung.« Abermals wischte er sich die Augen, dann schnäuzte er sich. Er wirkte schon wieder gefasst. »Du kannst ja nichts dafür. Ich … ich … hab's nur so satt. Ich bin vielleicht kein Graf und kein Idealist, und blonde Locken habe ich auch keine, aber ich bin doch deshalb nicht komplett wertlos. Ich bin kein Lückenfüller.«

»Nein, das bist du nicht. Komm her.« Sie fuhr ihm mit

ihrem Taschentuch über die feuchten Wangen. »Du bist wundervoll.«

»Danke.« Abschätzig schnaubend, steckte er sich eine Zigarette zwischen die Lippen, dann bat er sie plötzlich: »Geh mit mir essen. Nur wir zwei. Morgen. Morgen haben sie im *Café unter den Linden* geschlossene Gesellschaft. Eine von den Edelnutten irgendeines Ringvereinsbosses feiert Geburtstag, die bringt ihre eigene Musik mit, der sind wir nicht fein genug, da hab ich frei. Bitte geh mit mir essen.«

»Mach ich«, versprach sie. »Das mach ich gern.«

»Ich kann mir aber nichts so Schniekes leisten, kommst du trotzdem?« Sie hatte die Tür geöffnet und drehte sich noch einmal zu ihm um: »Natürlich. Es ist mir ganz egal, wo wir hingehen.«

»Dann bis morgen um sieben. Und eins noch, behältst du's für dich? Ich meine, das alles?« Sie nickte und schloss dann leise die Autotür.

»Ist doch klar«, rief sie ihm nach, doch sie konnte nicht sagen, ob er sie noch gehört hatte.

8 Kapitel

Lieber Gustav, herzlichen Dank für Deinen Brief, den ich gestern erhielt. Ich möchte Dich hiermit ersuchen… hatte Fritzi durchaus mit Schwung geschrieben, aber nun wusste sie nicht weiter.

Seit bald zwanzig Minuten saß sie auf dem Teppich der Bibliothek, kraulte Gregors struppiges, leicht nass riechendes Fell und überlegte. Worum sollte sie ihn zuerst ersuchen? Dass er doch gefälligst aufhören möge, sie sein *Schnuffelhäschen* zu nennen, oder sollte sie das einfach schlucken und nur darum bitten, dass er von seinem *Freundschaftsbesüchle* Abstand nehmen solle?

Sie seufzte tief und lauschte. Durch die nur angelehnte Tür zu ihrem Büro drang hin und wieder gedämpft Hans' Stimme. Trotz wüsten Katers war sie überpünktlich erschienen, weil sie ihm vor dem Ullstein-Gespräch noch hatte Glück wünschen wollen, aber als sie ins Zimmer trat, da hatte er schon telefoniert, hatte ihr nur durch Winken zu verstehen gegeben, dass sie verschwinden sollte.

Sie besaß zwar keine Uhr, doch dem Gefühl nach war das jetzt bald vor einer Stunde gewesen. Vielleicht sogar länger, zunächst hatte sie sich nämlich die Zeit damit vertrieben, die Bibliothek zu bewundern – die prächtigen, hochflorigen Perserteppiche mit den mattstaubigen Farben, die stehen gebliebene Uhr über dem Kamin, die einheitlich in ochsenblutfarbenes Leder gebundenen Prachtstücke im hinteren Teil des Raumes und die bunt gewürfelten Romane, Hefte, Taschenbücher in Russisch, Englisch, Französisch, Deutsch und Polnisch in dem Teil, den Hans noch regelmäßig benutzte. Die gewohnheitsmäßige Nutzung war auch an Hans' ewig überquellenden Aschenbechern und den zu grotesken Stillleben arrangierten Türmen aus schmutzigen Tassen, Apfelbutzen und vertrockneten Brotrinden erkennbar.

Heute hatte dieses Chaos Fritzi geärgert – vermutlich, weil sie sowieso schlecht auf ihn zu sprechen war. Rosa hatte beim Frühstück in aller Unschuld erzählt, Hans habe am vergangenen Abend Sawicki zu Besuch gehabt und er hätte mit den beiden ein paar Partien Billard gespielt.

Als Fritzi das hörte, hatte sie innerlich vor Wut platzen mögen. Dafür war Zeit, aber sie zu Inges Verlobungsparty zu begleiten, das ging nicht, der Herr Autor musste ja arbeiten. Und ihr Ärger über Hans hatte die Gedanken an den kommenden Abend, an die Verabredung mit Kurt, in ihr Bewusstsein gedrängt, und da hatte sie beschlossen, zumindest die Gustav-Sache zu klären. Nur leider hing sie jetzt auch mit dem Brief fest. Also lauschte sie wieder angespannt, ob Hans' Stimme nach schlechten Neuigkeiten klang. Dummerweise war nur kurz anschwellendes Murmeln zu hören.

Seufzend setzte sie sich mit dem Rücken gegen eines der Bücherregale, zog die Beine an, und mit einem ziemlich schlechten Gewissen nahm sie Joseph Roths *April* aus ihrer Handtasche. Sie wusste, sie hätte gut daran getan, die Gruschenka noch ein wenig zu üben, aber die Leselust war einfach stärker. Außerdem hatte der unglücklich verliebte, Strohhalme vor dem Ertrinken rettende Protagonist der Erzählung sie auf eine Idee für eine kleine Glosse gebracht. Drei flotte Spalten über die Macken der Berliner Junggesellen, das machte ihr bestimmt Spaß zu schreiben, und als sie Rosa davon erzählte, hatte der sich vor Lachen gebogen und gemeint, das brächte sie bestimmt in der *Style* oder sogar im *Uhu* unter. Die erste Szene ihres Drehbuchs nahm auch langsam grob Gestalt an, Hans war eben nicht der einzige Mensch, der einen geraden Satz rausbrachte.

Im nächsten Moment riss eben dieser die Tür zum Büro auf.

»Ich habe mit Hermann Ullstein gesprochen«, rief er mit roten Flecken im Gesicht.

»Das weiß ich.« Einerseits hoffte sie natürlich auf gute Neuigkeiten, andererseits war sie wütend wegen der Lüge, wegen des Nichtmitkommenwollens, wegen des herrischen Aus-dem-Zimmer-Scheuchens, und so fragte sie nur knapp: »Was ist rausgekommen?«

»Sie waren von dem Manuskript schwer beeindruckt und hatten eigentlich vor, es für das kommende Frühjahrsprogramm anzukaufen, aber dann haben sie meinen Beitrag über die Kriegsirren gelesen und sich umentschieden.« Er lächelte sehr zufrieden. »Hast du heute Abend schon was vor? Ich würde dich gern ins Rupinskis ausführen und dir da alles in Ruhe erklären. Ich hab's jetzt nämlich ziemlich eilig, heute ist doch Mittwoch, ich sollte die um viertel nach kriegen. Aber es ist alles besser als bestens.«

»Nein, ich habe heute keine Zeit.« Es bereitete ihr durchaus Genugtuung zu sehen, wie sich seine Züge verdunkelten. »Ich bin schon verabredet.«

»Das ist jetzt aber ungeschickt.« Hektisch sah er sich nach irgendetwas um, das sich schließlich als sein auf den Boden geworfenes Sakko herausstellte. »Kannst du das nicht verlegen?«

»Nein, kann ich nicht.« Sie schüttelte den Kopf. Sie war doch nicht sein Schoßhündchen, wenn ihm der Sinn danach stand, sollte sie springen und ansonsten sehen, wo sie blieb. Außerdem tat ihr Kurt leid, dem lag vermutlich wirklich viel an dem Essen, das jetzt zu verschieben, weil Hans Launen hatte, das brachte sie nicht übers Herz. »Sag mir doch jetzt, was ihr besprochen habt. Kaufen sie das Buch?«

»Fritzi, lass es uns in Ruhe besprechen. Ich bitte dich. Ich hab doch gesagt, ich muss los. Ich kann nicht alle schalu machen und dann zu spät kommen. Heute ist Mittwoch, da schließen sie um zwölf.« Entnervt pfiff er Gregor auf zwei Fingern. »Aber es ist alles absolut bestens. Ich darf die Paris-Serie machen, die über die Surrealisten, von der ich so geträumt habe. Unter anderem.«

»Dann reist du also nach Paris?« Vor Schreck wurde ihr ganz schwach in den Beinen. »Für wie lange und wann?«

»Keine Ahnung. Vermutlich so bald wie möglich, aber erst mal nur für drei, vier Monate. Wenn die Serie ankommt, länger. Fritzi, ich muss wirklich los! Wir sprechen in Ruhe. Morgen Abend ist auch noch Zeit.«

Sie nickte. Das konnte doch nicht sein Ernst sein? Er konnte sie doch nicht einfach so verlassen? Er hatte ihr schon so gefehlt, als er nur für knapp zwei Tage auf Recherche war, und jetzt wollte er für ein paar Monate mit offenem Ende verschwinden? Ob man vor Unglück erfrieren konnte? Und die Arme fest um den Oberkörper geschlungen, fragte sie: »Brauchst du denn dann noch ein Tippfräulein?«

»Was weiß ich? Vermutlich schon.« Er hatte bereits Hut und Mantel an, war schon halb auf dem Gang, als ihm der Sinn ihrer Frage aufzugehen schien, und kopfschüttelnd ergänzte er: »Ich nehm dich doch nicht als Tippfräulein mit. Manchmal hast du echt drollige Vorstellungen. Lass es uns alles morgen in Ruhe besprechen, ja?

Na egal, ich bin weg. Gregor, Fuß!«

»Das hab ich jetzt echt gebraucht!«, stellte Inge zufrieden und mit vollem Mund fest. Nach ihrem ausgedehnten Einkaufsbummel und der Jagd nach dem Stoff für Inges Brautkleid hatten sie sich in einem der Automatenbüfetts am Alex belegte Brötchen sowie zwei Flaschen von einem amerikanischen Brausegetränk mit sonderbarem Namen gekauft und saßen nun auf einer Bank vor dem Bahnhofsgebäude, genossen das milde Wetter und stärkten sich für den Heimweg.

»Und wie spricht man den Namen von dem Zeug jetzt noch mal aus?« Ratlos betrachtete Fritzi ihr Glasfläschchen mit dem Strohhalm. »Mit weichem C wie in Caesar?«

»Genau, alles andere klänge ja auch doof. *Zoka Zola* wird's gesprochen«, wiederholte Inge geduldig und beugte sich dann über Fritzis Papiertüten. »Jetzt zeig noch mal, was hast du alles gekauft?«

Sie hatte ein schlechtes Gewissen, so viel Geld für Kleider und derartigen Unsinn ausgegeben zu haben, andererseits nagte an ihr das Gefühl, ein bisschen Trost verdient zu haben. »Also, erst mal das für das Sommerkleid und das für das passende Strickjäckchen.« Sie zeigte der Freundin noch einmal den grün-weiß gestreiften Stoff und die weiße Wolle, öffnete dann die andere Tüte, holte die blau geblümte Seide hervor. »Und das für ein neues Unterkleid bzw. für ein Nachthemd. Muss ich halt schauen, wie viel ich rauskrieg. Aber halber Preis ist halber Preis.«

»Und so weich! Das wird topelegant!« Begeistert strich Inge darüber, überlegte dann einen Moment herzhaft kauend. »Wer kriegt es denn zu sehen? Ich meine, das Unterkleid Schrägstrich Nachthemd.«

»Vermutlich Gregor«, seufzte sie. Sie hatte keine große Lust, an die ganze Misere zu denken. Da war ihr nur nach Heulen und Toben und Sichbetrinken und Konfektfuttern und Sich-unter-der-Decke-Verkriechen und alles gleichzeitig. »Hans geht nach Paris, und schon den Gedanken, sein Tippfräulein mitzunehmen, fand er abwegig. Außerdem hat er mich gestern angelogen.«

»Und was ist mit Gable? Du verpasst was! Wirklich. Ich war letzten Herbst mal seine Aktuelle, und wirklich, der hat Kommant.« Ein sehnsüchtiger Ausdruck hatte sich in Inges Züge geschlichen, und Fritzi glaubte, unter der dicken Puderschicht ein leichtes Erröten zu bemerken. »Ne, ne, du, der ist wirklich eine Sünde wert!«

»Kann sein. Und er ist ja auch nett und hübsch und alles, aber ich bin eben nicht in ihn verliebt.«

»Unschuldslämmchen, lass dir von mir eins gesagt sein: Ob du, du als Frau meine ich, verliebt bist, das ist zweitrangig bis egal. Er, der Mann, muss verliebt sein. Und ich glaube, dass Gable in dich verliebt ist. Er schaut dich manchmal so an. Und warum sonst sollte er dich heute zum Essen ausführen? Wenn er dir einen Antrag macht, dann sag sofort ja. Die Chance kommt nicht wieder.« Zärtlich strich Inge ihr eine Strähne unter den Glockenhut, flüsterte dabei: »Weißt du, es ist doch so, wir Frauen wir sind immer die Schwächeren, die Unterlegenen. Körperlich und auch finanziell – so eine Erbin wie die Kinski mag die Ausnahme sein, aber mit dem, was ich als Mannequin und du durchs Tippen verdienen, da kriegen wir uns ja selber kaum satt. Deshalb müssen wir entweder eine sagenhafte Topkarriere beim Film machen oder eben heiraten. Und wenn wir heiraten, dann halt nach Möglichkeit einen, der sichere Arbeit hat, der nicht trinkt und nicht schlägt und nicht spielt. Liebe ist im wahren Leben für uns Frauen nicht wichtig, deshalb kriegen wir ja die Babys, damit wir auch was zum Liebhaben haben.«

»Das stimmt bestimmt, aber ich liebe eben Hans. Ich liebe wirklich alles an ihm, sogar seine ewig überquellenden Aschenbecher und die falsch gesetzten Kommata. Ich brauch ihn nur anschauen, und mir wird flau.«

»Du bist halt verknallt in ihn. Ist auch kein Wunder, wenn's einen nicht stört, dass er komplett manoli ist, dann hat er sicher was.« Inge zuckte gleichgültig die Schultern. Einen Moment schwiegen sie beide, nicht weit von ihnen hatte ein Leierkastenmann etwas aus dem *Zigeunerbaron* zu spielen begonnen, und sein Äffchen tanzte in einer kleinen Uniform dazu drollig im Takt. Plötzlich strömten von überall begeistert lachende Kinder an ihnen vorbei. Nach einigem Nachdenken sagte Inge: »Mach nicht den Fehler, wegen dem und seinem Strubbelkopf die Chance auf eine Ehe mit Gable zu verpassen. Schau dir mich an, ich war mal so schrecklich kolossal top in einen Studenten verliebt, er hat gesagt, wenn er erst fertig ist, dann heiraten wir. Ich hätte nach Köln auf die Schauspielschule gekonnt. Ich hatte ein Stipendium, mein Fräulein Lehrerin von der Volksschule hatte sich für mich eingesetzt. Bis ich ihn kennenlernte, da wollte ich immer nur eins: Schauspielerin werden. Bei jeder Schulaufführung war ich dabei, und wenn ich mal ein paar Groschen hatte, bin ich ins Kino. Das war wirklich mein ganz großer Traum und dann ist der Dreckskerl gekommen, und ich konnte mir nicht mehr vorstellen, auch nur einen Tag ohne den zu überleben, und Köln war so weit weg und er, Berliner, konnte sich nicht vorstellen, woanders zu wohnen, und was sollte das Ganze überhaupt bringen, wir wollten ja eh heiraten. Also bin ich hiergeblieben, Ladenmädchen geworden, und weißt du, was dann passiert ist? Dann war er fertig studiert, und da war ich ihm plötzlich nicht mehr gut genug, da hat er die Tochter von so 'nem anderen Studierten geheiratet und ist mit der nach Köln gezogen. Wirklich nach Köln. Ausgerechnet! …«

»Ach, Inge.« Sie schlang einen Arm um die Freundin. »Warum hast du dich danach nicht noch mal an der Schauspielschule beworben?«

»Ich war zu alt, und außerdem war's mir peinlich, bei meiner Volksschullehrerin noch mal um Unterstützung zu betteln. Die hatte mir das gleich prophezeit.« Inge klappte ihre Puderdose auf, betrachtete sich in der kleinen Spiegelfläche. »Für mich ist der Zug abgefahren. Ich bin ja auch ganz glücklich mit meinem Reibetanz. Dann gehör ich endlich mal wohin, und er verdient ordentlich und ist treu. Lach nicht, aber das ist mir wirklich wichtig. Dass er treu ist. Irgendwas will ich auch mal ganz allein für mich haben.«

»Ja, das versteh ich – aber Gable ist bestimmt nicht treu. Kann er wahrscheinlich gar nicht.«

»Doch bestimmt«, beteuerte Inge. »Als er damals mit der Kinski gegangen ist, also vor Hans und Meetenkamp und dem allen, da ...«

»Guten Abend, Fräulein Lack.« Vor ihnen stand plötzlich der kleine Sohn der Metzgertochter. »Wir haben meinen Onkel besucht. Nicht die Maus, den anderen. Der ist Kommissar, der arbeitet auf dem Revier hier. Er hat eine Pistole und ein Auto, was ihm aber nicht wirklich gehört.«

»Guten Abend«, sagte der massige Mann, der den Jungen an der Hand hielt. Die karottenroten, im Abendlicht geradezu glühenden Haare kennzeichneten ihn eindeutig als den Vater. Fritzi konnte sich gut vorstellen, dass er vor zehn Jahren und zwanzig Pfund ein ungeheuer schneidiger Kompanieführer gewesen war. Wie hatten ihn die anderen Männer noch genannt? »Richten Sie doch Herrn von Keller herzliche Grüße von uns aus, ja? Es muss eine Ewigkeit her sein, dass wir uns das letzte Mal unterhalten haben.«

Den Zuhälter! Genau!

»Das mache ich«, versprach Fritzi, und Wilhelm Genzer lächelte auf unpersönliche Art freundlich, wandte sich dann wieder an seinen Ältesten: »Komm, Konny, weiter. Die Mama mag's nicht, wenn das Essen kalt wird.«

Sie blickte den beiden nach und dachte an Hans' Worte über den Vater. *Er hat seine Frau kennengelernt und meines Wissens nie wieder eine andere angesehen*. So etwas gab es also, selbst bei Männern, die sich den Beinamen *der Zuhälter* verdient hatten. Und seufzend stand sie auf, sagte entschieden: »Ich muss auch los. Ich möchte Gable nicht warten lassen.«

»Isst du mit?«, fragte Rosa in dem Moment, in dem Fritzi die Tür zum Geräteschuppen aufstieß. »Ich hab was Neues ausprobiert. Französisch, Hans zu Ehren. Und weil mein Kinderfräulein zum Nachtmahl kommt.«

»Keine Zeit«, erklärte sie, und das stimmte sogar. Sie hatte den Weg von der Elektrischen zur Villa mal wieder ungehörig in die Länge gezogen, sich an den in der langen Dämmerung duftenden Mandelblüten des Nachbargartens erfreut und es geschafft, dennoch düstere Gedanken zu hegen. Was nur sollte sie Kurt sagen, wenn er ihr, wie Inge mutmaßte, tatsächlich einen Antrag machte? Und was, wenn nicht? Was, wenn er sie nur als *seine Aktuelle* wollte? »Ich muss gleich weiter.«

»Ja, das hat Hans schon erzählt. Ich meine, dass du ihm einen Korb gegeben hast.« Rosa klang ein wenig, als hätte er selbst die Abfuhr bekommen, und in demselben leicht anklagenden Ton ergänzte er: »Was ist denn so wichtig?«

»Gable geht es nicht besonders. Er braucht jemand zum Reden.«

»Ich wusste gar nicht, dass er auch redet.« Derartige Bösartigkeiten waren für Rosa eher untypisch, und um das Thema zu wechseln, fragte sie:»Sag mal, war die Kinski mal mit Gable zusammen? Ich meine, vor der Sache mit der Hundepeitsche?«

»Keine Ahnung. Er ist erst im Herbst hier eingezogen. Und da hat sie jedenfalls schon was mit diesem Stahlmenschen gehabt. Aber ihre erste Ehe, die mit dem Kinski, die ist jedenfalls wegen irgendeinem *jüdischen Kneipensänger* geplatzt, gab damals viel Gerede deshalb. Ich hab da nie einen Zusammenhang hergestellt, könnte allerdings schon Gable gewesen sein«, Rosa grinste amüsiert und fuhr fort, Kartoffeln zu pellen. »Ach, bevor ich's vergess: Du bist Wlads Cousine – also nur, falls du meinem Kinderfräulein über den Weg läufst.«

»Warum denn das?« Mit eiligen Strichen begann sie sich die Lippen zu röten.

»Sie weiß nicht, dass Wlad und ich 175er sind. Es würde ihr das Herz brechen, und sie würde denken, dass sie irgendwas in der Erziehung falsch gemacht hat.« Er schüttelte den Kopf, und wie immer, wenn er nicht zugeben wollte, dass ihn etwas bedrückte, lachte er auf diese unfrohe, seltsam harte Weise. »Ich wollte dich halt nicht entehren, weil du mit zwei jungen, unverheirateten Männern unter einem Dach wohnst, und deshalb hab ich behauptet, du wärst Wlads Cousine. Jetzt möchte sie dich zwar an mich verkuppeln, aber das ist mir egal.«

»Wenn du mich fragst, die Antwort ist: Ja!« Sie gab ihm einen Kameradschaftskuss auf den Nacken. »Du hast gewissermaßen das Vorkaufsrecht – vor allen anderen. Ich glaube, wir wären ein ganz wunderbares Ehepaar. Du kochst und putzt und verdienst das Geld, und ich ess, was du gekocht hast, und mach Schmutz. Wir wären bestimmt sehr glücklich zusammen.«

»Na, das behalte ich mal für mich. Nicht, dass es noch zum Duell kommt, ich bin kein besonders guter Schütze.« Amüsiert naschte er ein Kartoffelschnitzchen, zeigte dann mit dem Schälmesser auf das Entenkükensofa. Da lag ein Buch, Joseph Roths *Hotel Savoy.* »Hans war übrigens vorhin kurz hier und hat das für dich abgegeben.«

»Danke«, nuschelte sie, und ohne es weiter zu betrachten, steckte sie es in ihr Handtäschchen. Da hatte sie wenigstens was für in der Elektrischen zum Lesen. »Wo ist denn Wlad?«

»Im Zoologischen Garten. Beim Aquarium. Das hat es ihm angetan.«

Schlagartig erinnerte sich Fritzi, dass Hans gemeint hatte, Wlad besuche überhaupt nicht die Fische. Aber was tat er dann, wovon Rosa nichts wissen sollte? Und weil ihr der Gedanke sehr unangenehm war, der sanfte Rosa könne in irgendeiner Weise hintergangen werden, wechselte sie das Thema. »Hat Hans außer dem Buch noch was gesagt? Er hat mir so gut wie gar nichts von seinem Telefonat erzählt.«

»Ja, ja, das hat er mir verraten. Ich mein, dass er so am Rennen war, weil er doch unbedingt vor zwölf bei Sawicki sein musste. Hans ist auch manchmal verwirrter als andere Menschen, er hätte da doch auch einfach anrufen können?« Kopfschüttelnd begann er, Karotten zu schnippeln und in einen Kochtopf voll dampfender Hühnerbrühe zu werfen. »Ich glaub aber, er will es dir selbst erzählen. Er ist furchtbar stolz, und das kann er auch sein. Du musst ihn dann aber gebührend loben. Wir Autoren werden sehr gerne gelobt.«

Gar nichts musste sie, und gar nichts würde sie. Die Erwähnung von Sawickis Namen hatte gereicht, in ihr erneut die Wut über seine dreiste Lüge hochkochen zu lassen, und dann hatte er ihr wegen dem also auch noch nicht erzählt, was er eigentlich mit Herrn Ullstein besprochen hatte. Voll Ingrimm pomadisierte sie ihre Haare.

»Und das mit der Pariser Artikelserie steht?«

»Keine Sorge, Paris ist wunderschön.« Rosa lachte ihr zu, dann zeigte er aus dem Fenster und meinte: »Ich glaube, da kommt dein Gable.« Ihr in den Mantel helfend, ergänzte er zufrieden: »Ich bin froh, dass du bei uns bist.«

»Wo gehen wir denn hin?«, fragte sie und hakte sich bei Kurt unter. Er lächelte geheimnisvoll: »Das wüsstest du jetzt gern, oder? Wo besonderes.« Einen Moment schien er wieder in seine Rolle des charmanten Verführers zu verfallen, dann sagte er jedoch sachlich: »Ich stand vor einem ziemlichen Problem. Wlad erzählt überall herum, dass du eigentlich heute ins Rupinskis ausgeführt werden solltest – also sollte es ja mindestens so schick wie das Rupinskis sein, nur so was kann ich mir nicht leisten. Irgendwann hab ich gedacht, ich nehm das komplette Gegenteil, und wir gehen zu der Russenkneipe am Alex, die Idee fand ich ganz gut, nur dann ist mir eingefallen, dass ich da schon ein paar Mal mit meinen Bettgeschichten war, und das wäre dann auch wieder blöd gewesen. Aber jetzt habe ich die perfekte Lösung gefunden …«

»Das ist schön. Wo soll ich lang?«

»Zurück zur Villa. Ich hab nämlich gekocht.«

Da war Fritzi doch baff. Natürlich kochte Rosa jeden Abend und auch wirklich gut, allerdings war Rosa eben ein halbes Mädchen und gab auch zu, weinen zu müssen, wenn's im Kino gefühlig wurde. Dass ein normaler Mann mehr kochte als einen Kaffee oder mal ein belegtes Brot, war ihr noch nie untergekommen.

Sie war zugegebenermaßen dann fast erleichtert, als sich Kurts *Gekocht* als eine große, leicht angemackte Schale voll Rührei herausstellte. Inzwischen vermutlich kaltem Rührei.

»Das habe ich seit einer Ewigkeit für niemanden mehr gemacht. Immer nur für mich allein«, erklärte er und deutete mit einer Handbewegung an, dass sie sich aussuchen durfte, ob sie lieber auf seinem Bett oder auf einer umgedrehten Weinkiste sitzen wollte. Einen Stuhl gab es in dem winzigen Zimmer ebenso wenig wie einen Tisch oder einen Schrank. Er schien aus dem ziemlich ramponierten Lederkoffer zu leben, auf dem jetzt die Rühreischüssel stand. »Du bist auch die Erste, die ich hier hab. Also ich mein, hier in meinem Zimmer. Macht halt nicht viel her.«

»Ich finde es wundervoll!« Das war nicht einmal gelogen. Sie mochte das Dachfenster über dem Kopfende des Bettes, und ihr gefiel die in einer leeren Weinflasche steckende Kerze auf der Leihbüchereiausgabe von Karl Mays »Der Schatz im Silbersee«.

»Danke für das Vertrauen, das ist lieb von dir.«

»Guck mal, auf dem Kissen. Die Puderdose, das muss deine sein, oder?« Tatsächlich, da war ihr Döschen. Das musste sie gestern verloren haben! »Hast du im Auto gelassen. Was möchtest du trinken? Ich hab Wasser, Schnaps und Rotwein. Den Wein habe ich extra für heute gekauft. Ich trink eigentlich keinen, weil ich nie weiß, was ich sagen soll, wenn mich der im Laden fragt, was ich möchte. Aber heute war es einfach, ich musste dem nur den Anlass sagen, und dann hat er mir einen gebracht.« Mit rührendem, seltsam an seine ungelenke Schrift erinnerndem Eifer hielt er ihr eine grüne Flasche mit schönem Etikett entgegen, und Fritzi versuchte sich an einem beeindruckten Gesichtsausdruck.

Sie fragte sich, was er als Anlass genannt hatte?

Er zog den Korken mit dem Taschenmesser und erzählte weiter: »Ich hab auch noch Pudding zum Nachtisch gemacht, aber da hat mir die Freundin von Inge geholfen. Die kleine Mollige, die gestern auch dabei war. Ist das eigentlich die Schwester vom Reibetanz?«

»Nein. Wie kommst du denn auf die Idee?« Fritzi schüttelte den Kopf und setzte sich auf das Bett. Ein Fehler, das Leinzeug war ganz eindeutig frisch gewaschen und genauso eindeutig noch nicht trocken. Innerlich seufzte sie ein wenig. Sie hatte das Gefühl, dass seine Aktuellen zwar vielleicht weniger echte Zuneigung, dafür aber besseres Essen und bestimmt eine weniger feuchte Sitzgelegenheit bekamen.

»Hast du es bequem? Möchtest du rauchen? Ist es dir warm genug? Auf dem Gang ist ein Ofen, soll ich die Tür aufmachen?«

»Alles ganz wunderbar. Nur einen Wein hätte ich gern.« Und wie sie das Wasserglas in Empfang nahm, musste sie an ihre Tante Hulda denken. Die hatte immer gesagt: *Liebe kommt mit der Zeit.* »Ich darf heute aber nicht wieder zu viel trinken. Morgen ist doch das Vorsprechen.«

»Weiß ich. Aber ich glaube, du hast gute Karten. Der Höfgen und ich kennen uns schon lang. Ich denke, so wie du mir die Rolle am Sonntag erklärt hast, wird er dich besetzen.« Er selbst trank seinen Wein aus einer Tasse, und ihr die entgegenhaltend, erklärte er: »Auf dich, die schönste Gruschenka, die je im Film zu sehen war.«

Der Wein war furchtbar. Vielleicht hätte er atmen müssen, oder er passte einfach nicht zu dem kalten, grausam versalzenen Rührei?

»Lecker? Es ist mir ein bisschen angebrannt, aber merkt man gar nicht, nicht wahr? Ich hab da nämlich einen Trick«, erklärte Kurt stolz und aß mit Appetit. »Wenn mir was anbrennt, mach ich immer tüchtig Salz dran, dann schmeckt man es nicht raus.«

»Köstlich«, log Fritzi und überlegte, ob sie das Zeug in schnellen, großen Bissen runterwürgen sollte, um es einfach hinter sich zu bringen, oder ob sie dann Gefahr lief, noch einen Schöpflöffel voll serviert zu bekommen. Vielleicht war der Fraß auch ein ganz subtiles Mittel, Frauen zu verführen? Entweder sie tranken zu viel, weil sie solchen Durst hatten, oder sie nahmen den Beischlaf als Begründung, nicht aufessen zu müssen? »Wirklich ganz köstlich.«

»Das freut mich. Ich hab das früher oft für Lina gemacht, also ich meine für Paulina, also für die Kinski halt. Der hat es auch immer so geschmeckt. Das war lustig, wo sie doch in den elegantesten Restaurants ein und aus gegangen ist.«

»Warum hast du für die Kinski gekocht?«, fragte sie, noch immer überrascht, dass sie bisher in Unkenntnis von deren Vornamen gewesen war.

»Wie warum?« Verwirrung zeichnete sich auf seinen Zügen ab, und sich nachschenkend, erklärte er: »Sie hat das halt gern gemocht. Pudding musste ich ihr auch kochen, das war lustig. Und einmal, das war, als es gerade so hässlich mit der Scheidung von ihrem ersten Mann wurde, also einmal, da stand ich dann morgens um vielleicht drei in dieser riesigen, für eine Horde von Personal gemachten Küche und hab ihr Pudding gekocht, und sie, sie hat auf der Arbeitsfläche gekauert, in meinem alten Hemd, und vollkommen verheult war sie. Und dann, dann hat sie mir die schweinischsten Seemannslieder gesungen, aber mit einer Miene, als wär's das Ave-Maria. Sie kann die alle, weil sie ja in Hamburg aufgewachsen war. Und fluchen wie ein alter Fregattenkapitän hat sie da auch gelernt. Was haben wir manchmal gelacht.« Er seufzte und fasste zusammen: »Wir waren ein Paar; Lina und ich. Oder nein, eigentlich waren wir das nicht, ich hab's nur immer gedacht. Weil sie ihren ersten Mann, den Kinski, wegen mir verlassen hat, aber wahrscheinlich hätte sie das eh irgendwann getan. Allerdings hat sie es auch immer behauptet. Also ich meine, ich hab schon gewusst, dass es noch andere gab, aber ich hab halt gedacht, ich wär was Besonderes. Ich wäre der, an dem ihr tatsächlich was liegt und den sie nur nicht heiraten kann, weil ihr Vater sie sonst enterbt. Vermutlich denken das aber alle. Und alle haben unrecht. Bis auf Hans, ich glaub, den mag sie wirklich.«

»Den hat sie mit dir betrogen …«

»Ja, aber als sie ihn auf ihrer Verlobungsparty mit Meetenkamp das erste Mal getroffen hat, da hat sie mich angerufen und Schluss gemacht. Zwei Tage später musste ich ihnen zwar dann nach Wien nachreisen, aber so was gab's bis dahin bei keinem. Wie ich Hans dafür gehasst habe. Er wusste ja nicht einmal, was er mir antat. Du kannst dir nicht vorstellen, wie ich ihn beneidet habe. Weil er all das ist, was ich nicht bin und niemals sein werde. Blond, aus bestem Haus, gebildet und so verdammt idealistisch. Ich hab mich immer gefragt, warum keiner merkt, dass Hans' Idealismus nur Pose ist, nur der Gipfelpunkt der Arroganz. Er kann das Geld verachten, weil es immer jemanden geben wird, der ihm notfalls die Rechnungen zahlt. Er kann im Stangensmoking und ungekämmt herumlaufen, weil immer jemand weiß, wer er ist. Der Graf von Keller nämlich, der erfolgreiche Offizier und Gentleman. Und ich, ich bin ein jüdischer Kneipensänger ohne Vater. Ich brauche die Haarpomade, den Maßanzug, den amerikanischen Namen, damit man mich nicht vor die Tür jagt.«

Nach einer kurzen Pause fuhr er fort: »Und jetzt, jetzt vor der aktuellen Verlobung, da hat Lina auch mit Hans telefoniert, frag Herrn Schmitt. Und weißt du, was das wirklich Gemeine an dem Telefonat war? Sie hat aus ihrer Suite im Rupinskis angerufen, und ich war im Nebenzimmer. Wenn ich wach geworden wäre, ich hätte zuhören dürfen. Macht's dir was aus?« Er zeigte mit dem Kinn auf die Schnapsflasche am Kopfende des Bettes. »Ich trink nicht gewohnheitsmäßig, ich hab das nur noch nie jemandem erzählt. Also ich meine, dass ich sie wirklich gern mochte. Und immer noch mag. Ich kann dir gar nicht sagen, warum. Die meiste Zeit behandelt sie mich wie Dreck – vielleicht gerade deshalb? Das bin ich ja von klein auf gewohnt. Aber ich erzähl dir das alles nicht, weil ich Mitleid will, sondern …« Er nahm einen langen Schluck aus der Flasche, spielte mit dem Korken herum, schwieg dann ganz. Irgendwo im Haus gab es mal wieder Geschrei. »Ich erzähl dir das, weil du mir wichtig bist. Und weil du ehrlich zu mir bist und gut und weil du auf mich aufpassen würdest und weil ich ein besserer Mensch bin, seit ich dich kenne, und weil ich weiß …, weil ich weiß, dass ich dich lieben könnte. Ich meine, auf eine erwachsene, anständige, vernünftige Art. Wenn du mich auch lieben würdest, dann könnte ich mir die Kinski abgewöhnen. Wie unser Saxophonspieler für seine Frau das Rauchen aufgegeben hat. Verstehst du? Wegen dir hab ich sie gestern nach der Arbeit nicht besucht, und wegen dir warte ich heute nicht auf ihren Anruf. Verstehst du? Ich verdiene genug, ich hab ein bisschen gespart, und ich könnte nachmittags noch Gesangsstunden geben, wenn es nicht reicht.«

»Oh, Kurt«, sie griff über den Koffer nach seinen Händen. Das Geschrei im Haus wurde immer lauter. »Ich weiß wirklich nicht, was ich sagen soll. Wir wären ein seltsames Paar. Du liebst die Kinski, die Kinski liebt niemand, ich liebe Hans, und Hans liebt die Literatur.«

»Aber wir leben in den Zwanzigern. Heutzutage ist alles möglich. Und ich wäre so gut zu dir, du würdest dich bestimmt in mich verlieben. Ich koch dir jeden Tag Rührei, und wenn du mit anderen tanzt, werde ich mich bemühen, nicht ärgerlich auszusehen. Vielleicht kannst du dir Hans ja auch abgewöhnen?« Glas klirrte, und jemand schien vor Schmerz zu brüllen. »Was ist denn da draußen los?«

Sie lauschten, dann sprang Fritzi auf, stürmte aus dem Zimmer. »Das ist Inge! Die, die da schreit, ist Inge!«

Das Bild, das sich ihnen in der Eingangshalle der Villa bot, gestaltete sich derart chaotisch, dass Fritzi einen Moment brauchte, um zu begreifen. Da war Hans, dem das Blut über das Gesicht lief und der eine wild um sich schlagende, schreiende Inge umklammerte, da war ein Vollbartträger in einem farbfleckigen Overall, der wiederum den knurrenden Gregor festhielt, Rosa beugte sich über eine ältere, halb ohnmächtige Dame im Sonntagskleid und fächelte ihr Luft zu, überall lagen Scherben, und Herr Schmitt rannte barfuß dazwischen herum, kreischte mit überschnappender Stimme: »Sie hat ihn umgebracht, sie hat ihn umgebracht!«, während Wlad beruhigend auf die Mollige vom gestrigen Abend einsprach.

Obwohl es Fritzi gelang, die Scherben mit der Wunde in Hans' Gesicht in Verbindung zu bringen, ergab der Rest so gar keinen Sinn, doch dann brüllte Kurt: »Verdammt, schafft doch erst mal Gregor raus!«, und als der folgsame Vollbartträger den widerwilligen, nach allen Seiten schnappenden Hund etwas aus Fritzis Blickfeld gezerrt hatte, da sah sie und verstand: Auf den Schachbrettfliesen des Bodens lag blutend Reibetanz. Reglos und in rot getupften Unterhosen.

»War wohl wirklich nicht seine Schwester«, kommentierte Kurt trocken und nahm die letzten zwei Treppenstufen im Sprung.

Er kümmerte sich um Reibetanz, der, wie sich nach zwei kräftigen Ohrfeigen herausstellte, nur ohnmächtig war, während es Hans durch Ansetzen seines Flachmanns gelang, Inge zumindest so weit zu beruhigen, dass sie nicht mehr schrie und Rosa, Entschuldigungen beteuernd, sein Kinderfräulein aus der Gefahrenzone brachte.

»Fritzi, hol Verbandszeug!«, kommandierte Wlad, und Hans und Kurt riefen einstimmig: »Bring gleich Schnaps mit«, woraufhin sie beide einen Moment stutzten, und dann in überraschtes Gelächter ausbrachen.

Und so kam es, dass die beiden Männer am Ende dieses denkwürdigen Abends einträchtig auf dem Entenküken von Sofa saßen, aufgewärmte Quiche und versalzenes Rührei verschlangen und sich gegenseitig lachend in den Schilderungen der Ereignisse überboten.

Zwar war Hans als Erster am Ort des gerade noch vereitelten Mordes gewesen, doch dafür kannte Kurt die Vorgeschichte. Die erzählte er bereitwillig ein ums andere Mal, während Rosa der ständig wechselnden Zuhörerschaft erst mehrere Flaschen Champagner, dann den restlichen Schnaps, den übriggebliebenen Wein und zum Schluss noch von Weihnachten stammenden Kirschlikör ausschenkte.

Schon am Mittag hatte Kurt Reibetanz mit der Molligen herumschmusen sehen, sich allerdings nicht viel dabei gedacht, weil *ja keine Hundepeitsche im Spiel war.* Dieser Einwurf von Hans sorgte einen Moment für betretenes Schweigen, dann jedoch für allseitiges, erleichtertes Gelächter.

Nur Fritzi, die zwischen ihren Männern auf dem Boden saß, mal den Kopf an Hans' Knie lehnte, mal die seidenbestrumpften Beine gegen Kurts Füße presste, war nicht recht nach Lachen. Sie lauschte fortgesetzt nach oben, wo die beiden Inge mit Aspirin in Wlad und Rosas Bett gelegt hatten. Für die Männer war Inges Zusammenbruch schon nichts anderes mehr als ein typischer Anfall von weiblicher und deshalb lächerlicher Hysterie. Nach einer halben Flasche Schnaps waren Hans und Kurt sogar bereit, sich gegenseitig zu ihrem mangelnden Temperament zu beglückwünschen, denn mal ehrlich, wenn Hans Kurt eine Vase auf dem Schädel zertrümmert hätte, dann würde Hans jetzt wegen Mordes hängen. Und Reibetanz, der brauchte ja schlimmstenfalls ein größeres Pflaster, und auch das eigentlich nur, weil er so eine Memme war.

Fritzi lachte, wenn die Männer lachten, und wenn wieder jemand Neues von der Villa kam, die Geschichte aus erster Hand erfahren wollte, dann stand sie bereitwillig auf und spülte Gläser. Sie freute sich, dass Hans und Kurt sich wieder vertrugen, aber sie horchte doch fortgesetzt nach Inge, und irgendwann, die Küchenuhr zeigte halb zwölf, da unterbrach sie Rosa in seiner Schilderung der Ohnmacht seines Kinderfräuleins, erklärte, sie würde mal nach der Freundin sehen.

Das Schlafzimmer unter dem Dach lag in mondlosem Dunkel. Einen Moment stand Fritzi regungslos, wartete, dass sich ihre Augen an die Finsternis gewöhnten, atmete die abgestandene, nach benutzter Bettwäsche riechende Luft und lauschte dem von unten heraufdringenden betrunkenen Gelächter. »Inge, schläfst du?«, flüsterte sie leise.

»Nein.« Es war ein sehr mattes Nein, und Fritzi nahm es als Aufforderung, sich auf die Bettkante zu setzen. »Möchtest du was essen? Es gibt nur noch angebranntes, vollkommen versalzenes Rührei, aber ich könnte dir schnell ein Brot machen?«

»Ich hab keinen Hunger.«

»Kann ich sonst was für dich tun?«

»Lachen die über mich?«

»Die lachen, weil sie sternhagelvoll sind, und Hans und Gable lachen auch noch, weil die Geschichte ihre Geschichte mit der Hundepeitsche ablösen wird und sie sich jetzt wieder liebhaben.« Fritzi schüttelte den Kopf. Manchmal fand sie Männer grundsätzlich und ausnahmslos scheiße. »Es tut mir so leid, Inge. So wahnsinnig leid.«

»War ja nicht dein Fehler. Ich bin selbst schuld, ich kann einfach keinen halten.« Im Dunkeln hörte sie die Freundin trocken aufschluchzen. »Selbst so einen Widerling wie Reibetanz nicht. Ich dachte, den will sonst keine. Ganz ehrlich, wenn ich die Wahl hätte, dann hätte ich den doch auch nicht gewollt.«

»Das ist ein Zeichen, Inge«, flüsterte sie leise. »Ein Zeichen, dass du es noch mal beim Film probieren musst. Die Ehe ist nichts für dich. Und die Ehe mit einem, der Reibetanz heißt, schon zweimal nicht. Inge Reibetanz, das klingt doch kolossal doof.«

»Fritzi, ich hab keine Chance mehr beim Film. Letzte Woche Freitag, da wo ich in Babelsberg war, da hat mir einer Geld geboten. Aber nicht für die Statisterie.« Wieder schluchzte die Freundin auf. Es klang sehr schmerzhaft. »Ich weiß nicht, was ich noch machen soll. Von meiner Mutter kommen nichts als Vorwürfe, die will mit dem Untermieter schlafen, der bin ich dauernd nur im Weg. Wo soll ich denn hin? Als Ladenmädchen verdien ich nicht mal meinen Anteil an der Miete, und das Mannequingehalt ist ein Witz. Das geht ja fast komplett für die Kosmetik und die Haare drauf.«

»Du könntest meinen Platz auf dem Sofa hier haben. Wir rutschen zusammen«, schlug Fritzi vor. »Du färbst dir die Haare und fängst einfach noch mal von vorne an.«

»Genau, Unschuldslämmchen.« Sie seufzte. »Vielleicht brauchen sie beim Kino an der Kasse noch jemanden? Dann kann ich wenigstens meinen von Bäumer regelmäßig umsonst sehen.«

Von Bäumer! Natürlich!

»Inge, ich hab seine Telefonnummer! Hat mir Hans gegeben, damit ich da anruf, damit der mir hilft. Der hilft dir bestimmt auch!« Mit diesen Worten sprang sie auf, kletterte eilig nach unten, hatte kein Auge und kein Ohr für Hans und Kurt, die sich gerade mit viel Gelächter daran erinnerten, wie sie letzten Sommer am Wannsee nachts irgendwas gemacht hatten, was furchtbar in die Hose gegangen war, und bevor Rosa noch nach Inge hätte fragen können, war sie schon wieder die Leiter hoch, überreichte der Freundin stolz das ramponierte Kärtchen. »Das ist seine geheime Privatnummer. Da rufst du morgen an und sagst, du seist eine Freundin des Grafen von Keller. Der Bäumer und Hans kennen sich über Rosas Bruder. Beruf dich auf Hans, dann wird er dir sicher helfen.«

»Ne, ne, du, das werde ich nicht machen. Ich werde nirgendwo anrufen. Ich ertrage keine geplatzten Hoffnungen mehr. Ich bin erschöpft.«

»Aber …«, stammelte sie. »Aber du kannst doch nicht einfach aufgeben.«

»Doch ich kann. Ich habe lange genug gekämpft. Ich werde mir eine Stelle beim Kino suchen, und da werde ich bleiben. Trotzdem danke, Unschuldslämmchen.« Sie reichte ihr ein Häufchen sehr kleiner Schnipsel, die Reste der Visitenkarte. »Und jetzt geh runter. Den Geräuschen nach ist großer Aufbruch.«

»Inge, das ist der dreckige Reibetanz nicht wert. Keine Träne ist der wert.«

»Das weiß ich. Er war nur meine letzte Hoffnung, verstehst du? Vielleicht kann sich ein Mensch nur eine begrenzte Anzahl von Malen aufrappeln, und bei mir sind sie aufgebraucht. Ich habe keine Kraft mehr.« Sie legte den Kopf auf Fritzis Schenkel, ließ sich über das Haar fahren. »Es tut nicht einmal weh. Ich bin schlicht müde.«

Fritzi nickte in die Dunkelheit und streichelte stumm ihren Kopf, bis der Atem der Freundin gleichmäßig wurde, dann kletterte sie gähnend nach unten, nur um festzustellen, dass ihr eigener Platz inzwischen besetzt war. Rosa breitete gerade eine Decke über Hans und Kurt, die eng aneinandergekuschelt darauf ihren Rausch ausschliefen. »Sag einfach nichts«, bat sie und griff sich ihren Mantel. »Ist schon in Ordnung, ich zieh in Gables Bett.«

9 Kapitel

Fritzi schlief sehr schlecht. Vermutlich lag es auch an dem noch immer klammen Bettzeug und der Aufregung wegen des Vorsprechens, vor allem aber hatte sie die halbe Nacht über Kurts Vorschlag nachgegrübelt. Und je länger sie darüber nachdachte, desto weniger wusste sie, was sie tun sollte. Kurt war, das ließ sich nicht leugnen, schlicht der bestaussehende Mann, den sie kannte, außerdem war er nett und amüsant und ein guter Tänzer. Sie mochte ihn, und sie hätte ihm wirklich gerne geholfen. Aber deshalb konnte man doch nicht heiraten, oder?

Außerdem hatte er im letzten Jahr mehr Frauen verbraucht als Hans Tippfräulein, und das waren nicht gerade die besten Voraussetzungen für eheliche Treue. Erst als es schon zu dämmern begann, war sie zu dem Schluss gekommen, die Entscheidung zu vertagen. Vermutlich würde sie ihr leichter fallen, wenn Hans erst einmal in Paris war, sie ihn und seinen Strubbelkopf nicht mehr ständig zu sehen brauchte, sie nicht mehr ständig daran erinnert wurde, was sie nicht haben konnte. Und mit dieser Erkenntnis war sie schließlich eingeschlafen, nur um eine halbe Stunde später vom Wecker aufgeschreckt zu werden. Das

Vorsprechen begann um zwölf, konnte aber bis spät in die Nacht dauern – je nachdem wie viel Mädchen erschienen. Es kam allerdings auch öfters vor, dass man gar nicht angehört wurde, weil die Besetzung schon unter der Hand erfolgt war, dann war die ganze Anreise umsonst.

Anreise umsonst? Der dämliche Gustav mit seinem Besuch fiel ihr plötzlich ein, dem musste sie auch noch absagen. Seltsamerweise war sie gar nicht mehr wütend auf ihn, sie hatte nur keine Lust, sich zwei oder gar drei Tage mit ihm langweilen zu müssen und so zu tun, als sei er ihr nicht vollkommen gleichgültig. Und sich mit derartigen Gedanken durch die klare Luft des frühnebligen Gartens zum Geräteschuppen schleppend, traf Fritzi eine unvermittelte Erkenntnis: Sie wollte die Rolle gar nicht haben. Sie hatte keinerlei Interesse mehr daran, ihren Namen auf einem Kinoplakat oder sonst irgendwo zu sehen. Wenn sie das mit Inges Bemühungen und Sehnsüchten verglich, da schämte sie sich regelrecht. Die ganze Idee mit der Schauspielerei, die war doch nur der Ersatz gewesen. Sie wollte schreiben, kleine Artikel, Glossen, aber vor allem Drehbücher. Und sie hatte nun auch die erste Szene im Kopf. In eben so einem verwilderten Garten sollte es anfangen, der Garten als Sinnbild des Unterbewussten, und die Protagonistin, die wäre auf dem Weg zur Beerdigung ihres kriegsinvaliden Vaters, und dann gleich ein Rückblick.

Am liebsten wäre Fritzi gar nicht zu dem Vorsprechen

gegangen, am liebsten wäre sie zu ihrer *Orga Privat* gestürzt und hätte ihre Ideen zu Papier gebracht, aber das war leider nicht möglich. Kurt hatte sich schon derart oft ihre Gedanken zur Gruschenka angehört, jetzt einfach nicht zu gehen, wäre gemein gewesen.

»Guten Morgen«, murmelte Hans vom Küchentisch her, als sie die Tür zum Schuppen aufmachte, und hielt sich dann den Zeigefinger an die Lippen, deutete mit dem Kinn zum Entenkükensofa, auf dem Kurt noch zusammengerollt schlief. »Rosa hat Kaffee gekocht. Steht auf dem Herd.«

»Fühlst du dich, wie du aussiehst?«, fragte sie mitfühlend und füllte sich eine Tasse mit dem dampfenden, nachtschwarzen Gebräu.

»So schlecht kann ich gar nicht aussehen.« Er stöhnte und zündete sich eine Zigarette an. »Das war der dämliche Champagner. Kein anständiger Mann verträgt Champagner, das ist was für 175er und Franzosen.«

»Wie geht es Inge?«

»Beschissen, aber besser als gestern. Rosa und Wlad bringen sie grad nach Hause. Sie reden auch mit ihrer Frau Mutter. Inge hat ziemlich Angst, dass die ihr wegen der geplatzten Verlobung den Marsch bläst. Und schau nicht so, sie wollte ausdrücklich nicht auf dich warten. Sie befürchtet wohl, du würdest wegen ihr noch dein Vorsprechen verpassen.« Er nahm einen winzigen Schluck Kaffee und klagte: »Mir ist so schlecht. Nie wieder trinke ich Champagner. Und auch keinen Rotwein. Dieses ganze ausländische Gesöff ist doch Gift.«

»Dann wird Paris sicher eine sehr abstinente Zeit für dich«, stellte sie mit einiger Bosheit fest und begann sich die Lippen zu schminken. »Wann fährst du?«

»Muss man sehen.« Müde ließ er seinen Lockenkopf auf die Tischplatte sinken. »Hat Rosa dir das Buch von mir gegeben? Roths *Hotel Savoy*.«

»Hat er. Danke. Warum schläfst du nicht noch eine Runde?«

»Mir ist zu schlecht zum Schlafen. Außerdem bin ich irgendwie nervös.« Wieder nippte er an dem Kaffee, und mit seltsam hoffnungsvoller Miene fragte er: »Hast du schon reingesehen?«

Hatte sie nicht, aber sie wollte auch nicht, dass er sein Geschenk nicht wertgeschätzt fand. Er hatte sich ja immerhin die Mühe gemacht, es auszusuchen und mit hart verdientem Geld zu bezahlen, und so schwindelte sie: »Ja. Ich finde, es ist ein schönes Buch. Joseph Roth ist ja immer top. Der hat so tolle Adjektive.«

»Und sonst? Was sagst du zu Gregor Samsa?« Er sah sie auffordernd an, weshalb sie ein: »Die Figuren sind unglaublich lebensnah« hinzufügte. Was hatte Gregor Samsa bei Roth verloren, der war doch aus Kafkas »Die Verwandlung«? Wenn sie doch wenigstens den Klappentext gelesen hätte! Das würde sie gleich beim Warten auf das Vorsprechen nachholen, Hans aber war mit der Antwort durchaus zufrieden, oder zumindest schien er aktuell andere Sorgen zu haben.

Er war so blass, die Sommersprossen traten überdeutlich hervor, und mit mühsam beherrschter Stimme erklärte er: »Ich geh mal rüber. Ich muss kotzen, und das mach ich lieber allein. Viel, viel Erfolg nachher. Ich denk an dich.«

Vielleicht hatten die Organisatoren einfach nicht mit derartigem Andrang gerechnet, aber Fritzi wurde das Gefühl nicht los, dass Berechnung dahintersteckte. In dem kleinen Glaskasten von Zimmer kamen auf vielleicht dreißig Frauen genau fünf Stühle und eine Wasserflasche, die allerdings bei Fritzis Eintreffen schon leer war. Bereits in der Tür überlegte sie, ob sie nicht umkehren sollte. Sie konnte doch Kurt gegenüber einfach behaupten, die Rolle wäre schon weg gewesen, doch dann fand sie das feige und presste sich neben eine großgewachsene Brünette an die Wand. Lesen konnte sie hier auch vergessen – stattdessen dachte sie innerlich grinsend an Benns D-Zug: *Eine Frau ist etwas mit Geruch*. Die Luft war hier tatsächlich zum Schneiden, es stank nach Parfum, Schweiß und Zigaretten. Die Brünette neben ihr blätterte mit demonstrativ gelangweilter Miene in einer Klatschzeitschrift, zwei blauschwarz gefärbte Bubiköpfe neigten sich flüsternd zueinander, und fast alle Frauen schienen sich fortgesetzt ihre bereits zur Maske geschminkten Gesichter noch weiter zu bemalen.

Hin und wieder riss jemand die Tür neben Fritzi auf,

dann ging ein aufgeregtes Zittern und Raunen durch die Menge, aber bisher waren es immer nur noch neue, hoffnungsvolle Mädchen gewesen, das sich unter Einsatz der Ellenbogen einen Platz suchten.

Fritzi seufzte innerlich. Nein, die Filmbranche war ganz sicher nichts für sie. Wenn sie wenigstens Stift und Papier gehabt hätte, dann hätte sie an ihrem Drehbuch arbeiten können, aber da hatte sie nicht dran gedacht. Vielleicht sollte sie es doch mit Lesen versuchen, die Uhr zeigte schon eins, und bisher war noch nicht einmal angefangen worden? Sie warf einen Blick in das Klatschheftchen ihrer Nachbarin und erstarrte: Da war ein Bild von der Kinski. Nicht, dass sie sie erkannt hätte, aber der Name stand darunter. *Paulina Kinski besucht mit ihrem Verlobten, dem Stahlmagnaten Thomas Meetenkamp, die Scala* konnte man neben einem Bild lesen. Zu sehen war allerdings nicht viel, nur eine sehr, sehr schmale Frauengestalt in einem riesigen, grauen Nerzcape, mit einem im Blitzlicht funkelnden Diamantenstirnband auf dem schwarzen Bob und ein breiter, vielleicht schon älterer Mann, dem man gerade eine ganz furchtbare Neuigkeit überbracht haben musste – zumindest wenn man von seinem halb gequälten, halb wütenden Gesichtsausdruck ausging.

Plötzlich riss jemand die Tür auf, und schon die Art, wie dies geschah, signalisierte, dass nun jemand Wichtiges hereinkommen würde. Fritzi war ein wenig enttäuscht, als sich dieser Hoffnungsträger als ein rundgesichtiger

Mann in einem verknitterten Sportsakko mit Gürtel entpuppte.

»Sind Sie alle hier wegen des Vorsprechens für die Gruschenka?«, fragte er, und etwas in seiner unangenehm näselnden Stimme erinnerte Fritzi furchtbar an ihren alten Zahnarzt. Die Ähnlichkeit war so groß, dass Fritzi nicht einmal überrascht war, als der Mann fragte: »Ist ein Fräulein Lack hier? Elfriede Lack.«

Beim Zahnarzt wurde man schließlich auch immer aufgerufen.

»Ja, das bin ich«, entgegnete sie, und erst während des Sprechens wurde ihr anhand der sie umgebenden Reaktion bewusst, dass sich hier wohl gerade Ungewöhnliches abspielte. Die Blicke, mit denen die anderen Mädchen sie bedachten, reichten von unverhohlenem Neid bis zu blankem Hass.

»Kommen Sie mit«, kommandierte das Sportsakko und hielt ihr sogar galant die Tür auf. Draußen stand ein weiterer Mann, etwas größer und jünger als der erste, und ohne Fritzi zu beachten, sagte er: »Das war ja heute wieder ein Fraß in der Kantine. Bestimmt kriege ich Verstopfung.«

»Hast du es schon mal mit Fencheltee probiert«, riet das Sportsakko hilfsbereit, wobei er ihr ein Zeichen gab, ihm zu folgen. »Also ich habe neulich gerade mit dem Heinze von der Beleuchtung gesprochen, und der hat alles ausprobiert, ist bei zig Ärzten gewesen, und Fencheltee ist das Einzige, was ihm ein bisschen Erleichterung bringt.«

»Laxin wirkt auch ganz gut. Aber davon muss ich furzen.« Ohne stehen zu bleiben, musterte er Fritzi über die Schulter und wandte sich dann wieder an das Sportsakko: »Das ist jetzt also die Kleine, die's wird? Ich hab mir die Gruschenka immer blond vorgestellt. Und mit schlanken Beinen.«

»Was weiß ich!« Sportsakko zuckte die Schultern. »Kennst sie doch, die feinen Herren. Mir ist gesagt worden, der Bäumer hätte heute Morgen angerufen und erklärt, er drehe nur mit einer Elfriede Lack als Gruschenka, und der Höfgen hat entgegnet, das sei ihm gerade recht. Er habe die eh in der engeren Wahl gehabt, weil einer seiner Freunde, dieser Sänger da, der habe ihm zu der geraten.«

»Elfriede Lack, kann man auch so heißen? Da brauchen die auch 'nen Künstlernamen!«

Fritzi blieb stehen. Ihr Herz schlug vor Aufregung derart schnell, sie konnte nicht laufen und sprechen gleichzeitig, doch dann sagte sie leicht atemlos: »Bitte entschuldigen Sie, aber hier liegt ein Missverständnis vor. Mein Name ist Inge Kopp, Fräulein Lack ist meine beste Freundin. Sie ist nur heute unpässlich, deshalb bin ich an ihrer Stelle hergekommen. Sie lässt fragen, ob Sie sie auch morgen noch empfangen würden? Oder vielleicht in zwei Stunden?«

»Ich möchte zu Kurt, zu Johnny Gable. Ist er da?«, fragte Fritzi den hagern Schnurrbartträger hinter dem Tresen im *Café unter den Linden*, und dessen kohlschwarze Augenbrauen zogen sich missbilligend zusammen: »Gable hat schon Besuch.«

»Wen denn?« Sie hoffte, niemand, der vorhatte, lange zu bleiben. Sie wollte das, was sie zu sagen hatte, schnell hinter sich wissen. Die ganze Heimfahrt über hatte sie an ihrem Monolog gefeilt, aber es lief auf *Ich weiß es nicht, ich will dir ja gern helfen, aber ich brauche mehr Zeit zum Nachdenken* hinaus. Vielleicht sollte sie ihn einfach fragen, was tätest du, wenn du einen Strohhalm im Abwassergully versinken sähst?

»Keine Ahnung, wie das Fräulein heißt«, riss der Barkeeper sie aus ihren Gedanken. »Die kleine Schwarzhaarige eben, die, die ihn öfter besucht.«

»Die, mit der er immer rumstreitet«, trug ein vorbeieilender Kellner bei und zwinkerte Fritzi vertraulich zu. »Geh einfach hinter die Bühne. wenn es nicht passt, dann merkst du es.«

Sie nickte und folgte der Richtung seines ausgestreckten Arms. *Hinter der Bühne* bedeutete einen penetranten Geruch nach frisch gemahlenem Kaffee, nach irgendwie angebranntem Kuchen, nach Bratfett und etwas Unbestimmbarem, das Fritzi an die Umkleiden im Stadtbad erinnerte. Außerdem war es hoffnungslos verqualmt, weil wirklich jeder rauchte – bis auf einen Mann, der mit einem

Strohhalm zwischen den Lippen an der Wand lehnte und das *5 Uhr Abendblatt* las. Das musste der Saxophonspieler sein, der für seine Frau aufgehört hatte – an den wandte sie sich und fragte: »Welches ist Gables Garderobe?«

»Garderobe? Du meinst, wo sein Zeug ist?«

»Wo er sich umzieht und sich aktuell aufhält, meine ich«, erklärte sie, und der Nichtraucher deutete mit dem Finger nach unten. »Du musst in den Keller. So was Schniekes wie Garderoben gibt's hier nicht. An der Küche links vorbei, durch die Tür mit dem Nackedei und die Treppe runter.«

Die Tür war nicht zu verfehlen, jemand hatte sich viel Mühe mit dem Abbild einer lebensgroßen Frau mit den Gesetzen der Schwerkraft trotzenden Brüsten gegeben. Fritzi war sich nicht sicher, ob sie klopfen sollte, entschied sich aber schließlich dagegen. Irgendwie wäre sie sich dumm vorgekommen, immerhin ging sie in den Keller.

»Hallo?«, rief sie die gasbeleuchtete Treppe hinab, von unten kam keine Reaktion, doch als Fritzi ein paar Stufen in die Tiefe genommen hatte, konnte sie jemanden schluchzen hören, und Kurt sagte eben: »Das ist wieder so typisch. Du telefonierst mit Hans, während ich nebenan schlafe, und wenn ich dir dafür nicht zum Dank um den Hals falle, fängst du an zu heulen.«

»Ich heul doch gar nicht«, entgegnete die Frau, wobei ihre Stimme allerdings reichlich tränenfeucht klang. »Ich hab's dir doch tausendmal erklärt. Ich hätte ihn auch von deinem Schoß aus angerufen. Verfluchte Flaute, du weißt doch ganz genau, wo mein Problem liegt. Solang wir meinen Vater nicht umbringen, komm ich an keinen räudigen Pfennig, und da du dich weigerst, den Alten zu beseitigen, muss ich ihn eben bei Laune halten, weil mein Erbe andernfalls an die Seenotrettung geht. Und für seine Glückseligkeit braucht er eben einen Schwiegersohn, einen anständigen, keinen jüdischen Kneipensänger ohne Volksschulabschluss. Und wie ich dir gleichfalls schon tausendmal gesagt hab, wäre mir Hans einfach lieber, weil der mein Geld bräuchte. Finanzielle Abhängigkeit ist was Nettes, zumindest wenn man sich auf der richtigen Seite befindet.«

»Aber wir hatten uns auf Meetenkamp geeinigt, weil der schwul ist. Du willst doch nicht, dass ich dir glaube, dass du Hans nur wegen seiner finanziellen Abhängigkeit geheiratet hättest.« Höhnisches Lachen erklang, echote von den hohen Wänden vielfach zurück. »Du bist so mies.«

»Versenk mich, gerade du. Mit wie vielen hast du denn allein im letzten Monat rumgehurt? Kannst du überhaupt so weit zählen? Und ich, ich bin extra wegen dir nach Berlin gezogen, und ich sag inzwischen nicht mal mehr was, wenn du mir kommentarlos meinen Wagen in den Hof stellst, und im Fußraum liegt die Puderdose einer deiner Schicksen. Ich weiß, ich weiß, dass war deine platonische Freundin. Du erlaubst, dass ich lache.« Wieder erklang unfrohes Gelächter, diesmal eine Nuance höher, dann sprach die Frau mit vor Verzweiflung zitternder Stimme weiter: »War die es, bei der du die letzten beiden Nächte gesteckt hast? Ist das was Ernstes? Ist sie hübsch? Hübscher als ich? Aber du liebst sie nicht? Und du hast ihr auch kein Rührei gemacht? Bitte Spröttchen, verlass mich nicht. Was soll ich denn ohne dich anfangen. Ich hab doch nur dich. Vögel, mit wem du willst, aber verlass mich nicht.«

»Nein, ich hab ihr kein Rührei gemacht, könnte ich gar nicht.« Er zögerte keine Sekunde vor dieser Lüge, und glatt fuhr er fort: »Ich hab nur mit ihr geredet. Ich hab sie nicht mal angefasst. Welche Frau sollte mich auch nach dir noch reizen. Komm her, Lina.«

»Du bist so ein Scheißkerl, so ein mieser Scheißkerl.« Es klang allerdings mehr verzweifelt als wütend. »Mit welcher Begeisterung ich dich verlassen würde, wenn ich nur wüsste wie.«

»Wir gehören eben zusammen, wir beide. Wie Moby Dick und Kapitän Ahab, weißt du nicht mehr?«

»Wie Ahab und sein Wal, wir gehören zusammen, auf immer und immer«, schluchzte Paulina und Fritzi, die bis zu diesem Moment vollkommen starr gelauscht hatte, bestimmte, dass das der richtige Zeitpunkt für einen lautlosen Rückzug war. Sie schämte sich schon furchtbar wegen des Lauschens, die Versöhnung musste sie nicht auch noch hören, und es wäre bestimmt alles gut gegangen, hätte diese verdammte letzte Stufe nicht plötzlich laut geknarrt.

»Hallo?«, rief Gable, und sie entschied sich für den wenig würdevollen Ausweg der Flucht, blitzartig riss sie die Tür auf, stürmte auf den Gang, rempelte den Saxophonspieler an, stürzte fast über eine im Weg stehende Bassgeige, »Fritzi! Fritzi, warte!«, brüllte Gable, aber sie war schon im Bereich für die Gäste, stolperte an einem fluchenden Ober mit Tablett vorbei, stürzte auf die Straße. Es goss in Strömen, und schwer atmend tauchte sie in das Getümmel aus Regenschirmen und Gummimänteln ein.

Geschafft. Entkommen. Zumindest fürs Erste.

Oh wie grauenhaft peinlich würde es erst werden, wenn sie ihm das nächste Mal begegnete. Vor Scham sterben müsste sie dann, dabei war doch er es, der sich schämen sollte. Und gerade als sie eine leere Taxe erblickte, diese durch hektisches Winken auf sich aufmerksam machte, in diesem Moment, da spürte sie einen harten Griff am Oberarm. »Fritzi, was war denn?«

»Hör auf, mich festzuhalten!«, verlangte sie, und es klang heftiger als beabsichtig. »Ich wollte dir nur sagen, danke für die Höfgen-Sache, aber die Antwort auf alle weiteren Fragen ist nein.«

Er nickte und wirkte ehrlich getroffen, nur wie ehrlich mochte es in Wahrheit sein?

»Lass mich doch erklären, bitte.«

Der Wagen hielt vor ihnen, und Fritzi zückte ihre Handtasche, wollte das Portemonnaie für die Anzahlung herausnehmen, doch vor Aufregung fiel ihr alles zu Boden. Münzgeld und Puderdose kullerten über das nasse Pflaster, ein Bleistift rollte in einen Gullydeckel, Hans' Buch und ein Brief lagen in einer Pfütze. Fluchend sammelte sie ihren feuchten Kram wieder zusammen, während Gable ihr Täschchen offen hielt und noch einmal bat: »Lass mich erklären.«

Ein Brief?

Woher kam der Brief?

Sie hatte doch gar keinen eingesteckt.

Der Brief musste in dem Buch gelegen haben. Der Brief musste in dem Buch von Hans gesteckt haben, der Brief war von Hans! Hans hatte ihr geschrieben!

»Du musst nichts erklären. Ich hab es verstanden«, entgegnete sie sanft, und den Brief fest umklammernd, gab sie dem Chauffeur ein paar Münzen, riss dann, noch gar nicht ganz sitzend, den Umschlag auf. Eine unregelmäßig mit der Maschine beschriebene Seite fiel ihr entgegen.

»Fritzi, ich …«

»Es ist gut, Kurt.« Und lächelnd schloss sie die Wagentür, und während er noch immer am Straßenrand im Regen stand, begann sie schon zu lesen.

In zu fest gehämmerten Buchstaben schrieb Hans:

Liebe Fritzi, da Du heute Abend nicht mit mir ins Rupinskis konntest, musst Du Dir das Rupinskis jetzt eben dazudenken. Stell Dir vor, wir wären dort im Speisesaal. Er ist überraschend klein, was vielleicht aber auch nur wegen der massigen, von Stuck und Blattgold überladenen Decke so wirkt. Die bordeauxroten Samtvorhänge wären zugezogen und wir hätten gerade ein überteuertes, aus lächerlich vielen, lächerlich winzigen Gängen bestehendes Dinner verspeist. Ich hätte Dich den ganzen Abend über mit den Details meines Gesprächs mit Hermann Ullstein gelangweilt und Dir inzwischen bestimmt erklärt, dass sie meinen Roman, beginnend ab September, als Fortsetzung in der Vossischen Zeitung abdrucken würden, so dass das Taschenbuch rechtzeitig zu Weihnachten erscheinen könnte. Ich hätte Dir erzählt, wie begeistert sie von meinem Artikel über die geistig Kriegsversehrten waren und dass ich deshalb als Auslandskorrespondent nach Paris geschickt werden solle, um dort meine Serie über die Surrealisten zu schreiben. Und an diesem Punkt würde ich vermutlich anfangen, ein wenig unglücklich dreinzusehen, und Dich fragen, ob Du nicht noch ein Dessert wünschst. Und weil ich so unerhört charmant gefragt habe und meine Haare sicher ausnahmsweise und zur Betonung des besonderen Anlasses einmal ordentlich lägen, würdest Du natürlich eins bestellen. Ganz egal, was Du Dir aussuchst, Du würdest Himbeeren mit Sahne bekommen, und vermutlich wäre Dir dann klar, warum ich unbedingt ins Rupinskis mit dir wollte. Fritzi schluckte, natürlich. Bei Ullstein, da, als sie warteten, da hatte sie behauptet, einen Antrag wolle sie nur im Rupinskis und nur über Himbeeren mit Sahne. Das hatte sie ganz vergessen, es war ja nur so dahingeplappert gewesen. Und mit vor Freude glühenden Wangen las sie weiter: *Wie Du ja an diesem Brief unschwer erkennen kannst, brauche ich kein Tippfräulein mit nach Paris zu nehmen, ich kriege das Maschineschreiben inzwischen selbst ganz leidlich hin. Ich benötige auch keine Köchin, und meine Wäsche habe ich in den letzten Jahren gleichfalls sauber bekommen. Über mein Ordnungsempfinden lässt sich vermutlich streiten, aber zusammenfassend kann man wohl sagen, dass ich zum Überleben keine weibliche Hilfe suchen müsste.*

Meine finanzielle Situation könnte zugegebenermaßen einige Hilfe brauchen, sieht aber aktuell besser als seit Jahren aus. Ich habe Grund zu der Hoffnung, dass es schon irgendwie für zwei oder drei reichen wird, zumindest wenn man ein bisschen haushaltet.

Vor allem aber ist es so, dass ich in den letzten Tagen viel nachgedacht habe und zu dem Ergebnis gekommen bin, dass vielleicht tatsächlich alle glauben, dass sie anders sind, dass sie es schaffen können, und ich kann zwar nicht für all die anderen sprechen, aber wir zwei, wir haben recht. Wir sind anders, wir werden es schaffen. Und deshalb wäre es tatsächlich feige, es der Welt nicht zu beweisen.

Weißt Du, es waren nicht nur die finanziellen Bedenken. Ich habe mich mit der Kinski schon in eine übereilte Verlobung gestürzt und es anschließend bitter bereut. Ich wollte denselben Fehler nicht wiederholen, aber das Problem mit der Kinski war ja im Grunde ein anderes. Sie hat mich immer bei allem an Gable gemessen, alles, was ich sagte und tat, hatte er schon einmal schöner und besser gemacht. Ori-

gineller, romantischer, zärtlicher – Du kannst Dir nicht ausmalen, wie ich ihn deshalb gehasst habe, gehasst und beneidet. Er, er konnte alles für sie sein, während ich immer nur ein Graf bleiben würde. Wir waren keine drei Tage in Wien, da hat sie ihn nachreisen lassen. Ich hab's gewusst, ich hab das Zugticket auf der Hotelrechnung gesehen, aber ich wollte es nicht wahrhaben. Er war mein Freund, und sie hat mir viel bedeutet – wenn Du nicht gekommen wärst, vielleicht hätte ich bei jenem Telefonat von Montag anders reagiert? Aber Du bist ja gekommen, und wenn ich fromm wäre, dann würde ich Gott dafür danken.

Im Hotel Rupinskis wäre Dein Nachtisch inzwischen aufgetragen, und neben den Himbeeren würdest Du nun ein kleines rotes Lederkästchen mit dem goldverschnörkelten Wappen der Sawickis finden. Den Inhalt dieses Kästchens mag ich Dir allerdings nicht beschreiben, weil zumindest das eine Überraschung sein soll und ich doch sehr hoffe, dass er passt und Dir gefällt. Du kannst dir nicht vorstellen, was für eine Mühe so ein Verlobungsring macht.

Marian, der Graf Sawicki, ist deshalb am Dienstag extra morgens unter dem Vorwand mit dem Gebäck gekommen, um Deine Größe zu schätzen, und abends, als Du auf dieser grässlichen Verlobungsfeier warst, da habe ich nicht wie behauptet gearbeitet, sondern einen Ring ausgesucht – und mich von diesem dreckigen Polen im Billard besiegen lassen, was alles in allem vermutlich mehr Spaß gemacht hat als das Café unter den Linden *mit Inge und Reibetanz, aber es hat mir trotzdem sehr leidgetan, Dich nicht begleitet zu haben. Und nachdem ich das Ding ausgesucht hatte, musste es noch passend gemacht und graviert und vor Mittwoch zwölf Uhr abgeholt werden. Aber genug gejammert, nun also ganz offiziell meine Frage: Fräulein Lack, möchten Sie, obwohl Sie um meine fragwürdige finanzielle Situation wissen und auch meine zahlreichen charakterlichen Defizite kennen, möchten Sie trotz alldem meine Frau werden und mich als solche nach Paris begleiten?*

In Liebe, dein Hans.

PS: Wundere Dich nicht, dass ich Dir all das schreibe und nicht einfach einen Tag gewartet habe und am Donnerstag mit Dir ins Rupinskis bin. Du hast nämlich recht, ich bin ganz furchtbar feige, und ich wollte es hinter mir haben. Und um die Peinlichkeit im Falle eines Neins von Deiner Seite aus zu minimieren, schien mir dieser Weg der angenehmste zu sein. Solltest Du Dich gegen eine Hochzeit mit mir entscheiden, dann sag einfach gar nichts zu dem Brief. Und sollte ich es nicht aushalten und Dich nach dem Buch fragen, dann plaudere Belangloses dazu, aber erwähne mein Schreiben nicht. Tu einfach, als hättest Du es nie gesehen oder gelesen. Ich werde dann wissen, was gemeint ist.

Schlagartig fröstelnd, erinnerte sich Fritzi an ihr morgendliches Gespräch über Roths *Hotel Savoy*, ihre freundlich gemeinten Plattitüden, und mit zitternder Stimme bat sie den Taxichauffeur: »Fahren Sie doch schneller!«

Der Weg aus der Taxe und die Freitreppe zur Villa hinauf reichte vollkommen, um Fritzi zu durchnässen, wäre sie mit Hut und Mantel in einen Brunnen gehüpft, hätte es kaum schlimmer sein können. Es goss und stürmte, die alten Bäume der Gartens wimmerten, rauschten, knackten, und unter der Haupttür floss das Wasser in weitläufigen, sich vielfach verästelnden Seen in die Halle.

»Tür zu. Ich erfriere!«, brüllte ein dauerwelliges Geschöpf, kaum dass Fritzi eingetreten war. Die Zeternde war allerdings auch für die Temperaturen unangemessen gekleidet – in Strumpfgürtel, Pumps, einer Boa und sonst nichts beugte sie sich über das Telefontischchen, wobei sie aufs unbequemste ein Bein von sich streckte und gleichzeitig ein Hohlkreuz machte.

»Wartest du auf einen Anruf?«, konnte Fritzi sich nicht verkneifen und fragte dann den an seiner Kamera herumhantierenden Vollbartträger: »Hast du Hans gesehen?«

»Heute Mittag hat er die Waschküche blockiert, weil er unbedingt baden musste«, wusste die Dauerwellige, und der Vollbartträger erklärte: »Ich hab ihn vor 'ner Stunde mit Wlad in der Küche gesehen. Aber Wlad ist dann in den Zoologischen Garten, das Aquarium besuchen, auch die tollste Idee bei dem Wetter. Wo unser Autor danach hin ist, weiß ich nicht. Ausgegangen jedenfalls nicht.« Mit der Fotobox deutete er auf Hans' Mantel, der über eines der in der Halle abgestellten Fahrräder geworfen worden war.

»Sucht ihr Hans?«, erkundigte sich ein junger Mann, der, einen Stapel Bücher vor sich hertragend, aus dem ehemaligen Dienstbotentrakt kam. »Der hat, glaub ich, Besuch, sitzen bestimmt in der Bibliothek. Hat vorhin eine Tasse aus der Küche geholt, und Eda hat ihn bös angefaucht, die ist nämlich mit ihrer bescheuerten Steinskulptur für die Ausstellung im Juni fertig, und jetzt ist sie am Kochen. Irgendwas Kompliziertes, das bis heute Nacht dauert. Mir hat sie gedroht, wenn ich noch mal reinkomm und sie stör, dann nimmt sie das Wellholz und schiebt es mir wo rein. Ich bin dann lieber gegangen.«

»Schlauer ist's gewesen. Unsere Eda mag keine Männer und so freche wie dich schon zweimal nicht«, lachte der Vollbartträger, und die Stola der Dauerwelligen zurechtrückend, sagte er: »Hättest du nicht Lust, mir Modell zu stehen, Fritzi? Nur für Kunstmagazine, kein Schmuddelkram. Kriegst fünf Mark auf die Stunde.«

Sie schüttelte den Kopf, lief eilig weiter, während hinter ihr die Dauerwellige zeterte: »Warum kriegt die fünf? Mit den dicken Fesseln! Mir zahlste nur drei!«

Wer mochte der Besucher sein? Vielleicht sein Bruder mit neuen Vorwürfen und Forderungen, oder jemand von Ullstein? Jedenfalls kam der Gast ihr sehr ungelegen.

Mit Schwung stieß sie die Tür zur Bibliothek auf. Stimmen waren zwar keine zu hören, aber Licht zischte, und die herrliche Wärme, die ihr entgegenschlug, zeigte, dass sich hier schon länger jemand aufhielt.

»Hans?«, fragte sie unsicher und erhielt prompt die Antwort: »Da bist ja, mein Fritzile!«

Vor Schreck machte sie einen Schritt rückwärts und stoplerte fast in ein staubiges Blumengesteck.

»Gustav, was machst du denn hier?«

»Na, gucken, wie's dir geht! Deine Tante Hulda lässt auch schön grüßen.« Über das ganze Gesicht strahlend, kam er hinter einem der Bücherregale hervor. Noch im Reiseanzug, aber in Socken. Die Schuhe standen zum Trocknen vor dem Feuer. »Ich hab dir geschrieben, aber du hast dich net gemuckst, und da hab ich mir gedacht, der wird doch nix passiert sein. Deshalb bin ich hier, aber net nur.«

»Warum hast du denn nicht einfach angerufen? Und ich hätte schon noch geschrieben, der Brief kam erst vorgestern.«

»Na, ich hab dir auch noch was Persönliches zu sagen. Lass dich angucken. Gut schaust aus, bloß deine Haare, die sind arg kurz. Und seltsam in der Farbe. Kommt das von dem Berliner Wasser?« Neugierig musterte er sie von oben nach unten und wieder zurück. »Das is ja 'n drolliger Graf, bei dem du da bisch. Ich bin schon vor zwei Stunden gekommen, und da hat der in der Badwanne g'lege. Am helllichde Dag!«

»Gustav, ich freu mich riesig, dass du mich besuchst.« Das war vielleicht ein bisschen dick aufgetragen, aber sicher nicht vollends gelogen – besonders wenn man bedachte, dass er dann all den blöden Lästermäulern erzählen würde, dass sie sich mit einem Grafen verlobt hatte und ein Artikel von ihr in der *Style* erscheinen würde. »Ich freu mich wirklich, nur der Zeitpunkt ist gerade schlecht. Weißt du, ich habe etwas furchtbar Wichtiges mit Hans, also ich meine, mit Herrn von Keller zu besprechen. Sollen wir nicht morgen Abend zusammen in deinem Hotel essen?« Und sich Gustavs Sparsamkeit in Erinnerung rufend, ergänzte sie: »Oder du kommst her, dann koche ich und zeige dir, wo ich jetzt wohne. Ich stell dich ein paar Freunden vor.«

»Ich hab eigentlich vorg'habt, morgen schon wieder heimzufahre. Weißt, ich kann doch net solang weg, da geht ja sonst im G'schäft alles umenand.«

Fritzi nickte. Böse Vorahnungen hinsichtlich des Privaten, das er mit ihr besprechen wollte und das für einen derart kurzen Aufenthalt eine Zugreise gerechtfertigt hatte, beschlichen sie, aber jetzt musste sie erst einmal zu Hans.

»Dann treffen wir uns doch morgen am Alex, da gibt es ein sehr nettes Frühstückslokal. Schau, Gustav, ich bin pitschnass, und ich muss jetzt wirklich mit Hans reden. Wo ist er?«

»Keine Ahnung. Er hat g'sagt, er hätt was Wichtigs zu erledige.« Gustav zog sein Sakko aus, reichte es Fritzi. »Da, kannst dich abtrockne. Komm, setz dich, damit mer schwätze könne.«

»Ich will mich nicht setzen.« Sie drückte ihm sein Jackett zurück in die Hände. Und sich um einen versöhnlichen Ton bemühend, fragte sie: »Was willst du denn besprechen?«

»Warum bist denn so garstig? Der Herr Graf is weg, den verwischt eh nemme.« Auffordernd klopfte er mit der Hand neben sich auf das Sofa vor dem Kamin. »Ich hab's mir no mal überlegt, und mir ist's egal, was d' Leute schwätzen.« Er richtete sich sehr gerade auf, und in schönstem Honoratiorenschwäbisch bat er: »Elfriede, möchtest du meine Frau werden?«

»Oh, das ist ganz furchtbar reizend von dir und sicher auch schrecklich lieb gemeint«, stammelte sie hilflos. »Ganz, ganz reizend, aber weißt du …«

»Ich weiß, du bist mir sauer, weil ich dich net g'nug unterstützt hab, als das mit dem Krippenspiel war, aber des tut mir leid, des war halt au 'ne selten blöde Idee von dir. Aber ich bin extra herkomme, dabei is doch jetzt Grippezeit und in der Apotheke viel zu tun. Wart, ich hab auch 'nen Ring.« Leicht panisch begann er seine Hosentaschen abzuklopfen, fand dann jedoch das Ersehnte.

»Das ist ja wirklich lieb von dir, nur ich möchte dich nicht heiraten.« Das Kästchen öffnete sie aber trotzdem – nur um zu sehen, was für einen Ring er ausgesucht hatte. Und von der breitgoldenen Scheußlichkeit in ihrer Entscheidung bestärkt, fuhr sie fort: »Schau doch, wir passen gar nicht zusammen. Ich werde es dir beweisen. Was würdest du tun, wenn du bei Regen einen Strohhalm in Richtung eines Gullys treiben sehen würdest?«

»Ein einzelnes Hälmle?« Aus seinen runden Augen sah er sie an, als habe sie den Verstand verloren. »Ha nix würd ich mache. Wenn's mehrere wären, müsste man halt gucken, des der Dolendeckel net verstopft.«

»Siehst du! Und ich will einen Mann, der den Halm rettet, nicht den Dolendeckel.«

»Der ist doch deppert. Ich mein, wenn einer rumrennt und Hälmle rettet, der is doch nimmer ganz g'scheit.«

»Vergiss es, Gustav, vergiss es einfach. Jedenfalls werde ich dich nicht heiraten und auch nicht mit dir zurückfahren.«

»Weil ich keine Hälmle rette?« Er wirkte ernsthaft betrübt, und mit zitternder Stimme ergänzte er: »Du bist doch mein Fritzile, mein Schnuffelhäsle. Wie soll ich denn ohne dich zurechtkomme?«

»Ich bin nicht mehr dein Schnuffelhäschen!« Und ihm die Schachtel mit dem Ring zurückgebend, erklärte sie so sanft wie möglich: »Ich will nicht mehr zurück. Ich gehöre hierher, und ich gehöre zu Hans. Es tut mir leid.«

»Das hättest du aber auch telegraphieren können.« Wie immer, wenn Gustav sich sehr ärgerte, verlor er jeden Dialekt. »Was mach ich jetzt mit dem Ring? Und umsonst angereist bin ich auch noch, und gerade jetzt, wo es eh alles so schwierig in der Apotheke ist.«

»Tröstend fuhr sie ihm über die Wange. Trotz des prasselnden Feuers fror sie ganz grauenhaft. Er konnte ja nichts dafür, dass sie ihn nicht liebte. Und obwohl sie eigentlich nur zu Hans wollte, fragte sie: »Soll ich dir vielleicht eine Kartoffelsuppe kochen? Dann sparst dir die Kosten fürs Abendessen und hast was Warmes im Bauch.«

Gustav nickte mit beleidigter Miene.

»Na komm, und während ich die Kartoffeln koch, kannst du mir von zu Hause erzählen.« Die die Küche blockierende und Männer hassende Eda mit ihrem Nudelholz fiel ihr plötzlich ein, aber das würde sie schon hinkriegen. Sich selbst Mut machend, erkundigte sich Fritzi: »Wie geht es meiner Tante? Und warum ist es in der Apotheke gerade so schwierig?«

»Deine Dode? Wie soll's der schon gehen? Die wird hundert. Aber in der Apotheke, ach es ist furchtbar.« Er seufzte, und Fritzi beschloss, besonders viel Speck an die Suppe zu geben. Der arme liebe Gustav hatte es sich wirklich verdient. Während sie beide aufstanden, erzählte er weiter: »Weißt, es ist so viel zu tun, und das Fräulein Wäldle, des fällt uns aus. Vermutlich die nächsten Monate, vielleicht für immer. Ein Unfall mit der Heißmangel.« Das ältliche Fräulein Wäldle führte für Gustav und seinen Vater den Haushalt, außerdem saß sie manchmal hinter der Registrierkasse, und während Fritzi sich noch innerlich selbst ausschimpfte, derart hässliche Gedanken zu hegen, fuhr Gustav schon fort: »Ich dacht mir halt, du bist doch so 'ne gute Hausfrau, und du bist ja auch noch um einiges jünger als Fräulein Wäldle, du könntest bestimmt jeden Tag an'd Kasse, dann könnten wir den Grasdackel von Hubert entlasse, und abends machst halt des bissle Haushalt. Worauf wartest eigentlich noch, du wolltest mir doch deine Äbbierasupp kochen?«

Hatte sie es also geahnt!

Daher wehte der Wind, daher Gustavs plötzliche Großmut hinsichtlich der allgemeinen Meinung. Eine Hauswirtschafterin und eine Kassendame brauchte er – ein billige noch dazu.

»Ich bedaure«, erklärte sie, so höflich sie konnte. Was täte sie nur ohne den guten Rat ihrer Tante? »Ich bedaure aufrichtig, aber ich muss dir schon den nächsten Schlag versetzen. Mir ist soeben eingefallen, die Kartoffeln sind alle. Und wenn du jetzt gleich fragst, die Linsen sind auch alle, ebenso die Erbsen und alles woraus man sonst Eintopf kochen kann. Alles ausgegangen. Brot haben wir gleichfalls keins mehr im Haus, aber wenn du dich beeilst, sind die Lokale ja noch offen. Soll ich dich zur Tür begleiten?«

»Kannst du nich no mal nachgucken? Dein Graf hat nämlich g'sagt, ich könnt mich in der Küche bedienen, und das macht ja keinen Sinn, wenn die leer is.«

»Nein, da hast du ihn falsch verstanden. Er hat sicher gemeint, du kannst dich in der Küche bedienen lassen.« Vielsagend hob sie eine Augenbraue. »Du weißt doch, das hier ist Berlin, das Sündenbabel der Republik. Am besten gehst du mal in die Küche und schaust, was dich da erwartet.«

»Noi, ich weiß net«, zögerte Gustav, und boshaft setzte sie nach: »Na, du musst ja nicht. Du kannst ja auch so wieder heimfahren, aber jetzt bist du doch eh da. Du bist ungebunden, und mal ehrlich, was hast du zu verlieren? Ich an deiner Stelle, ich würde es mir einfach mal ansehen. Und lass dich nicht gleich abwimmeln, das Fräulein in der Küche tut nur so abweisend. Sei ruhig ein bisschen frech, das liebt sie. Provozier sie, das gehört dazu.«

»Ja, vielleicht hast recht«, grübelte er laut, und während Fritzi noch heftig nickte, riss Rosa die Tür auf und stürmte ins Zimmer.

»Hast du Wlad gesehen?«

Unter Rosas Füßen bildete sich eine kleine Pfütze, und sein Gesicht glänzte vor Nässe und Aufregung. »Er wollte in den Zoologischen Garten, zu den Fischen, und jetzt stürmt es doch so, und ich dachte, ich hol ihn mit der Taxe ab, und jetzt ist das Aquarium im Zoologischen Garten schon den ganzen Winter geschlossen und …«

»Ich helf dir suchen«, erbot sie sich sofort, rannte vor ihm aus dem Zimmer, drehte sich auf dem Gang jedoch noch einmal um und rief in Richtung Gustav: »Zur Küche die Treppe runter und dann links.«

»Aber Eda ist in der Küche, und sie hat richtig miese Laune. Sie hat das Wellholz nach mir geworfen, nur weil ich gefragt habe, ob sie Wlad gesehen habe«, wandte Rosa ein, doch Fritzi schüttelte nur den Kopf: »Das Haus hast du also schon abgesucht?«

»Ja, und eben war ich noch mal im Garten. Er ist nicht da. Und Hans ist auch weg. Fritzi, was mach ich denn bloß, wenn …« Er ließ die Worte flatternd in der Luft hängen, und sie erklärte entschieden: »Komm, wir gehen nach Hause. Ich mach dir einen Kakao. Wlad weiß ja nicht, dass seine Lüge aufgeflogen ist. Er wird heimkommen.«

Rosa nickte, dann fragte er: »Glaubst du, dass Wlad mit Hans …?«

»Nein!« Doch sie fühlte sich nicht halb so entschieden, wie sie klang. Warum bloß war Hans nicht da? Wo nur war er? Sein Mantel hing noch immer über dem Fahrrad in der Eingangshalle, aber im Haus konnte er auch nicht sein, sonst hätte Rosa ihn ja gefunden und um Unterstützung gebeten. Und Hans hatte gewusst, dass Wlad nicht das Aquarium besuchen ging. Er hatte es gewusst und Fritzi doch nicht gesagt.

Draußen war das Wetter noch ekelhafter geworden, zwar hatte der Regen etwas nachgelassen, dafür hatte der Wind zugenommen, blies ihnen eisig ins Gesicht. Es war so dunkel, sie konnten kaum einen Meter weit sehen.

»Er geht schon seit Monaten das Aquarium besuchen. Fritzi, was …?«

Sie hätte ihn gern getröstet oder wenigstens den Arm um ihn gelegt, doch ihr Kopf reichte im Stehen kaum an seine Schulter, und so griff sie nach seiner Hand, flüsterte reichlich sinnlos: »Jetzt komm.«

»He, was macht ihr hier draußen?« Hans trat aus der Dunkelheit. Der ihn begleitende Gregor tropfte wie eben aus dem Wasser gestiegen, aber Hans selbst war in einem englischen Armeeparka sehr gut vor dem Unwetter geschützt. Auf seinen Stock gestützt, musterte er sie neugierig.

»Wlad betrügt mich!«, erklärte Rosa, und jede Haltung verlierend, fiel er seinem Freund um den Hals. »Das Aquarium hat zu.«

»Scheiße!«, entfuhr es Hans, dann lachte er sein breites Schuljungenlachen, und er flüsterte Rosa etwas ins Ohr, woraufhin dieser einen Moment lang verblüfft dreinsah und in schallendes Gelächter ausbrach. »Wirklich?«

»Wirklich«, bestätigte Hans. »Jetzt rein ins Haus mit euch.« Er hielt Rosa die Tür zur Villa auf und wollte ihm gerade folgen, als Fritzi ihn am Arm packte, mit vor Aufregung zittriger Stimme sagte: »Ich hab das Buch nicht gelesen. Ich hatte es nicht mal aufgeschlagen.«

»Ich weiß, Fritzi. Gregor Samsa kommt nicht bei Roth vor. Es war ja auch viel Durcheinander gestern. Und was meinst du jetzt, wo du es gelesen hast?«

»Sag nein!«, brüllte Rosa von drinnen. »Mal ehrlich, was willst du mit diesem Wirrkopf? Heirate mich. Ich bin vielleicht schwul, aber ich bin nicht so durchgedreht, dass ich bei diesem Wetter Regenwürmer rette.«

»Du rettest Regenwürmer?« Sie starrte in Hans' langsam errötendes sommersprossiges Gesicht. »Du gehst bei diesem Wetter raus und rettest Regenwürmer?«

»Ja, verdammt, ich rette Regenwürmer. Sperrt mich deswegen ein. Ich mag Regenwürmer, und ich find's nicht schön, wenn sie in die Kanalisation gespült werden oder einfach so ertrinken.« Und die Tür zur Villa von außen und vor Rosas Nase zumachend, fragte er: »Sag ehrlich, liebst du mich trotzdem?«

Paris ⎱ im Herbst 1925

Epilog

Es war der Tag, an dem Hans ihr erstmals statt Geranien Astern in die Vase auf ihrem Schreibtisch stellte. Es war der Tag, an dem ihre Concierge bei Fritzis Anblick einen Moment im Drehen ihrer Zigaretten innehielt, voll Entzücken ausrief: *Man sieht es ja schon, Madame! Es wird ein Junge, bei Jungen sieht man es immer früher!* Es war nicht der Tag, an dem sich die Bäume entlang des Canal Saint-Martin zu verfärben begannen und Hans ihr eine fettige Tüte mit noch warmen Zuckermandeln aus der Redaktion mitbrachte, aber es war wohl dieselbe Woche.

Im Grunde war es ein vollkommen normaler Tag. Es musste der letzte Donnerstag des Monats gewesen sein, denn sie kam gerade von der *Vogue*, und dort musste sie immer am letzten Donnerstag des Monats abgeben. Zwei humorige Spalten über die deutsche Sicht auf die französische Mode, das französische Essen und das Paris-Erleben im Generellen, keine sehr anspruchsvolle Arbeit. *Sieh es als Beitrag zur Völkerverständigung,* hatte Hans geraten, aber Fritzi sah es vor allem als Beitrag zum Haushaltsgeld. Genau wie das Geld, das sie durch das Tippen von Kriegserinnerungen, von Rechnungen und Anwaltsschreiben verdiente, oder das Geld, das sie für ihre inzwischen sehr beliebten Essays in der *Style* bekam. Es diente einfach dazu, dass Fritzi Hans morgens guten Gewissens zum Recherchieren schicken konnte, um sich dann mit ihrer *Orga Privat* auf das Bett zu setzen und an ihrem Drehbuch zu schreiben.

An jenem Donnerstag war sie mit Hans beim Zeitungsstand verabredet, und es hatte geregnet, kurz, aber heftig. Fritzi ging sehr langsam. Mit bewussten Schritten ging sie über früh gefallenes Laub, über glitischiges Kopfsteinpflaster. Alle machten ihr Angst vor den grauenhaften Folgen eines Sturzes, und weil sie sich so auf das Gehen konzentrierte, und vielleicht auch, weil sie im Geist bei ihrem Drehbuch war, deshalb bemerkte sie erst nach einer ganzen Weile, was die Zeitungsjungen da riefen: »Elle Lack est là! Elle Lack est là.« Einen Moment zögerte Fritzi. Sie hatte schon eine ganze Weile nichts mehr von Inge gehört. Grundsätzlich war Inge schrecklich schreibfaul, dafür schickte sie gern große, schwere Pakete voll mit sehr teuren, sehr sinnlosen Geschenken für das Baby, zu dessen Patentante sie sich selbst erklärt hatte. Oft ging sie einfach davon aus, dass sie schon wüssten, wem sie die rosa Decke aus irischer und sehr kratziger Wolle zu verdanken hätten, und nur selten lag wenigstens ein Fresszettel mit einem kurzen *»In Treue, eure Inge, neuerdings bekannt als Elle Lack«* bei. Diese Notizen hob Fritzi auf, stellte sie auf die Kaminkonsole unter das Bild *Ewige Liebe – oder die* *geteilte Zigarette*, das Viktor Klingenberg ihnen zur Hochzeit geschenkt hatte und von dem Hans behauptete, es sei wertvoller als die komplette Einrichtung ihrer Wohnung und der Wohnungen ihrer Nachbarn zusammen.

Auf der Konsole sammelten sie ihre Schätze, dort stand die auf schwerem Goldrandpapier geprägte Hochzeitseinladung zu Kinskis Vermählung mit Thomas Meetenkamp, auf die sie allerdings nicht gegangen waren und die Fritzi nur wegen einem einzigen kleinen Satz ganz unten auf der Karte aufbewahrte: *Mit musikalischer Untermalung von Johnny Gable und Orchester.* Dort standen die Ansichtskarten, die Rosa und Wlad ihnen von ihrer aktuellen Automobilreise durch die Staaten schickten, und natürlich stand dort: *Endstation Hoffnung*, Hans' erster Roman.

»Fritzi, träumst du? Oder bist du im Kopf noch bei der Arbeit?«, riss der um die Ecke kommende Hans sie aus ihren Gedanken. Ihr einen Kuss auf die Stirn gebend, erklärte er: »Tut mir leid, dass du auf mich warten musstest. Fräulein Stein hat wieder kein Ende gefunden, aber der Beitrag wird gut. Los, ich lad dich zum Essen ein.« »Danke«, lächelte sie. An den noch immer *Elle Lack est là* brüllenden Zeitungsjungen gewandt, bat sie: »*Un journal, s'il vous plaît.*«

Da war er: Ihr Name auf der Titelseite. Ihr Name auf einem Filmplakat, und was machte es schon, dass die Frau, die vor dem Plakat posierte, die Frau, die auf dem Plakat zu sehen war, dass diese glückstrahlende Frau Inge war?

Eine ganze Fotostrecke hatte man Elle Lack gewidmet, mal mit im Wind wehendem Tennisdress und einem sich über irgendetwas amüsierenden Bäumer, mal lässig einen Sportwagen fahrend, mal ganz die Dame in Abendkleid und Nerzstola. *Die Ehe ist nichts für die moderne Frau. Karriere: Ja, Liebe: Vielleicht, Ehe: Nein – Elle Lack, der neue Ufa-Star, spricht über die moderne Frau, den Dreh mit Carl von Bäumer und ihre Rolle als Gruschenka.*

»Inge hat's geschafft!«, stellte Hans zufrieden fest und stopfte Fritzi den Schal in den Mantel: »Es wird Winter. Heute ist ein Wetter. Fast wie an dem Tag, an dem wir uns verlobt haben. Wenigstens hatten wir zur Hochzeit Sonne.«

»O ja! Wie meine Tante Hulda schon immer gesagt hat: *Sommerglut bringt Winterbrut.*« Grinsend griff sie nach seiner Hand. Tante Hulda hatte fast das gesamte Fest damit verbracht, sich über die generelle Dummheit einer Sommerhochzeit sowie die grauenhafte Berliner Hitze zu beklagen, erst als sie beim Weg auf die Toilette über Kurt und die Kinski stolperte, die offensichtlich gerade mal wieder zwischen zwei Streits waren, erst da hatte sie ein neues Thema gefunden. Nicht, dass sie derartige Aktionen noch gewundert hätten, nicht, nachdem der brave Gustav mit einem blauen Auge aus der Hauptstadt zurückgekehrt war. Für das Veilchen erfuhr er wohl allseitige Bewunderung, und das war ja auch nur richtig, schließlich hatte er es sich zugezogen, als er in einer Küche eine unschuldige junge Dame vor gleich vier zudringlichen Einbrechern beschützte.

Bei der Erinnerung noch immer grinsend, fragte Fritzi: »Weißt du, was du mir nie erzählt hast? Wo war Wlad eigentlich, wenn er gesagt hat, er sei das Aquarium besuchen?« »Vielleicht hat das ja seinen guten Grund? Dass ich es dir nicht erzählt habe? Vielleicht ist es ja etwas Unanständiges? Oder ganz und gar Verderbtes?« Er lachte sein Schuljungenlachen, und ihr die Tür zu ihrem Stammrestaurant aufhaltend, flüsterte er: »Oder aber er muss einfach regelmäßig die schwarzen Naturlocken, in die sich Rosa seinerzeit verliebt hat, nachtönen lassen? Such es dir aus, wir leben in den Zwanzigern, da ist alles möglich.«

Danksagung

Am Entstehen jedes Buches sind unsagbar viele Menschen beteiligt – manche, ohne dass sie darum wissen, wie der Buchhändler, der mir Roths »April« empfohlen hat, aber andere auch mit ganz massivem Einsatz. Deshalb gebührt meiner lieben Freundin Miriam Hermsen mehr Dank, als ich ausdrücken kann. Danke, dass du trotz Prüfungsstress und Ärger mit der Formatierung wirklich alle Versionen gelesen hast, immer und immer sofort. Danke!

Besonderer Dank gebührt auch einem Herrn R*** aus L***, der zwar lieber nicht mit derartigen Mädchenbüchern in Verbindung gebracht werden möchte, aber mir die Anschaffung eines Literaturlexikons erspart hat und einfach ein wunderbarer Testleser war. Danke!

Und nicht zuletzt muss ich mich in aller Form bei meiner unermüdlichen und einfach unglaublich hilfsbereiten Lektorin Anne Sudmann bedanken! Ohne ihren Einsatz wäre aus dieser Idee niemals ein lesenswertes Buch geworden. Danke!

Des Weiteren Dank an meine einfach zauberhaften Testleser. Namentlich wären das: Nicola Grote, die mir viele wichtige Impulse gab und mit solcher Begeisterung dabei war, dass ich ihre Mails immer kaum erwarten konnte. Danke!

Kristin Ment, die zwar Liebesromane hasst, aber für mich eine Ausnahme gemacht hat – DANKE!

Ursula Langjahr, der ich vorlesen durfte und ohne die ich diese Geschichte nie erfunden hätte – danke! Claudia Sawicka-Ebert möchte ich für ihre Unterstützung in der Namensfrage danken, ohne sie wäre ich mal wieder aufgeschmissen gewesen. Jana und Jochen Wagner gebührt sehr herzlicher Dank, denn ohne ihre Hilfe als Testleser und Sonntagsprogramm für meine Männer wäre ich nie fertig geworden. Wie schön, euch zu haben! Margit Weng, die die erste Fassung mit in den Urlaub genommen hat und während der zweiten dafür sorgte, dass ich Zeit zum Schreiben hatte. DANKE!

Dank gebührt auch meinem wunderbaren Agenten-Duo Conny Heindl und Gerald Drews, die einfach nur die Besten sind. Danke, dass ihr immer an mich geglaubt habt. Danke für die unbezahlbare Unterstützung – einfach nur Danke! Danke auch meinem Geburtstagskind des 25. Januars, ohne dich wäre ich oft ratlos und manchmal auch nutellalos. Du bist großartig!

Und natürlich ein Riesendank an meine beiden Männer, deren Beitrag sich zwar weitgehend auf wenig verwertbare Ratschläge – Warum eigentlich keine Zombieinvasion? Warum heiratet sie keinen Zahnarzt? – und Verstellen meiner Laptopeinstellungen beschränkte, ohne die ich diesen Roman aber trotzdem niemals hätte schreiben können. Kurz und schlicht: Danke für alles!

Quellenangaben

Zitiert wird mehrfach aus Joseph Roths »April – die Geschichte einer Liebe« (1925) sowie aus den folgenden Gedichten:

SEITE 10 »*Die Menschen rinnen über den Asphalt, ameisenemsig, wie Eidechsen flink*« aus Paul Boldt »Auf der Terrasse des Café Josty«

SEITE 13 »*Ineinander dicht hineingehakt, Sitzen in den Trams die zwei Fassaden Leute, wo die Blicke eng ausladen*« aus Alfred Wolfenstein »Städter«

SEITE 24 »*Wenn es an mein Haus pochte, war es mein eigenes Herz […] Ich färbte dir den Himmel brombeer mit meinem Herzblut. Aber du kamst nie mit dem Abend*« aus Else Lasker-Schüler »Abschied«

SEITE 175 »*Hinter meinen Augen stehen Wasser*« aus Else Lasker-Schüler »Ein Lied«

SEITE 197 »*Spritzt nicht das Blut von Chopin in den Saal, damit das Pack drauf rumlatscht!*« aus Gottfried Benn »Nachtcafé«

SEITE 264 »*Eine Frau ist etwas mit Geruch*« aus Gottfried Benn »D-Zug«

JOAN WENG
NOBLE
GESELLSCHAFT
KRIMINALROMAN
atb